琼瑶
作品大合集

碧云天

琼瑶 著

作家出版社

琼瑶，本名陈喆，作家、编剧、作词人、影视制作人。原籍湖南衡阳，1938年生于四川成都，1949年随父母由大陆赴台生活。16岁时以笔名心如发表小说《云影》，25岁时出版首部长篇小说《窗外》。多年来笔耕不辍，代表作包括《烟雨蒙蒙》《几度夕阳红》《彩云飞》《海鸥飞处》《心有千千结》《一帘幽梦》《在水一方》《我是一片云》《庭院深深》等。

多部作品先后改编成为电影及电视剧，琼瑶也因此步入影视产业。《六个梦》系列、《梅花三弄》系列、《还珠格格》系列等，影响至深，成为几代读者与观众共同的记忆。

琼瑶以流畅优美的文笔，编织了众多曲折动人的故事。其作品以对于梦的憧憬和爱的执着，与大众流行文化紧密结合，风靡半个多世纪，成为华文世界中极重要的文学经典。

我为爱而生，我为爱而写
文字里度过多少春夏秋冬
文字里留下多少青春浪漫
人世间虽然没有天长地久
故事里火花燃烧爱也依旧

琼瑶

第一章

教室里静悄悄的。

窗外飘着一片雾蒙蒙的细雨，天气阴冷而寒瑟。

五十几个女学生都低着头，在安静地写着作文。空气里偶尔响起研墨声、翻动纸张声，及几声窃窃私语。但，这些都不影响那宁静的气氛，这群十六七岁的女孩子是些乖巧的小东西。小东西！萧依云想起这三个字，就不自禁地失笑起来。她们是些小东西，那么，自己又是什么呢？刚刚从大学毕业，顶多比她们大上五六岁，只因为站在讲台上，难道就是"大东西"了？

真的，自己竟会站在讲台上！当学生不过是昨天的事，今天就成了老师！虽然只是代课教员，但是，教高中二年级仍然是太难了！假若这些学生调皮捣蛋呢？她怎能驾驭这些只比她小几岁的女孩子们？不过，还好，她们都很乖，每个都很乖，没有刁难她，没有找麻烦，没有开玩笑，没有像她高二时那样古怪难缠！她微笑起来，眼光轻悄悄地从那群学生头上掠过，然后，她呆了呆，她的目光停在一个用手托着下巴，紧盯着黑板发愣的女学生脸上。

俞碧菡没有办法写这篇作文。

她盯着黑板，知道自己完蛋了，她怎样都无法写这篇作文！脑子里有几百种思想，几千万缕思绪，却没有一条可以连贯成为文句！那年轻可爱的代课老师，一定以为自己出了一个好容易好容易的作文题目！因为，她一上来就说了："作文不是用来为难你们的，只是用来训练你们的表达能力。所以，我想出个最容易的题目，一来可以让你们尽情发挥，二来可以帮助我了解你们！"

好了，现在黑板上是个单单纯纯的"我"字。我！俞碧菡咬住了下嘴唇，紧盯着这个"我"字：

我，我是渺小的！我，我是伟大的！我，我不该存在！我，我却偏偏存在！我，我来自何方？我，我将去往何处？我，我，我，我，我……

这个"我"是多么与人作对的东西，她怎能把它写出来，怎能把它表达出来？从小，她就怕老师出作文题《我的父亲》《我的母亲》《我的家庭》，甚至于《我的志愿》《我的将来》《我的希望》……她怕一切与"我"有关的东西！而现在，黑板上是个干干脆脆的"我"字，她默默摇头，在心里喃喃地自语着："我，我完蛋了！"

垂下了眼睑，她把眼光从黑板上收回来，落在那空无一字的作文本上。作文本上有许多格子，许多空格子，怎样能用文字填满这些空格子,"拼凑"成一个"我"?为什么周围五十几个同学都能做这样的"拼凑"游戏,唯独自己不行?她轻轻摇头,低低叹息。"我"是古怪的,"我"是孤独的,"我"是寂寞的,"我"是与众不同的,"我"是一片云,"我"是一颗星,"我"是一阵风,"我"是一缕烟,"我"是一片落叶,"我"是一茎小草,"我"什么都是,"我"什么都不是!"我"?"我"是一个人,一个十七岁的女孩子!十七年前,由于一份"偶然",而产生的一条生命,如此而已,如此而已?她再摇头,再叹息,生命是一个谜,"我"是一个更大的谜!是许许多多问号的堆积!我?我完蛋了!

一片阴影遮在她的面前,她吃了一惊,下意识地抬起头来。那年轻的,有一对灵巧的大眼睛的代课老师,正拿着座位姓名表,查着她的名字。

"俞碧菡?"萧依云问,微笑地望着面前那张苍白的、怯生生的、可怜兮兮的面庞。这是个敏感的、清丽的、怯弱的孩子呢!那乌黑深邃的眼睛里,盛载了多少难解的秘密!

"哦!老师!"俞碧菡仓促地站起身来,由于引起注意而吃惊了,而惶然了!她站着,睁大了眸子,被动地,准备挨骂似的望着萧依云。

怎么?自己的模样很凶恶吗?怎么?自己竟会惊吓了这个"小东西"?萧依云脸上的微笑更深了,更温和了,更甜蜜了,她的声音慈祥而悦耳:"为什么不写作文?写不出吗?"

俞碧菡的睫毛罩了下去,罩住了那两颗好黑好亮的眼珠,她的声音轻得像蚊子叫。

"不是'我'写不出来,是写不出'我'来!"

哦?怎样的两句话?像是绕口令呢!萧依云怔了怔,接着,就像有电光在她脑中闪过一般,使她陡地震动了一下。谁说十七岁还是不成熟的年龄?这早熟的女孩能有多深的思想?

她怔着,一时间不知该说什么。不,二十二岁当老师实在太早,她教不了她们!好半天,她才回过神来,勉强维持了镇定,她把手放在俞碧菡的肩上。

"坐下来,"她安详地说,"你已经把'你'写出来了,如果你高兴,你可以不交这篇作文,我不会扣你的分数!"

俞碧菡很快地看了她一眼。

"你的意思是说,"她低语,"'我'是一片空白吗?"

萧依云再度一怔。

"你自己认为呢?"

"哦,不,老师,"她微笑了,那笑容是动人的,诚恳的,带着某种令人难解的温柔,"我不是一片空白,只是一张有空格子的纸,等着去填写,我会填满它的,老师,我会交卷的!"

她坐下去了,安安静静地提起笔来,研墨,濡笔,然后,她开始书写了。萧依云退回到讲台边,站在视窗,她下意识地望着外面的雨雾。该死!自己不该念文学系,早知道,应该念哲学!人生是一项难解的学问,自己能教什么书?这只是第一天!她已经被一个学生所教了。俞碧菡,俞碧菡,她念着这名字,悄眼看她,她正在奋笔疾书,她能写些什么?

忽然间,她对自己出的作文题目失笑起来。我?好抽象的一个字!一张有空格子的纸,等着去填写!她自己又何尝不是一张有空格子的纸?将填些什么文字呢?二十二岁,太年轻!

只是个比"小东西"略大一些的"小东西"罢了!她笑了,对着雨雾微笑。

下课铃声惊动了她,学生们把作文簿收齐了,交到她手中。教室里立即涌起一层活泼与轻快的空气,五十几个女孩子像一群叽叽喳喳的小鸟,到处都充斥着喧嚣却悦耳的啁啾。萧依云捧着本子,不自禁地向俞碧菡看过去,那女孩斜倚在墙边,正对着她怯怯地微笑。这微笑立刻引发了萧依云内心深处的一种温柔的情绪,她不能不回报俞碧菡的微笑。她们相视而笑,俞碧菡是畏羞而带怯的,萧依云却是温柔而鼓励的。然后,抱着作文本,萧依云退出了教室,她心中暖洋洋而热烘烘的,她喜欢那个俞碧菡!并不是一个老师喜欢一个学生,她还没有习惯于自己是老师的身份,她喜欢她,像个大姊姊喜欢一个小妹妹。大姊姊!她不会比俞碧菡大多少!依靠就比她大了六岁,亲姊妹还能相差六岁呢!她做不了老师,她只是她们的大姊姊!

退到教员休息室,她已经迫不及待地抽出了俞碧菡的本子,她要看看这张空格子的纸上到底填了些什么。

于是,她看到这样的一篇文字:

我我,在我来不及反对我的出世以前,我已经存在了。或者,这就是我的悲哀,也或者,这正是我的幸运。因为，一条生命的诞生，到底是悲剧还是喜剧，这是个太陈旧的问题，也是人类无法解答的问题。这，对我而言，必须看我以后的生命中，将会染上些什么颜色而定。

未来，对我是一连串的问号，过去，对我却是一连串的惊叹号！我可以概括地把惊叹号画出来，问题的部分，且留待"生命"去填补。

两岁那年，父亲去世！

四岁那年，跟着母亲嫁到俞家！

母亲又生了一个弟弟，一个妹妹！

八岁那年，母亲去世！

十岁那年，继父娶了继母！

继母又生了两个妹妹，一个弟弟！

所以，我共有两个弟弟，三个妹妹！

所以，我父母"双全"！

所以，我有个很"大"的家庭！

所以，我必须用心"承欢"于"父母"，"照顾"于"弟妹"！

所以，我比别的孩子想得多，想得远！

所以，我满心充满了怀疑！

所以，哲学家对了，我思故我在！

我思故我在！只有在我思想时，我觉得我存在着。只是，存在的意义又是什么？？？？？？？？？？？？？？？？？？？？？？？？？？？？

这篇奇异的作文结束在一连串的问号里，萧依云瞪视着那些问号，呆了、傻了，默默地出起神来了。她必须想好几遍才能想清楚那个俞碧菡的家庭环境，她惊奇于人类可以出生在各种迥然不同的环境里。她不能不感染俞碧菡那份淡淡的哀愁及无奈，而对"生命"产生了"怀疑"。

　　沉思中，有人碰了碰她。

　　"萧小姐！"

　　她抬起头来，是介绍她来代课的王老师。

　　"第一天上课，习惯吗？"王老师微笑着问。

　　"还好。"她笑笑说，"只是有些害怕呢！"

　　"第一天上课都是这样的。不过，你那班是出了名的乖学生，不会刁难你的。李老师常夸口说她们全是模范生呢！"

　　"李老师好吗？"萧依云问，李雅娟，是原来这班的语文老师，因为请一个月的产假，她才来代课的。

　　"好？有什么好？"王老师皱了皱眉，"又生了一个女儿！第四个女儿了，她足足哭了一夜呢！"

　　"生女儿为什么要哭？"她惊讶地问。

　　"她先生要儿子呀！公公婆婆要孙子呀！她一直希望这一胎是个儿子，谁知道又是女儿！这样，她怎么向她丈夫和公公婆婆交代？"

　　"天！"萧依云忍不住叫，"这是什么时代了？二十世纪呢！生儿育女又不是人力可以控制的！谈什么交代与不交代？"

　　"你才不懂呢！你还是个小孩子！"王老师笑着说，"尽管是二十世纪,尽管是知识分子,重男轻女及传宗接代的观念仍然在中国人的脑海里生了根,是怎样也无法拔除的!反正,在李雅娟的处境里,她生了女儿,和她犯了罪是没有什么两样的!她甚至考虑把孩子送人呢!"

萧依云怔怔地站着,一时间,她想的不是李雅娟,而是那新出世的小婴儿,那不被欢迎的小生命!谁知道,说不定在十六七年以后,会有一个老师,给那孩子出一道作文题,题目叫"我",那孩子可以写:"我,在我来不及反对我的出世以前,我已经存在了……"

瞪视着窗外茫茫的雨雾,她一时想得很深很远。她忘了王老师,忘了周遭所有的人,她只是想着生命本身的问题。教书的第一天!她却学到了二十二年来所没有学到的学问。望着那片雨雾,望着窗口一株不知名的大树,那树枝上正自顾自地抽出了新绿,她出着神,深深地陷进了沉思里。

在回家的路上,萧依云始终没有从那个"生命"的问题中解脱出来。她一路出着神,上下公共汽车都是慢腾腾的,心不在焉的。可是,当回到静安大厦时,她却忽然迫切起来了,她急于去问问母亲,只有母亲——一个生命的创造者——才能对生命的意义了解得最清楚。抱着作文本,她一下子冲进了电梯,她那样急,以至于一头撞在一个人身上,手里的本子顿时散了一地。在还没有回过神来时,她已经习惯性地开始抢白:"要命!你怎么不站进去一点,挡着门算什么?看你做的好事!"

"噢!"那男人一面慌忙向里面退了两步,一面笑着说,

"对不起，对不起，我可没料到你会像个火车头一样地冲进来哦！"

好熟悉的声音！萧依云愕然地抬起头来，那年轻的男人不经心地看了她一眼，就俯下身子去帮她收拾地上的作文本。

萧依云的心脏猛地一阵狂跳，可能吗？可能是他吗？那瘦高的身材，随随便便地穿着件红色套头毛衣，一条牛仔裤，和当年一样！那浓眉，那闪亮的眼睛，那满不在乎的微笑，和那股洒脱劲儿！萧依云屏住呼吸，睁大了眸子，那男人已站直了身子，手里捧着她的作文本。

"喂，小姐，"他笑嘻嘻地说，"你要去几楼呀？"

没错！是他！萧依云深抽了一口气，他居然不认得她了！

本来嘛，他离开台湾那年她才只有十五岁！一个剪着短发的初中生，他从来就没注意过的那个初中生！他只对依靠感兴趣，叫依靠"睡美人"，因为依靠总是那样懒洋洋的。叫她呢？

叫她"黄毛丫头"！现在呢？"睡美人"不但为人妻，而且为人母了。"黄毛丫头"业已为人师（虽然只有一天）了！他呢？

他却还是当年那般样子，似乎时间根本没有从他身上碾过，他还是那样年轻，那样挺拔！那样神采飞扬！

"喂，小姐，"他又开了口，好奇地打量着她，他的眉头微锁，记忆之神似乎在敲他的门了。他有些疑惑地说，"我们是不是在什么地方见过？"

"哦，"她轻呼了一口气，调皮地眨了眨眼睛，"嗯……我想……我想没有吧！"

"噢，"他用手抓了抓头，显得有点儿傻气，"可能……可能我弄错了，你很像我一个同学的妹妹。"

"是吗？"她打鼻子里哼出来，冷淡地接过本子，把脸转向了电梯口，"请你帮我按五楼。"

"噢！"他惊奇地说，"真巧，我也要去五楼！"

早知道你是去五楼的！早知道你是到我家去！她背着他撇了撇嘴，你一定是去找大哥的！当年，你们这一群"野人团"，就是你和大哥带着头疯，带着头闹。现在，你们这"哼哈二将"又该聚首了！真怪，大哥居然没有提起他已经回来了。她摇了摇头，电梯停了。

"喂，小姐，"他望望那像迷魂阵似的通道，"请问五F怎么走？"

她白了他一眼。

"你自己不会找呀？"

"哦，当然，当然，"他慌忙说，充满了笑意的眼睛紧盯着她，"我以为……你会知道。"

"不知道！"她冲口而出，凶巴巴的。

"对不起！"他又抓抓头，悄悄地从睫毛下瞄了她一眼，低下头轻声自言自语地说了一句："今天是出门不利，撞着了鬼了！"说完，他选择了一个错误的方向，往前面走去。

"你站住！"她大声说。

"怎么？"他站住，诧异地回过头来。

"你干吗骂人呀?"她瞪大眼睛问。

"没想到,耳朵倒挺灵的呢!"他又自语了一句,抬眼望着她,"谁说我骂人来着?"

"你说你撞着了鬼,你骂我是鬼是吗?"她扬着眉,一股挑衅的味道。

他耸了耸肩。

"我说我撞着了鬼,并没说鬼就是你呀!"他嬉笑着,反问了一句,"你是鬼吗?"

她气得直翻白眼。

"你才是鬼呢!"她没好气地嚷。

他折回到她身边来,站定在她的身子前面,他那晶亮的眼睛灼灼逼人。

"好了,"终于,他深吸了口气说,"别演戏了,黄毛丫头!"

他的声音深沉而富有磁性。

"打你一冲进电梯那一刹那,我就认出你来了,黄毛丫头,你居然长大了!"

"哦!"她的眼睛瞪得滚圆滚圆的,"你……你这个野人团团长!你这个天好高!"她笑开了,"你真会装模作样!"

"嗯哼,"他哼了一声,"什么天好高!"

"别再装了!"她笑得打跌,"你是天好高,大哥是风在啸,还有一个雨中人,那个雨中人啊,娶走了我的姊姊,把那个天好高啊,一气就气到天好远的地方去了!"

他的脸红了,笑着举起手来。

11

"你这个伶牙俐齿的小丫头，还是这样会胡说八道！管你长大没有，我非捉你来打一顿不可！"他作势欲扑。

"哎呀，可不能乱闹！"她笑着跑，这一跑，手里的本子又散了一地，她站住，又笑又骂地说，"瞧你！瞧你！第二次了，你这个天好高啊，简直是个扫帚星！"

他忙蹲下帮她拾本子，她也蹲了下来，两人的目光接触了。笑容从他的唇边隐去，他深深地望着她。

"多少年不见了？依云？"他问。

"七年。"她不假思索地回答，"你走的那年，我才十五岁。"

"哦，"他感叹道，"居然有七年了！"他把作文本递给她。

"别告诉我，你已经当老师了！"

"事实上，我已经当老师了。"她站起身来，望着他，"你呢，高皓天？这些年，你在干些什么？"

他也站了起来。

"先读书，后做事，我现在是个工程师。"

"回来度假吗？"

"来定居。我是受聘回来的。"

"你太太呢？也回来了吗？"

"太太？"他一愣，"等你介绍呢！"

她死盯了他一眼。

"为什么你们这些男人都要打光棍？大哥也是，我起码给他介绍了十个女朋友，你信吗？"

"现在，又一个加入阵线了！"他笑着，"别忘了我这个天好高!"

忘得了吗?忘得了吗?高皓天,只因为他的名字倒过来念,就成了"天好高",所以,那时候,她总喜欢把他们的名字都倒过来念,大哥萧振风成了"风在啸",任仲禹成了"雨中人",只有赵志远的名字倒过来也成不了什么名堂,所以仍然是赵志远。那时候,他们四个外号叫"四大金刚",曾经结拜为兄弟。赵志远是老大,萧振风是老二,高皓天是老三,任仲禹是老四。他们都是T大的高才生,除了功课好之外还调皮捣蛋。经常在他们家里闹翻了天,姊姊依靠常扮演他们每一个人的舞伴,他们开舞会、打桥牌、郊游、野餐……玩不尽的花样,闹不完的节目。而她这个"小不点儿""黄毛丫头"只能躲在一边偷看他们,因为太小而无法参加。十四岁那年的圣诞节,他们在萧家开了一个通宵舞会,谁都没有注意到她,只有高皓天走过来,对她开玩笑地说:"来来来,小丫头,让我教你跳华尔兹。"

他真的拉着她跳了一支华尔兹,从此,她就没有忘记过他。她这一生的第一支舞,是和这个天好高跳的。以后,她也曾在姊姊面前说尽这个天好高的好话,但是依靠爱上了任仲禹,高皓天是在任仲禹和依靠订婚那年出去的,大哥说是任仲禹气走了高皓天,依靠却说:"那个天好高啊,从头到尾和我之间就没通过电,他既没爱过我,我也没爱过他!他是那种最不容易动心的男人,我打赌他一辈子也不会结婚!"

是吗?他是那种一辈子也不会结婚的男人吗?她不知道,当初他和任仲禹、依靠之间到底是怎么一笔账,她也不知道。

她只知道那时他们都是"大人",她却是个只能在他们脚下打着圈儿乱叫乱闹乱开玩笑的"小鬼头"!

如今,"小鬼头"长大了,这个"天好高"啊,仍然一如当年!她望着他,又笑了。

"大哥在等你吗?"她问。

"是的,回来已经一个月了,今天才查到你们家的电话,刚刚和你大哥通电话,他在电话里吼了一句'你还不快快地给我滚了来!'我这就乖乖地滚来了!才滚到电梯里,就被一个莫名其妙的黄毛丫头猛撞了一下,还挨了阵莫名其妙的骂,你说倒霉吧?"

萧依云忍不住扑哧一笑。

"活该!这些年怎么不给我们消息?大哥说你失踪了!我们都以为你不要老朋友了。"

"在国外,生活实在太紧张,我又是最懒得写信的人,你们也搬家了,大家一流动,就失去了联络,回来之后,第一件事就是找你们!"

"是找依靠吧?"她嘴快地调侃着。

"帮帮忙,别拿依靠开玩笑,她有几个孩子了?"

"一儿一女。"

"那个雨中人啊,实在是好福气!"

是吗?她可不知道。任仲禹和姊姊是欢喜冤家,三天一大吵,两天一中吵,一天一小吵,可是,吵归吵,好起来又像蜜里调油。爱情是一门难解的学问。

停在五F的门口,萧依云把作文本交到高皓天手里,从皮包中拿出大门钥匙，高皓天感慨地说："出去七年，没想到一回来，到处都是高楼大厦了，所有的老朋友，都搬进了公寓房！大街小巷全走了样，害我到处迷路！"

萧依云开了门，忍不住抢先走了进去，一进门就直着脖子大嚷大叫："大哥！大哥，你还不快来！看看我带进来一个什么人哪！"

喊声还没完，萧振风已经真的像一阵风般卷了过来，看到高皓天，他赶过来，抓着他的胳膊，就狠命地在高皓天肩膀上重重地捶了一拳，一面大叫着说："好家伙，一失踪这么多年！你眼里还有我这个拜把子的哥哥没有？我不好好地揍你一顿出出气才怪呢！"

他这一抓一捶没关系，高皓天手里的作文本可就又撒了一地。他也顾不得作文本，就和萧振风又捶又叫又闹地嚷开了。萧依云诧异地望着地上那些作文本，禁不住自言自语地说："怎么回事？这些本子就是抱不牢！看样子，我这个老师啊，恐怕要当不成呢！"

晚上，萧家好热闹。

为了这个"天好高"，依靠和任仲禹都赶回来了，依靠还带来了她那四岁的女儿文文和两岁的儿子武武。任仲禹和高皓天见面的那份热络劲儿，就别提了，他们又吼又叫又跳，俨然恢复了当年学生时代的活力与热情。萧振风不住口地说："就差了一个赵志远！如果他也回来，我们这四大金刚就团圆了。"

"赵志远在加拿大，"高皓天说，"前年我去温哥华看过他,你们猜怎么样?他开了一家电器修理行,门庭若市,娶了一个洋老婆,生了三个小混血儿,一个赛一个的漂亮,我看,他在那儿生了根,是不预备回来了!"

"这不行!"萧振风大大地摇头,"人不能忘本,我不反对他娶洋老婆,却反对他在国外落地生根,皓天,把他的地址给我,我要写封信训训他!"

"振风,"高皓天说,"你还是动不动就要训人揍人的老毛病!"

"可不是,"任仲禹接了口,"上个月还在街上和一个计程车司机大打出手,闹到警察局呢!"

"振风,"高皓天慢条斯理地说,"你呀,就是当初伯父伯母把你的名字给取坏了,风在啸,这还得了!走到哪儿,风刮到哪儿,怪不得娶不到老婆,都让风给刮跑了!"

大家哄堂大笑了起来,连依靠的父母萧成荫夫妇也忍不住跟着笑了起来。在这些大笑声中,萧振风直着脖子,逼问到高皓天的面前来:"你呢?天好高,你的名字取得好,怎么也讨不着老婆呢?你说说看!"

"谁说我的名字取得好?"高皓天耸耸肩,"天好高!君不闻:只恐琼楼玉宇,高处不胜寒乎?谁说天上有老婆可娶?除非到月亮上去找嫦娥,可是,阿姆斯特朗先我一步去过了,准是他那副怪模样把我国几千年来安安静静的嫦娥给吓跑了,他说月亮上只有灰尘和岩石,从此,我就失恋到今天了!"

大家又笑了起来,依靠一面笑,一面推着任仲禹。

"看样子，还是你这个雨中人比较有办法，嗯？"

"他当然有办法了！"高皓天又接了口，"我们都还是一肩担一口，他不但有老婆，而且文武双全了！"

他指的是文文和武武，任仲禹又笑，谈起儿女，他总是笑的，因为两个小家伙是他的心肝宝贝。

多少年来，萧家没有这样热闹的空气了，晚餐桌上，萧成荫开了一瓶酒，破例准许儿子任性一醉。萧依云的母亲萧太太，一向是最会招待儿女的朋友的，也就是她那份好脾气，才会弄得家里成了青年人的聚会所。望着面前这年轻的一群，这充满了活力、散发着青春气息的一群人，她就感到心里有份沁人心脾的温暖和满足。面对着那被酒染红了面颊的高皓天，她不自禁地想起多年以前，自己对他的喜爱更超过了任仲禹，也曾暗中希望依靠选择他。可是，依靠却说："妈，仲禹虽然没有皓天的能说会道，但他稳重、踏实而痴情，皓天外表热情，内心冷淡，他可能到处留情，却不可能对一个女人痴心到底！"

于是，她选择了任仲禹。经过这么多年，她想女儿是对的。注视着高皓天，她不由自主地问："皓天，这些年来，你难道没遇到过喜欢的女孩子吗？怎么还不结婚呢？"

高皓天用手抓抓头。

"不是没遇到过喜欢的女孩子，是喜欢的女孩子太多。"他笑嘻嘻地说，"伯母，人总不能把喜欢的女孩子都娶来做太太吧？"

"听他胡扯！"依靠说，"他只是不甘于被婚姻所捕捉而已，他太爱自由了。"

高皓天的脸红了。

"你说对了，依靠。"他说，"老朋友面前掩饰不了真相。可是……"他顿了顿，凝视着手中的酒杯，眼底浮上一层深思的色彩："我可能要被捕捉了！"

"真的？"依靠大叫。

"是谁？是谁？"萧振风兴奋地问。

"好啊，"任仲禹喊，"到现在才说出来，卖什么关子？原来你是回来结婚的！"

"别闹，别闹，"高皓天说，"你们根本不了解，就乱吵一阵。"

"是怎么回事？"萧振风问。

"是我爸爸和我妈，他们想抱孙子！我是家里的独生子，没人可以代我满足父母的期望，所以，"他又耸耸肩，"我被逼了回来，他们已经代我物色了一打女孩子，等我去挑选，哈哈！"他忽然爽朗地大笑了起来："你们猜，我这个受过最现代的教育，有最新潮的思想，最受不了羁绊与拘束的人，最近一个月在忙些什么？我老实告诉你们吧，我在'相亲'！哈哈！"他又笑，充满了自嘲和揶揄，"我母亲说，我如果再不结婚，她就自杀，你们瞧，严不严重？"

"这还不是为了你好，"萧太太笑着说，"你不了解做父母的心！"

"您呢？伯母？"高皓天望着萧太太，"您也想早些抱孙子吗？您也希望振风马上结婚吗？"

"我不同,"萧太太摇了摇头,微笑着,"儿女的婚姻是儿女终身的事,不是我终身的事,我尊重他们的选择。至于抱孙子嘛……"她笑得更深了,"还是听其自然的好!"

"你瞧!"高皓天叫着,"您的思想就比我母亲清楚多了!应该介绍她来见您,让您开导开导她!"

"算了,"萧振风说,"你妈那种老顽固,和我妈根本是两个世界里的人,见了面准是'话不投机半句多'!还是不见的好!"

"振风!"萧太太笑着骂,"怎么这样说话呢?"

"他说得半点也不错!"高皓天立即接口,"我妈是个名副其实的老顽固!"

"哎呀!"萧太太失笑地叫出来,"你们这些孩子还得了?背后就这样随便批评父母!你们三个,背后大概也喊我老顽固吧!"

"天地良心!发誓没有!"萧振风说,用手一把揽住母亲的肩,"妈,你是天下最好最好最好的母亲!"

"哦,哦,别灌迷汤了,这么大的人还撒娇!"萧太太笑骂着,却无法掩饰唇边那骄傲而发自内心地笑。

高皓天看着这一切,他点了点头,有片刻时间,笑容从他的唇边隐去,他看来忽然深沉了许多。望着萧太太,他诚恳地说:"伯母,说真心话,我一直很羡慕你们的家庭!"

"是吗?"萧太太感动地说,"那么,你就该常常来玩!"

"以后,可能来得让你嫌烦呢!记得以前我们差点把房子拆掉的情形吗?"

"怎么不记得?"萧太太笑着,"有一次我从外面回家,那时住的还是日式的房子,你们正在花园里烤肉吃,我一进门就听到振风在说:'拆那扇纸门吧,反正日式房子有门没门都差不多!'我进去一看,哟!不得了,你们已经烧掉两扇纸门了!正在拆第三扇呢!"

这一提起,大家就又哄然大笑了起来。一时间,旧时往日,如在眼前,大家又笑又说,热闹得不得了,高皓天的目光忽然和萧依云的接触了,她始终反常地安静,只是微笑地望着他们笑闹,好像她又成了一个被排挤在外的"黄毛丫头",高皓天一经接触到那对眼光,就抑制不住心中一阵奇异地震荡,多么清亮灵活的眸子!带着那么一份慧黠及调皮的神态……一个十四五岁的小姑娘,缠绕在他们的脚下,拍着手,把他们四大金刚编成歌谣来唱……他凝神片刻。

"依云!"他喊。

"什么?"依云一震。

"记得你以前编了一支歌谣来笑我们吗?"

"是呀!"依云笑了,不知所以地红了脸。

"还记得吗?"

"当然。"

"念来听听看。"

依云微侧着头,想了想,还没念,就忍不住先笑起来了,一面笑,她一面念:"大哥见人叫一叫,二哥见人跳一跳,三哥见人笑一笑,四哥见人闹一闹,四只猴子蹦蹦跳,四只乌鸦呱呱叫,四只苍蝇满屋绕,四只狗熊姓什么?姓萧,姓任,姓高,与姓赵!"

她一念完,满桌的人已经笑弯了腰。高皓天笑停了,瞪着依云说:"说老实话,黄毛丫头,你这个歌谣作得还挺不错的,你一定生来就有文学天赋!几句话,可以说把我们几个都勾活了。"

"好,好,好,"萧振风说,"皓天,你要承认自己是什么苍蝇啦,乌鸦啦,猴子啦,狗熊啦……我并不反对,可别把我也拉进去!依云最大的天赋就是会挖苦人,将来非嫁个磨人老公不可!"

"哥哥!"依云瞪着眼嚷,"你当心……"

"得了,得了,小妹,"萧振风慌忙投降,"我怕你,怕你!现在你是老师了,一定更凶了!"

一句话提醒了萧家的人,只因为被高皓天的出现弄昏了头,都没有问问萧依云第一天上课的情形,大家纷纷询问,可是,依云却避开了学校的问题。而高皓天是那样容易吸引人,所以,一会儿题目就又围绕着高皓天打转了。饭后,大家散坐在客厅内。用人阿香抱来了武武,那孩子正哭哭啼啼地找妈妈。依靠把孩子紧紧地揽在怀内,用小手帕拭着他的泪痕,不住口地说:"啊啊,小武武乖,哦哦,妈妈疼,妈妈爱,武武不哭!武武是乖宝宝。"

小文文梳了两条小辫子,只是静悄悄地依偎在任仲禹的膝前,像一只依人的小鸟。任仲禹不住怜爱地用手抚摸着文文的头发。高皓天看着这一切,轻叹了一口气。

"当父亲是什么滋味?仲禹?"他问。

任仲禹呆了呆，唇边浮起一个复杂的笑。

"如人饮水，冷暖自知。"他说，注视着高皓天，"只有等你自己当了父亲，你才能了解其中的滋味。"

萧依云望着那两个孩子，因为刚刚提到了她当老师的事情，又因为面前这两条小生命，使她又勾起了对"生命"的怀疑，她呆着，愣着，忽然间默默地出起神来了。萧振风他们又开始热闹地谈话，从过去的时光，谈到离别的日子，谈到现在的工作，谈到未来的计划，谈到世界大局，谈到美元贬值，谈到政治，谈到社会……话题越扯越大，越扯越远……

时间是越来越晚，夜色越来越浓，小武武躺在依靠怀里睡着了，小文文摇头晃脑地打瞌睡……高皓天站起身来，说他必须回家了。任仲禹和依靠也乘机站起来，声称一起出去。于是，一阵混乱，找文文的小大衣，找武武的小鞋子，文文丢了小手绢，武武刻不离身的小手枪也不见了……于是，找东西的找东西，给孩子们穿衣服的穿衣服，大家告辞的告辞，叮嘱的叮嘱……高皓天悄悄走到依云的身边，轻声说："有没有人告诉过你，你是个很矛盾的人？"

"怎么？"她怔了怔。

"活泼的时候，你像一团跳跃的火焰，沉静的时候，你像一潭深不见底的湖水。"

她抬眼看他，于是，一瞬间，她在他眼底读出了许许多多的东西：有关怀、有探测、有研究、有了解。她的心猛跳了两下，血液就往头里冲去，她的面颊发热了。

"没有人是火与水的组合。"她说。

"你正是火与水的组合!"他说。

她凝视他,于是,她明白了,整晚,他虽然在高谈阔论,却也一直在观察着她——用一种平等的眼光来观察,并非把她看成一个黄毛丫头!她垂下了眼帘,生平第一次,感到一阵乍惊乍喜的浪潮,在她体内缓慢地冲激流荡,她低着头,不敢扬起眼睫来了。

然后,客人走了。

深夜,依云仰躺在床上,用头枕着手,她睁大了眼睛,了无睡意地望着天花板。当母亲的脚步声在门外响起时,她喊了一声:"妈妈!"

萧太太走了进来,微笑地坐在床沿上,望着她那满腹心事的小女儿。

"什么事?依云?"她慈祥地问。

她想着俞碧菡,她想着李雅娟,她想着高皓天那急于抱孙子的母亲,她想着文文和武武……

"妈,假若你没生大哥,你会觉得很遗憾吗?"

萧太太愣了一下。

"为什么单提你大哥?"她问,"没有生你们任何一个,对我都是遗憾。"

"你'要'我们每一个吗?"

"当然!你怎么问出这样的傻问题?"

"可是,大哥是个儿子呢!"

萧太太扑哧一笑。

23

"对我，儿子和女儿完全一样。"

"并不是对每个人都如此，是吗？"她说，想着李雅娟，和她那新出世的小女婴，"妈妈，告诉我，生命的意义是什么？"

萧太太深深地望着依云，她沉思了。

"我不知道，依云，你问住了我。"她说，"对我而言，生命是一种喜悦。"

"并不是对每个人都如此，是吗？"她再说。

萧太太沉默了一会儿。

"对你呢？依云？"

依云扬起睫毛，看着天花板，看着窗子，窗玻璃上有雨珠的反光，夜色里有街灯的璀璨，她忽然笑了。坐起身来，她一把抱住了母亲的脖子，重重地吻她。

"妈妈，谢谢你给了我生命，我喜欢它，真的。"

萧太太的眼眶潮湿。

"你是个小疯丫头，依云。"她感动地说，"你有个稀奇古怪的小脑袋，装满了稀奇古怪的思想。我不见得很了解你，但是，我好爱好爱你。"

"妈妈，我也好爱好爱你！"

萧太太屏息片刻。

"依云，"她沉思着说，"你刚刚问我生命的意义在哪里？我答不出来，现在，我可以告诉你了。"

"在哪里？"

"就在你这句话里：我好爱好爱你！就在这句话里，依云，就因为这句话，生命才绵延不断，不是吗？"

是吗？依云不知道：有些生命在盼望中诞生，有些生命在诅咒中诞生，是不是每一条生命都产生在爱里？滋养在爱里？她望着母亲，笑了。无论如何，母亲是个好母亲，天下最好的！她不愿再给母亲增加问题了，她必须自己去想，自己去分析，用自己的生命去探索。

"我想是的。"她轻声说。

"好了，睡吧！"萧太太掖着她的棉被。

于是，她睡了。阖着眼睛，她不断想着：生命在爱里，生命在喜悦里，生命在笑里，生命在希望里……明天，她要去找俞碧菡，告诉她这一点，不管她信不信！明天，希望不要下雨，是个好天气！明天，那个"天好高"还会来吗？……

她羞涩地把头埋进软软的枕头里，睡着了。

第二章

天才只有一些蒙蒙亮,俞碧菡就陡然从一个噩梦中惊醒了。翻身坐起来,她来不及去回忆梦中的境况,就先扑向床边的小几,去看那带着夜光的小钟,天!五点过十分!她又起晚了,有那么多事要做呢!她慌忙下了床,光脚踩在冰凉的地板上,一阵寒意从脚底向上冲,忍不住就连打了几个寒战。摸黑穿着衣裳,她悄悄地,轻手轻脚地,别吵醒了同床的妹妹,别吵醒了隔壁房的妈妈爸爸,别吵醒了那未满周岁的小弟弟……

穿好了衣服,手脚已经冻得冰冰冷。天,冬天什么时候才会过去呢?望望窗外,淅沥的雨声依旧没有停。天,这绵绵细雨又要下到哪一天才为止?回过头来,她下意识地看看同床的大妹,那孩子正熟睡着,大概是被子太薄了,她不胜寒瑟地蜷着身子,俞碧菡俯下身去,轻轻地把自己的棉被加在她的身上。就这样一个小小的惊动,那孩子已经惊觉似的翻了个身，呓语般地叫了一声："姐姐！"

"嘘！"她低语，用手指轻按在大妹的唇上，抚慰地说，"睡吧，碧荷，还早呢！到该起床的时候我会来叫你！睡吧！好好睡。"

碧荷翻了个身，身子更深地蜷缩在棉被中，嘴里却喃喃地说了一句："我……我要起来……帮你……"

话没有说完，她就又陷入熟睡中了。碧菡心中一阵恒恻，才十一岁呢！十一岁只是个小小孩，小小孩的世界里不该有负担，小小孩的世界里只有璀璨的星光和五彩缤纷的花束……小说中都是这样写的，童年是人生最美丽的时光！昨天放学回家，她发现碧荷面颊上有着瘀紫的青痕，她没有问，只是用手抚摸着碧荷的伤痕，于是，碧荷泪汪汪地把面颊埋进她的怀里，抽泣着低唤："姐姐！姐姐！"

一时间，她搂紧了妹妹的头，只是想哭。可是，她不敢哭，也不能哭。就这样，也已经惹恼了母亲，原来她一直在视窗望着她们！"哗啦"一声，她拉开窗子，一声怒吼："你们在装死呀？你们？碧菡！你捣什么鬼？一天到晚扮演被晚娘虐待的角色，现在还要来教坏妹妹！难道我还对不起你们吗？你说你说！我们这种家庭的女儿，几个能念高中？给你念多了书，你就会装神弄鬼了……"

小碧荷吓得在她怀里发抖，挣扎着从她怀中抬起头来，她发青的小脸上挤出了笑容："妈，姐姐只是抱着我玩！"她笑着说，那么小，已经精于撒谎和掩饰了。"玩！"母亲的火气更大了，"你们姐妹俩倒有时间玩！我一天从早忙到晚，给你们做下女，做老妈子，侍候你们这些少爷小姐！你们命好，你们命大，生来的小姐命！我呢？是生来的奴才命……玩！你们放了学，下了课，念了书，在院子里玩！我呢？烧饭、洗衣、擦桌子、扫地、抱孩子……我怎么这样倒霉！什么人不好嫁，要嫁到你们俞家来，我是前八百辈子欠下的债，这辈子来还的吗？要还到什么时候为止？……"

母亲的"抱怨"，是一打开话匣子就不会停的，像一卷可以轮放的答录机，周而复始，周而复始，永远放不完。碧菡只好推开了碧荷，赶快逃进厨房里，去淘米煮饭，而身后，母亲那尖锐的嗓子，还一直在响着，昨天整晚，似乎这嗓音就没有停过。

可怜的小碧荷！可怜的小碧荷！她出世才两岁就失去了生母，难怪她常仰着小脸问她："姐姐，我们亲生的妈妈是什么样子？"

"她是个非常美丽非常温柔的女人。"她会回答。

"我知道，"碧荷不住地点头，"你就像她！姐姐，你也是最美丽最温柔的女人！"

她怔了。每听到碧荷这样说，她就怔了。是的，自己长得像母亲。可是，在记忆中，母亲是那样细致，那样温存，那样体贴！自己怎么能取母亲的地位而代之！怎能照顾好弟弟妹妹？

轻叹了一声，碧菡惊觉了过来，不能再想心事了，不能再发呆了，今天已经起得太晚，如果工作做不完，上学又会迟到，再迟到几次，操行分数都该扣光了。前两天，吴教官已经把她训了一顿:"俞碧菡!你怎么三天两头的迟到?你是不是不想念书了?!"

不想念书了?不想念书了?天知道她为了"念书"付出了多大的代价!多少的挣扎!永远记得考中高中以后,她长跪在继父继母的面前,请求"念书"的情况:"如果你们让我念书,我会一生一世感激你们!下课之后,我会帮忙做家务,我会一清早起来做事!请让我念下去!求你们!"

"哎!"继母叹着气,"我们又不是百万富豪的家,也不想出什么女博士,女状元。女孩子嘛,念多少书又有什么用呢?最后还不是结婚、嫁人、抱孩子!"

"碧菡,"父亲的话却比较真实而实际,"我虽然不是你的生父,也算从小把你带大的,我没有念过多少书,我只能在建筑公司当一名工头!我没有很多钱,却有一大堆儿女,我要养活这一家人,没有多余的钱给你缴学费!不但如此,我还需要你出去工作,赚钱来贴补家用呢!"

"爸爸,求你!求你!我会好好念书,我会申请清寒奖学金!我自己解决学费问题!等我将来毕业了,我赚钱报答你们!爸爸,求您!求您!求您……"

她那样狂热,那样真诚,那样哀求……终于,父亲长叹了一声,点下了他那有一千斤重般的头。于是,她念了高中,母亲的话却多了:"奇怪,她又不是你亲生的,一个拖油瓶!你就这么宠着她!我看呀,你始终不能对你那个死鬼太太忘情!如果你还爱着她,为什么娶我来呀?为什么?为什么?"

"我是为了碧菡,"父亲的声音有气无力的,"十五岁的小孩子，不念书又能做什么事呢？"

"可做的事多着呢！只怕你舍不得！"继母叫着说，"隔壁阿兰开始做事的时候，还不是只有十五岁！"

阿兰！阿兰的工作是什么？每晚打扮得花枝招展的出去，凌晨再带着一脸的疲倦回来。碧菡激灵地打了几个冷战，从此知道自己在家庭中的地位是岌岌可危的。念书，她加倍地用功，加倍地努力，只因为她深深地明白，对于许多同学而言，念书是对父母的一项"责任"，可是，对她而言，"念书"却是父母对她的"格外施恩"。不想念书！吴教官居然问她是不是不想念书了？唉！人与人之间，怎会有那么长那么大的距离？怎能让彼此间获得了解呢？

走进了厨房，第一步工作是淘米煮稀饭，把饭锅放在小火上煨着。乘煮饭的时间，她再赶快去拿了盛脏衣服的篮子，坐到后院的水龙头下搓洗着。一家八口，每天竟会换下这么多的脏衣服，她拼命搓，拼命洗，要快！要快！她还要装弟妹们的便当呢！怎样能把一个人分作两个或分作四个来用？肥皂泡在盆子里膨胀，在盆子里挤压，在盆子里破裂，冰冷的水刺痛了她的皮肤。后院的水龙头虽在墙边，那窄窄的屋檐仍然挡不住风雨，雨水飘了过来，打湿了她的头发，也打湿了她的面颊……她望着那盆脏衣服，手在机械化地搓揉，脑子里却像万马奔腾般掠过了许许多多思想。她想起萧老师，那年轻的代课老师，前两天，她竟把她叫到教员休息室里，那样热心地告诉她生命的意义：生命是喜悦，生命是爱，生命是光明，生命是希望……萧依云用那样散发着光彩的眼睛望着她,那样热烈而诚恳地述说着:生命!生命!生命!生命是一切最美、最好、最可爱的形容词的堆积!她搓着那些衣服,用力地搓,死命地搓,手在冷水中浸久了,不再觉得冷,只是热辣辣地刺痛。屋檐上有一滴雨珠,滑落下来,跌进她的衣领里。同时,两滴泪珠也正轻悄地跌落进洗衣盆里。"俞碧菡,你必须相信,不论你的出生多么苦,不论你的环境多么恶劣,你的生命必然有你自己生命的意义!"萧依云的声音激动,眼光热烈,满脸都绽放着光彩,"你才十七岁,你的生命才开始萌芽,将来,它会开花,会结果,那时,你会发现你生命的价值!"

是吗?是吗?将来有一天,她会远离这些苦难,她会发现生命的价值,而庆幸自己活着!会吗?会吗?萧老师是那样有信心的!萧老师也年轻,却不像她这样悲观呀!她挺直了背脊,看着那些肥皂泡泡,一时间,她觉得那些白色的泡沫好美,好迷人,那样轻飘飘地荡漾在水面上,反射着一些彩色的光华。她不自禁地用手捞着那些泡泡,水泡浮在她的掌心中,她出神地看着它们,凝视着它们在她的手心里一个个地破灭、消失。生命不是肥皂泡,生命是实在的、美好的,她才起步,有一大段的人生等着她去走,去体验,去享受……

她陷进一份美妙的憧憬中了。

"碧菡!"

一声厉声的吼叫,吼走了她所有的梦和幻想,她惊跳起来,扑鼻的焦味告诉她,她已经闯了祸了。她冲进厨房里,母亲正站在那儿，蓬着头发，铁青着脸，怀里抱着未满周岁的小弟弟。母亲的眼睛瞪得像铜铃，声音尖厉得像两支互锉的钢锯。"你看你做的好事！"她大叫着，"一大锅饭呢！你在干些什么？"

碧菡冲到炉边，本能地就抓住锅柄，把那锅已烧焦的稀饭抢救下来。她忘了那锅柄早已断了，顿时，一阵烧灼的痛楚尖锐地刺进了她的手指，她轻呼了一声，慌忙把锅摔下来，于是，锅倾跌了，半锅烧焦的稀饭扑进火炉里，引发出一阵"嗤"的响声，火灭了，稀饭溢得满炉台、满地都是。

"你故意的！"母亲尖叫，冲过来，她一把抓住了她的耳朵，开始死命地拉扯，"你故意的！你这个死丫头！你这个坏良心的死人！你故意的！"

"不是，妈，不是！"她叫着，眼泪在眼眶里打着转，她的脑袋被拉扯得歪了过去，"对不起，妈，对不起，我没注意，不是故意的……"

"还说不是故意的！你找死！"母亲扬起手来，顺手就挥来一记耳光，碧菡一个趔趄，直冲到炉台边，那锅稀饭再一次倾跌过去，整锅都倾倒了。

母亲手里的小弟弟被惊吓了，开始号哭起来，全家都惊动了，弟妹们一个个钻进厨房，父亲的脸也出现了。

"怎么回事？"父亲沉着声音问，因为没睡够而发着火。

"一大清早就这样惊天动地的干什么？"

"你瞧瞧！你瞧瞧！"母亲指着那锅稀饭，气得浑身发抖，"这是你的宝贝女儿做的！她烧焦了饭，还故意把它泼掉！看看你的宝贝女儿！你做工供她读书，她怎样来报答你！你看看！你看看！"

"我……我不是故意的，"碧菡噙着满眼睛的泪，勉强地解释，"绝不是故意的！"她开始抽泣。

"哭什么哭？"父亲恼怒地叫，"一清早，你要触我的霉头是不是？你在干些什么？为什么烧不好一锅饭？"

"我……我……我在洗衣服……"碧菡用袖子擦着眼泪，不能哭，不能哭，父亲最忌讳早上有人哭，他说这样一天都会倒霉。不能哭，不能哭……可是，眼泪怎么那么多呢？

"洗衣服？！"母亲三步两步地走进后院里，顿时又是一阵哇哇大叫："天哪，她要败家呢！衣服一件也没洗好，她倒掉了整包的肥皂粉！……"

完了！准是那些肥皂泡泡害人，她一定不知不觉地用了过多的肥皂粉。母亲折回到厨房里来，脸色更青了，眼睛瞪得更大了，她直逼向她。

"你在洗衣服？"她压低声音，一个字一个字地问，"你在洗什么衣服？"举起手来，她又来拧她的耳朵，碧菡本能地往旁边一闪，母亲没抓住她，却正好一脚踩在地上的稀饭里，稀饭黏而滑，她手里又抱着个孩子，一时站不牢，就连人带孩子跌了下去。一阵乒乒乓乓的巨响，碗橱带翻了，碗盘砸碎了，孩子惊天动地地大哭起来。

碧菡的脸色吓得雪白，她慌忙扶起了母亲，抱起地上的小弟弟。父亲三脚两步地抢了过来，一把抱走了孩子，母亲站直身子，呼天抢地般哭叫了起来。

"她推我!她故意推我!她这个婊子养的小杂种!她想要害死我们母子呢!哎哟,我不要活了!我不要活了!她推我!她连我都敢推了!哎哟……"

碧菡睁大了眼睛,声音发着抖:"我没有……我没有……"她啜嚅着,喘息着,"我真的没有……"

父亲把小弟弟放在床上,那孩子并没受伤,却因惊吓而大哭不停。父亲大跨步地走了过来,在碧菡还没弄清楚他要干什么之前,她已经挨了一下重重的耳光,这一下重击使她耳中嗡嗡作响,脑子里顿时混沌一片。她想呼叫,却叫不出来,因为第二下,第三下,第四下……无数的打击已雨点般落在她的头上、脸上和身上。她头昏目眩,失去了所有思考的能力,只感到撕裂般的疼痛,疼痛,疼痛……然后,她听到一声凄惨地呼叫:"爸爸!请你不要打姐姐!请你不要打姐姐!"

是碧荷!那孩子冲了过来,哭着用手紧抱住碧菡,用她小小的身子,紧遮在碧菡的前面,哭泣着喊:"不要再打了!不要再打了!不要再打了!"

父亲的手软了,打不下去了,他悄然地垂下手来,望着这对幼年丧母的异父姐妹。他跺了一下脚,重重地叹了一口气:"孽债!真是孽债!"

碧荷瘦小的身子颤抖着,她那枯瘦的手腕仍然紧攀在碧菡的身上。父亲再跺了一下脚:"碧菡!今天不许去上课!你把那些衣服洗完!再去把小弟的尿布洗了!而且,罚你今天一天不许吃饭!"

父亲掉头走开了。

碧菡退到院子里，坐下来，她又开始洗那些衣服。碧荷跟了过来，搬了一个小板凳，她坐在姐姐的身边。

"碧荷，"碧菡低声说，"你该去上学了。"

"不！"碧荷坚决地摇着她的小脑袋，"我帮你洗衣服！"

"你洗不动，"碧菡的眼泪顺着面颊滚下来，"你听我话，就去上课。"

"不。"碧荷的眼泪也滚了下来，她抽泣着，"我要陪你，姐姐，不要赶我走，我可以帮你洗尿布。"

碧菡伸出手去，轻轻整理碧荷鬓边的头发。碧荷抬眼望着姐姐，她用衣袖去拭抹碧菡的嘴角。

"姐姐，"她哭泣着说，"你流血了。"

"没有关系，我不痛。"

"姐姐，"碧荷压低声音说，"我恨爸爸。"

"不，你不可以恨爸爸，"碧菡在洗衣板上搓着衣服，那些肥皂泡泡又堆积起来了，"爸爸要工作，要养我们，爸爸很可怜。你不可以恨爸爸。"

"那么，我恨妈妈！"

"嘘！"碧菡用手压住了妹妹的嘴唇。"你不可以再说这种话，不可以再说！"她擦拭着那张泪痕狼藉的小脸，"别哭了，碧荷，别哭了。"

碧荷努力抑制住了抽噎，她望着碧菡，小脸上是一片哀戚。

碧菡尝试对她微笑，尝试安慰她："让我告诉你，碧荷。"她说，"你不要伤心，不要难过，因为……因为……"她看着

35

那些带着彩色的肥皂泡:"因为生命是美好的,是充满了爱,充满了喜悦,充满了希望,充满了光明的……"

碧荷睁大了眼睛,她完全不了解碧菡在说些什么,但是,她看到大颗大颗的泪珠,涌出了姐姐的眼眶,滚落到洗衣盆里去了。

俞碧菡有三天没有来上课。

对萧依云这个"临时"性的"客串"教员来说,俞碧菡来不来上课,应该与她毫无关系。反正她只代一个月的课,一个月后,这些学生就又属于李雅娟了。如果有某一个学生需要人操心的话,尽可以留给李雅娟去操心,不必她来烦,也不必她过问。可是,望着俞碧菡的空位子,她就是那样定不下心来。她眼前一直萦绕着俞碧菡那对若有所诉的眸子,和嘴角边那个怯弱的、无奈的微笑。

第四天,俞碧菡的位子还空着。萧依云站在讲台上,不安地皱起了眉头。

"有谁知道俞碧菡为什么不来上课吗?"她问。

"我知道。"一个名叫何心茹的学生回答,她一直是俞碧菡比较接近的同学,"我昨天去看了她。"

"为什么?她生病了吗?"

"不是,"何心茹的小脸上浮上一层愤怒,"她说她可能要休学了!"

"休学?"萧依云惊愕地说,"她功课那么好,又没生病,为什么要休学?"

"她得罪了她妈。"

"什么话？"萧依云连懂都不懂。

"她说她做错了事，得罪了她妈，在她妈妈气消了以前，她没办法来上课。"何心茹的嘴翘得好高，"老师，你不知道，她妈是后母，我看那个女人是个虐待狂！"

虐待狂？小孩子懂什么？胡说八道。但是，一个像俞碧菡那样复杂的家庭，彼此一定相当难以相处了。总之，俞碧菡面临了困难！总之，萧依云虽然只会当她三天半的老师，她却无法置之不理！总之，萧依云知道，她是管定了这档子"闲事"了。

于是，下课后，她从何心茹那儿拿到了俞碧菡的地址，叫了一辆计程车，直驰向俞碧菡的家。

车子在大街小巷中穿过去，松山区！车子驰向通麦克亚瑟公路的天桥，在桥下转了进去，左转右转地在小巷子里绕，萧依云惊奇地望着外面，那些矮小简陋的木板房子层层叠叠地堆积着，像一大堆破烂的火柴盒子。从不知道有这样零乱而嘈杂的地方！这些房子显然都是违章建筑，从大门看进去，每间屋子里都是暗沉沉的。但是，生命却在这儿茂盛地滋生着，因为，那泥泞的街头，到处都是半大不小的孩子，穿着臃肿而破烂的衣服，虽然冻红了手脚，却兀自在细雨中追逐嬉戏着。

车停了，司机拿着地址核对门牌。

"就是这里，小姐。"

萧依云迟疑地下了车，付了车资，她望着俞碧菡的家。同样地，这是一栋简陋的木板房子，大门敞开着，在房门口，有个三十余岁的女人,手里抱着个孩子,那女人倚门而立,满不在乎地半裸着胸膛在奶孩子。看到萧依云走过来,她用一对尖锐的、轻蔑的眼光,肆无忌惮地打量着她。萧依云感到一阵好不自在,她发现自己的服饰、装束和一切,在这小巷中显得那样的不协调,她走过去,站在那女人的前面,礼貌地问:"请问,俞碧菡是不是住在这儿?"

女人的眉毛挑了起来,眼睛睁大了,她更加尖锐地打量她,轻蔑中加入了几分好奇。

"你是谁?"她鲁莽地问,"你找她干什么?"

"我是她的老师。"萧依云有些恼怒,这女人相当不客气啊,"我要来访问一下她的家庭。"

"哦,"那女人上上下下地看她,"你是老师,倒看不出来呢!怎么有这么年轻漂亮的老师呢!"她那冰冷的脸解冻了,眉眼间涌上了一层笑意:"真了不起哦,这么年轻就当老师!"

一时间,萧依云被弄得有点儿啼笑皆非,她简直不知道这女人是在讽刺她还是在赞美她。尤其,她那两道眼光始终在她身上放肆地转来转去。

"请问,"她按捺着自己,"俞碧菡是不是住在这里?"

"是呀!"那女人让开了一些,露出门后一个小小的水泥院子,"我就是碧菡的妈。你找她有什么事吗?"

哦!萧依云的喉咙里哽了一下,这就是俞碧菡的母亲?那孩子生长在怎样的一个家庭里呀?

"噢,"她嗫嚅了一下,"俞太太,俞碧菡在家吗?"

"在呀！"那"俞太太"耸了耸肩。可是，并没有请她进去的意思，也没有叫俞碧菡出来的意思。萧依云站在那泥泞满地的小巷里，生平没有这样尴尬过。

"俞太太，"她只好直截了当地说，"我能不能进去和俞碧菡谈谈？"

"哦！"那女人把孩子换了一边，把另一个乳头塞进孩子嘴里，"老师，你是白来了一趟，我们家碧菡不上学了，你也不用做家庭访问了！"

好干脆的一个硬钉子！萧依云呆了呆，顿时被激怒了。她那倔强的、自负的、不认输的个性又抬头了。

"不管她还上不上学，我要见她！"她斩钉截铁地说，自顾自地跨进了那小院子。

"哎哟，哎哟！"那女人大惊小怪地叫了起来，"你这个老师怎么随便往别人家里乱闯的？"

才跨进院子，萧依云就和一个奔跑着的小女孩撞了个满怀，那孩子只在她身上一扶，就在她的白大衣上留下了两个小手印。萧依云慌忙让向一边，这才发现另有个小女孩在追着前面那个，两个孩子满院奔跑，叫着、嚷着，只一会儿，前面的就被后面的追上了，两人开始纠缠在一块儿，你抓我的头发，我扯你的衣服，滚倒在满院的积水中，扭打成了一团。

那女人奔了过来，不由分说地对着地上的孩子一阵乱踢，一面扬着声音嚷："碧菡！碧菡！你在做什么鬼？叫你给她们洗澡！你又死到哪里去了？"

俞碧菡出现了,她总算出现了,她急急地从屋里奔出来,一面跑一面解释:"水还没有烧热,我正在洗菜……"

她猛地收住了步子,惊愕地站住了,呆呆地,不敢相信似的望着萧依云。然后,她讷讷地,口齿不清地说:"怎……怎么?萧……萧老师?"

"俞碧菡,"萧依云望着她,一件单薄的衬衫,一条短短的裙子,在这样寒冷的天气里,她甚至连件毛衣都没有穿!她的鼻子冻得红红的,面颊上有着明显的青紫色的伤痕,她的手在滴着水,手里还握着一把菜叶子。萧依云深吸了一口气,"俞碧菡,我来看看你是怎么了?为什么好几天不去上课?"

"哦……哦……老师,"碧菡嗫嚅着,惊惶、意外,而且手足失措,"您……您怎么……怎么亲自来了?噢,老……老师,请进来坐。"她怯怯地看了母亲一眼,又加了句:"妈,这是萧老师。"

"我们已经见过了!"那母亲冷冰冰地说,声音里充满了敌意,"家庭访问!我们这样的家庭,还有什么好访问的呢?别请进去坐了,那屋子还见得了人吗?别让人家萧老师笑话吧!"

"妈!"俞碧菡哀求似的喊了一声,就用那对又抱歉、又不安、又感动,而又惊惶的眼光望着萧依云,低低地说:"萧……萧老师,好歹进来喝杯茶!"

"茶?"那女人阴阳怪气的,"家里哪儿来的茶叶呀?别摆空面子了。"

"好了，俞碧菡，"萧依云很快地说，她不想再招惹那个莫名其妙的女人，也不愿再让俞碧菡为难，"我不进去了，我只是来问你为什么不上学，既然你没生病，明天就去上课吧，怎样？"

"我……我……"俞碧菡怯怯地望着母亲，终于哀求地叫了一声："妈！"

"叫魂呀？"那女人吼了一句，"谁是你妈？你妈早死了！"

"妈！"俞碧菡走了过去，双腿一软，就跪在母亲面前了。

她仰着头，大眼睛里含满了泪："请原谅我吧，妈！请让我明天去上课吧！"

"哟！"那女人尖声叫，"你这是干什么？下什么跪？装什么样子？好让你老师骂我虐待你是吗？你好黑的心哪！别装模作样了！你给我滚起来！"

俞碧菡慌忙站起身子，却依然哀哀切切地叫："妈！请求你！妈！"

萧依云忍不住了，她走向前去。

"俞太太，"她勉强抑制着一腔怒火，尽量维持声音的平静，"孩子做错了事，罚她干什么都可以，为什么不许她读书呢？碧菡是好学生，你就宽宏大量一些，原谅了她，让她去上课吧！"

"哎哟！"那女人又开始尖叫，"是我不让她读书吗？我有什么权利不让她读书？萧老师，你可别被这孩子骗了，她自己不上学，关我什么事？我拿绳子拴了她吗？我绑了她的手脚吗？她要翘课，是她的事，可不是我的事！这死丫头生来就会装神弄鬼！做出一副可怜样儿来陷害我！我倒霉，我该死，我瞎了眼嫁到俞家，天下还有比后娘更难当的吗？……"

看样子，她的述说和尖叫一时是不会停的。萧依云一把握住了俞碧菡的手，坚定地、恳切地、命令似的说："俞碧菡，明天来上课，你妈已经亲口答应了，她不能再反悔！你尽管来！天塌下来，我来帮你顶！"

说完，她一甩头，就转身跨出了俞家，可是，才走出那大门，她就听到一声清脆的耳光声。她一惊，倏然回头，正好看到那母亲的手从俞碧菡的面颊上收回来。这一来，她可大大地震惊而愤怒了，她折了回去，大声说："你怎么可以打人？"

"哟！"那母亲的声音尖厉刺耳，"哪一个学校的老师管得着母亲教训女儿？你是老师，到你的学校去当老师！我这儿可不是你的学校，我也不是你的学生！我高兴打我女儿，你就管不着！"她向前跨了一步，肩一歪，胸一挺，一股要打架的样子："怎么样？你说？你要怎么样？"

萧依云气昏了，生平没碰到过这种女人，生平没遭遇过这种事，她气得浑身发抖。

"你……你……你……"她喘着气说，"你再这样子，我……我到派出所去……去……"

"派出所？"那女人尖叫一声，就冷笑了起来，"好呀，去呀！我们去呀！我又没有抢你的汉子，谁怕去派出所？"

还能有更难听的话吗？萧依云连声音都抖了："你……你……你在说些什么？"

俞碧菡赶了过来,她一把抓住萧依云的手臂,推着她,哀求地、歉然地、焦灼地喊:"老师,你去吧!老师,你走吧!老师,你不要和她扯下去了!她会越说越难听的!"泪水涌出了她的眼眶,遍布在她的面颊上,"老师,对不起,对不起,对不起,老师,我真对不起你!"

萧依云望着俞碧菡那受伤的、满是泪水的面庞。

"你为什么要在这样的家庭里待下去?"她激动地喊,"你为什么不反抗?为什么要这样逆来顺受?"

俞碧菡泪眼迷蒙,她一脸的凄楚,一脸的迷惘,一脸的孤苦与无助。

"老师,你不懂的,"她默默地摇头,"这儿是我的家,我从小生长的地方,它虽然不是最好的家,对我而言,也是一个庇护所,离开了它,我又能到什么地方去呢?"

一句话问住了萧依云,真的,离开了这个家,她又能到什么地方去呢?望着俞碧菡那张怯弱、柔顺,充满了无可奈何的脸,她忽然觉得自己既幼稚又无聊!她只能叫她坚强,告诉她生命的美丽,但是,事实上,自己能给她一丝一毫的帮助吗?空口说白话是没有用的,坚强!坚强!这女孩除了坚强以外,还需要很多别的东西呀!

"好吧,"她吞下了一腔难言的苦涩与愤怒,叹口气说,"明天来上课,我要和你好好地谈一谈!"

俞碧菡轻轻地点了点头。

萧依云再看了她一眼,情不自禁地伸出手去,摸了摸她那瘦弱的手臂,然后,在一阵突然涌上心头的冲动之下,她很快地脱下了自己的大衣，披在俞碧菡的肩上，一面急切地说："我有好几件大衣，这件拿去，要维持精神的力量已经够难了，我不希望你的身体再倒下去！"

"哦，老师，"俞碧菡愕然地喊，一把抓住大衣，"不……不要！老师！"

"穿上它！"萧依云近乎粗鲁地、命令地喊了一声。掉转头，她很快地，像逃避什么灾难般向小巷外冲去，她不愿再回头看那个女孩和那个"家"，她只想赶快赶快地离开，赶快赶快回到属于她的世界里去。

俞碧菡披着大衣，仍然呆呆地站在小巷中，目送萧依云的背影消失。细雨轻飘飘地坠落，轻飘飘地洒在她的头发和衣襟上。她下意识地用手握紧了那件大衣的前襟，大衣上仍然有着萧依云身上的体温。而她所感受到的，却并不是这件大衣的温暖，而是另一种温暖，一种从内心深处油然上升的温暖，这温暖软软地包围住了她，使她心头酸楚而泪光莹然了。

"碧菡！"

身后的一声大吼又震碎了她的思想，她倏然回头，母亲正大踏步走来，一把扯下了她身上的大衣。

"哈！"她怪声地笑着，翻来覆去地看那件大衣，"你那个老师可真莫名其妙，这样好的一件大衣就拿来送人了！她倒是大方，有钱人嘛！"把手里的孩子往碧菡手中一交，她穿上了那件大衣："刚好，我正缺少一件大衣呢！只是白色太不耐脏了！"

"妈!"碧菡急急地喊,眼泪直在眼眶里打转,"这大衣……这大衣……"她说不出口,她珍惜的,并不是"大衣"的本身,而是这大衣带来的意义,看到这件大衣披在母亲身上,她就有种亵渎的感觉。"妈!"她哀求地叫唤着。她不能亵渎了萧依云,她不能这样轻松地"送"掉这份"温暖","妈,这大衣是……是……"

"怎么?"母亲瞪大了眼睛,"这大衣怎么样?舍不得给我是不是?我告诉你,把你带到这么大,就用金子打一个你也打出来了,你居然小气一件大衣!你少没良心,你这个拖油瓶,你这个死丫头,你以为我看得上这件大衣?我才看不上呢!舍不得给我,我就把它给撕了!"她脱下大衣,作势要撕。

"噢,妈!不要!"碧菡慌忙叫着,"给你吧!给你!我不要它了,给你穿,你别撕它吧!"

"这还差不多!"母亲扬了扬眉,笑着,重新穿上大衣,一面把孩子抱了过来,一面皇恩大赦般地丢下了一句,"看在这件大衣面上,明天去上课吧!"她自顾自地走进了屋里。

碧菡垂下了眼睑,闭上眼睛,一任泪珠和着雨水,在面颊上奔流。

高皓天一下班,他的母亲高太太就迎了上来,带着满脸又兴奋又喜悦的笑,她像报告大新闻般地说:"皓天,我要告诉你一个好消息。"

"什么好消息?"高皓天不太感兴趣地问,母亲生来就有"夸张"的本能。

45

"我告诉你,张小琪的妈和我通了一个长电话,你张伯母说,小琪那儿,百分之八十是没问题了,只要你稍微加紧一点儿!"

"张小琪?"高皓天皱着眉问。

"皓天!"高太太瞪视着他,"你又来了!又开始装腔作势了,你别告诉我,你根本不知道张小琪是谁,那天吃过饭,你还夸她漂亮呢!"

"哦,妈!"高皓天笑笑,"我夸女孩子漂亮是经常的事,你总不会把我夸过的女孩子都弄来做儿媳妇吧?假若你有这个习惯的话,我必须告诉你,我认为最漂亮的女孩子是年轻时代的伊丽莎白·泰勒!你是不是也想帮我做媒呢?"

"皓天!"高太太生气了,"我跟你谈的是正经事!你能不能不开玩笑?"

"我没有开玩笑呀!"高皓天笑嘻嘻地说,"我打读高中的时候起,就在暗恋伊丽莎白·泰勒,让我想想……对了,是从看了她一部《劫后英雄传》开始的,你知道,在那部电影里,那个该死的罗伯特·泰勒居然爱上了琼·芳登,而不选择伊丽莎白·泰勒,你说他是不是瞎了眼?我从此就看不起罗伯特·泰勒了。可是,伊丽莎白·泰勒左嫁一次,右嫁一次,就是轮不到我……"

"你的废话说完了没有?"高太太板着脸问。

"好妈妈,别生气,"高皓天仍然嬉皮笑脸的,"生气会使你的皱纹增加,医生说的!"

"好了!你少让我操点心,我脸上就不会有皱纹了!"高太太说,"我在和你谈张小琪,你别顾左右而言他!我已经代你定了一个约会,明天你请张小琪看电影,吃晚饭!"

"哎呀,妈!"高皓天的笑容被赶走了,他跳着脚叫,"这可不能开玩笑!"

"什么叫开玩笑?"高太太一脸的寒霜,"人家张小琪又年轻又漂亮,又文雅又温柔,又规矩又大方……哪一点儿配不上你了!"

"噢,"高皓天用手直抓头,"原来她的优点有那么多呀?"

"本来就是嘛!"

"那么,"高皓天又笑了,祈求似的看着母亲,"别糟蹋人家好姑娘了,有这么多优点的小姐应该当总统夫人,我实在配不上她!"

"你是什么意思?"高太太真的生气了,她的眼睛瞪得又圆又大,"你安心想打一辈子光棍是不是?你安心和我作对是不是?左挑右挑,这个不满意,那个不满意,你到底要一个怎样的才满意?你慢慢挑没关系,我的头发都等白了,你知道吗?这些年来,你知道我唯一的愿望是什么吗?是我手里有个孩子可以抱抱!我老了,皓天,我没多少年好活了……"

"哎呀,妈!"高皓天急了,慌忙打断母亲的话,"怎么这样说呢?你起码活一百岁!"

"我并不想活一百岁当老妖怪!我只要你早点结婚成家,生儿育女,你已经三十岁了!你知道吗?"

"我知道,知道。"高皓天一迭连声地说,"好了,妈,我也知道你急,爸爸也急,所有的亲戚朋友都代我急,我知道,

47

我都知道。可是，妈，结婚的意义是为了两心相悦，两情相许，并不是为了单纯的生儿育女。如果你为我好，别再代我安排任何约会，那只会增加我的反感！我告诉你，爱情是可遇而不可求的，它来的时候，你赶也赶不走，它不来的时候，你求也求不着。对于这件事，我们还是听其自然的好！"

"听其自然？听到哪一年为止？"

"听到我遇到那个女孩子的时候为止。"

"如果你一辈子遇不着呢？"

"那也没办法！"高皓天耸耸肩，"那是我命苦！"

"你命苦？"高太太提高了声音，"那是我倒霉！生了你这个一点孝心都没有、忘恩负义、没心少肺的儿子！"

"怎么，"高皓天又笑了，"我有那么坏吗？"

"你就是这么坏！"

"你瞧！"高皓天扬扬眉毛，"所以，我说我配不上张小琪吧！人家都是优点，我全是缺点！"他往浴室里钻："算了，妈，我们别再讨论这问题了，我还要出去呢！"他一边吹口哨，一边找胡子刀，洗脸，刮胡子。

"你最近忙得很，每晚到哪儿去？"

"去萧振风家！"

"萧振风！"高太太没好气地叫，"以前和他在一起，动不动就打架生事，现在又和他泡在一块儿了！"高太太顿了顿。

"这个萧振风，他结婚了没有呀？"

"也没有。"高皓天一面刮胡子，一面说。

"你们是两个怪物！"

"可能。"高皓天笑着，"他妹妹也这样说。"

高太太怔住了。

"他妹妹？哦，对了，我记起来了，他有个妹妹，你以前带到家里来玩过，瓜子脸儿大眼睛，长得还不坏呢！"她开始有些兴奋，"他妹妹还没男朋友吗？"

"哦，你说萧依靠呀！"高皓天笑嘻嘻的，用毛巾擦着下巴，"已经是两个孩子的妈妈了。"

"见鬼！"高太太的脸一沉，"那你每晚去他家干什么？"

高皓天从浴室里跑出来，从衣橱里取出一件牛仔布的夹克，他穿着衣服，笑着说："别急，妈，他还有个小妹妹呢！"

"哦！"高太太重新兴奋了起来，却有些狐疑地看着她那刁钻古怪的儿子，"一定只有七八岁，是吗？"

"不，不。"高皓天笑得开心，"已经二十出头了。比她姐姐还漂亮。"

"噢，"高太太热心地接过去，"你们……你们……你们一定相处得不坏吧？"

高皓天对着镜子照了照，拉好了衣领，又用梳子胡乱地掠了掠头发，笑意在他的眼睛里加深。

"她吗？"他侧着头想了想，"她说我是狗熊、猴子、苍蝇和乌鸦的混合品！"

"什么话！"高太太莫名其妙地叫了一声，高皓天已经哈哈大笑着向门口冲去。高太太急急地追到门口来，伸长了脖子叫："明天张小琪的约会到底怎样？"

"取消！"高皓天大叫着，人已经三步并作两步地冲下了楼，消失在楼梯的转角处了。

高太太愣了好一会儿，才回过神来，关好房门，她在沙发上百无聊赖地坐了下来。四面望望，周围是一片寂静。好静，好静，自从上了年纪以来，她就觉得"寂静"是一种莫大的威胁了。沙发柔软而舒适，上面还堆着厚厚的靠垫，但是，为什么自己坐在那儿会觉得浑身不自在呢？她喝了口茶，想叫用人阿莲，但是，想想，叫她又做什么呢？终于，她叹了口气，自言自语："家里能多几个人就好了。"想着皓天，她摇摇头，觉得心中好重好沉好抑郁，"这一代的孩子，我们是不再能了解他们了！"

这儿，高皓天完全没有注意到属于母亲的那份寂寞，吹着口哨，走出公寓的大门，他跳上了那辆从外国带回来的"野马"，一直驰向静安大厦。

一跨进萧家的大门，就听到萧振风在直着脖子嚷："对付这种女人，我告诉你们，最好的办法是揍她一顿！揍得她扁扁的，看她还欺侮人不？"

高皓天笑着走进客厅。

"怎么？振风，你是每况愈下，居然要和女人打架，什么女人招惹了你？"

看到高皓天，萧振风的精神更足了。

"皓天，我们揍人去！"

"揍谁？"

"一个莫名其妙的女人，她欺侮了依云的学生。"

"哈！"高皓天望着坐在沙发里生闷气的依云，"这笔账似乎很复杂，这女人干吗要欺侮那学生？"

"因为她是那学生爸爸的太太。"萧振风抢着回答，"但是，那学生的爸爸是她妈妈的丈夫，并不是她的真爸爸，所以这太太也不是她的真妈妈。"

"哎呀！"高皓天直翻白眼，"什么爸爸的太太？妈妈的丈夫？你越说我是越糊涂了！"

萧依云听哥哥这样一阵乱七八糟的解释，忍不住"扑哧"一声笑了出来。萧振风抚掌大乐："好了，好了！好不容易哪！咱们家的三小姐居然笑了！还是皓天有办法，你一进来她就笑了。你没看到她刚刚那副愁眉苦脸的样子，好像天都塌下来了！教书！别人教书为了赚钱，她教书呀，贴了大衣还受气！"

高皓天更加弄不清楚了，急得直抓头，说："喂喂，你们到底在讲些什么东西？刚刚是什么妈妈的丈夫，爸爸的太太，现在又是什么大衣？能不能说说明白？"萧依云从沙发里跳了起来，一笑说："算了，算了，高皓天，你要是听大哥的，你听一辈子也弄不清楚！算了，我们不谈这件事了！反正，我得到一个感想：人类是生来不平等的！幸福不是每个人都能拥有的东西。而且，上帝并没有安排好这世上的每一条生命。所以，像我们这样幸福的人，应该知足了！"

"哦！"高皓天睁大眼睛，"好像是一篇哲学家的演讲词呢！什么时候黄毛丫头也有这么多大道理？"

"别再叫我黄毛丫头，"萧依云有些伤感地说，"今天我觉得沉重得像个六十岁的老太婆。"

"哦!"高皓天皱起眉头,深深地望着萧依云,"到底发生了什么事?"

萧太太从厨房里走了出来,拍拍手,她轻快地叫:"喂喂!孩子们!都来帮帮忙,阿香一个人弄不了!我们今晚吃沙茶火锅!依云,别再烦了!包你一顿火锅吃下去,什么气都没有了!"

"火锅?"萧振风首先大叫起来,"好极了!吃火锅不能没酒,妈,开一瓶拿破仑好吗?"

"喝酒是可以,"萧太太笑着说,"不许喝醉!"

"我是千杯不醉的人!"萧振风吹着牛,一面忙着搬火锅,放碗筷,"人生最乐的事,是冬天的晚上,围着炉火,喝一点酒,带一点薄醉,然后,二三知己,作竟夜之谈!"

"人生最不乐的事呢?"萧依云出神地说,"是冬天的晚上,冷雨敲窗,饥肠辘辘,风似金刀被似铁。那时候,才是展不开的眉头,挨不明的更漏呢!"

"哎呀!小妹!"萧振风抗议地喊,"假若教几天书,就把你弄得这样多愁善感和神经兮兮的话,你打明天起,就不许去教书了!"

"反正我这个老师也当不长!"依云说,竭力让自己振作起来,也忙着拿碟子,打鸡蛋,分配沙茶酱,"我已经决定了,代完这一个月课,我决不再当老师。"

"为什么?"高皓天问,开了酒瓶,斟满了每个人的杯子。

"我知道,"萧成荫望着女儿,"我了解依云,她太容易动感情,太容易陷进别人的烦恼里,她太小了,怎么能去分担全班五十几个学生的烦恼呢?"

"哦,我到现在才弄清楚,"高皓天对依云说,"你在为你的学生烦恼。"他走过去,站在她身边,炉火映红了他的面颊,他盯着她说:"别烦了,依云,让我告诉你,生命的本身,就是有苦也有乐的。你不是上帝,你不需要对别的生命负责任。"

"那么,"她迎视着他的目光,"谁该对这些生命负责任呢?上帝吗?首先你要告诉我,有没有上帝?"

"好吧,不说上帝吧,"他说,"或者,该负责任的是父母,因为他们创造了生命。"

"假若有这么一个孩子,她的父母创造了她,却无法负责任,因为——他们都死了。"

"那么,"他深思着说,"她必须接受磨难,但是,磨难并不一定都是坏的。所有的钢铁,都是经过烈火千锤百炼才熬出来的!"

萧依云愣住了,她从没有这样想过。凝视着高皓天,她忽然发现他身上有一些崭新的东西,一些深刻的、内心深处的东西,这比他活泼的外表,或是敏捷的口才,更能吸引或打动人。她凝眸沉思,然后,她释然地笑了。整晚的抑郁,在一刹那间被扫开了,举起酒杯,她高兴地说:"我也要喝一点酒!"

"怎么?"萧成荫笑着说,"小丫头不再悲天悯人了?"

"于事无补的,是吗?"依云笑着说,"等我独善其身之后，再去兼善天下吧！"

"你还要不要我揍人呢？"萧振风问。

"假若那是炼钢的炉火，似乎没有熄灭它的理由。"依云说，又咬着嘴唇沉思了片刻，"但是，如果她生来不是钢铁的材料，这炉火就足以把她烧成灰烬了。"她举杯对着空中说："让我们祝福俞碧菡吧！祝她经得起煎熬！"

"俞碧菡？"高皓天愣了愣，"她是谁？"

"就是那块钢铁呀！"萧依云笑容可掬，炉火燃亮了她的眼睛，酒染红了她的面颊，她注视着高皓天的眸子清亮而有神，"高皓天，你真好，你解决了我心里的一个大问题。"

第三章

高皓天并不知道自己帮上了什么忙，但是，当萧依云用这样一种闪亮着光彩的眼光注视着他时，他只感到心中涌上一阵既酸楚又甜蜜的情绪，顿时，他已经明白了一件事情：他被捕捉了！自从那天在楼梯里被一个莫名其妙的女孩子撞了一下之后，他就被捕捉了！他开始有点晕沉沉起来，整晚，他无法把自己的眼光从她的面颊上移开，他不知不觉地说了太多的话，也喝了太多的酒。因此，那对父母都惊觉到了，而彼此交换着了解与会心的微笑。只有那个混球哥哥，居然对高皓天大肆批评："皓天，你今晚特别啰唆！"

"是吗？"高皓天愕然地问。

"还有你，依云，"萧振风继续说，"你魂不守舍，好像害了梦游病一样。"

"嗯哼！"萧太太慌忙哼了一声，"振风，我看你最好出去一下。"

"出去？"萧振风瞪着眼叫，"我为什么要出去？我到什么地方去？"

高皓天忽然福至心灵。

"依云，跟我出去兜兜风好不好？我的车子昨天才从海关领出来！"

"兜风？好呀，"萧振风大叫，"我也……"

萧太太一把拉住萧振风："你穷吼什么？你给我待在家里，少出去！"

"怎么回事？"萧振风莫名其妙地叽咕着，"一会儿叫我出去，一会儿又不许我出去，我看，今天晚上如果不是我有了毛病，就是大家都有了毛病了！"

依云望了望父母，于是，萧太太微笑着说："外面风大，多穿一点吧！"

依云嫣然一笑，脸颊红扑扑的，她跑进卧室，拿了一件红色的大衣出来，穿上大衣。她注视着高皓天。

"走吧！"她微笑着说。

高皓天目不转睛地盯着她。

"夸人美丽是很俗气的话，是吗？"他低语，"但是，我必须说一句很俗气的话，依云，你真美！"

依云的眼睛更亮了，面颊更红了，笑容更深了，然后，他们手挽着手，双双出去了。

这儿，萧振风瞪着眼睛，还在那儿叽咕着："这是怎么回事嘛？明明是我拜把子的兄弟，不许我坐他的车子！什么意思嘛！"

"什么意思吗？"萧太太笑嘻嘻地看着她的儿子，"这意思就是，你是个标标准准的傻瓜蛋！"

"傻瓜蛋？"萧振风更愣了，"我怎么得罪你们了？好好的还要挨骂！"

"你呀！你！"萧太太笑着拍拍他的肩，"你什么时候才开窍呢？等你完全开窍了，你也就讨得着老婆了！"

萧振风傻愣愣地翻了翻眼睛，这才有些明白了。

"好呀，"他说，"当初雨中人娶走了我的大妹妹，现在这个天好高又在转我这个小妹妹的念头了，偏偏他们两个都没有妹妹，剩下我这个风在啸啊，是赔本赔定了！"

一个月好快就过去了。

这是萧依云代课的最后一天，明天，李雅娟要恢复上课，她也要和这些相处了一个多月的孩子们说再见了。不知怎的，她始终没有一分"老师"的感觉，却感到和这些孩子们像姐妹般亲切，一旦要分手，她竟然依依不舍起来。孩子们似乎和她有相同的心理，这天，她一走上讲台，就发现讲台上放着一个细小狭长的小包裹，包装华丽而绑着缎带，她错愕地看着那小包裹，于是，孩子们叫着说："这是一件小礼物，打开它！老师！"

她细心地拆开包裹，小心地不碰坏那根缎带。里面是一个狭长的丝绒盒子，她抬眼看看孩子们，那些年轻的脸庞上有着甜蜜的、兴奋的、期盼的笑。大家异口同声地嚷着："打开它！老师！打开它！"

她带着三分好奇、七分感动的心情，打开了那丝绒盒子，于是，她看到一条长长的白金项链，下面是个大大的花朵形的坠子，那花朵是用蓝色的金属片做成的，带着一分朴拙而动人的美丽。她怔了片刻，立即明白了，这是一朵"勿忘我"！她把玩良久，然后，她翻转到花朵的背面，惊奇地发现上面还镌刻着两行字："给我们的大姐姐　五十二个小妹妹同赠"她抬起头来，满教室静悄悄的，五十二个孩子都仰着脸，静静地注视着她。她觉得一股热浪猛地冲进了眼眶里，顿时眼眶潮湿而视线模糊了，她一面用手揉着眼睛，一面忍不住坦率地嚷了出来："不行！你们要把我弄哭了！"

孩子们骚动起来，叫着、喊着、闹着："老师，戴上它！"

"老师，不要忘记我们！"

"老师，我们好喜欢你！"

"老师，我们可不可以去你家玩？"

她把项链套在脖子上，刚好，她穿了一件黑色的套头毛衣，那链子就显得特别的醒目。孩子们惊喜地哗叫着，又鼓掌、又笑、又嚷。这节课没有办法上下去了，这是一小时的告别式。翻转身子，她在黑板上写下了自己家的住址和电话号码。

"你们有任何问题，找我！你们有任何烦恼，找我！你们想交我这个朋友，找我！"她说。

孩子们欢呼起来，纷纷拿出纸笔，记电话号码和地址。何心茹第一个发问："老师，这是你父母家的位置吗？"

"是呀！"她说。

"那么，你结婚之后我们就找不到你了！"

"对了！对了！对了！"全班乱嚷着，"不行，老师，你还要把你男朋友家的地址留下来！"

萧依云的面颊上泛上一片红潮，这些孩子们怎么这样难缠呢？但是，她们是那样天真而热情啊！她微笑着，开始和孩子们谈别的，谈未来，谈升学，谈李老师和她新生的小宝宝……一节课在笑语声中结束，在依依不舍中结束，在叮嘱和叹息中结束……终于，她含泪的、带笑的，在一片"再见"声中走出了教室，她胸口那个坠子重重地垂着，沉甸甸而暖洋洋地压在她的心脏上。

回到教员休息室，她发现身后有个娇小的人影在追随着她，她回过头来，是俞碧菡！

"老师！"俞碧菡站在那儿，带着一脸难以掩饰的依恋之情，和一分近乎崇拜的狂热。她的眼睛闪着光，唇边有个柔弱的微笑。"老师！"她低低地叫。

"俞碧菡，"她温柔地说，"我不再是你的老师了，以后，我只是你的大姐姐。我觉得，当姐姐比当老师，对我而言，是轻松多了，也亲切多了！"

俞碧菡静静地凝视着她。

"您是老师，也是姐姐。"她说，"我只是要告诉您，您带给我的，是我一生难忘的东西！因为你，我才知道，人与人之间，有多大的爱心，我才知道，无论环境多困苦，我永远不可以放弃希望！"

萧依云心头一阵酸楚的苦涩。她注视着这个在烈火中煎熬着的孩子，或者，她会成为一块钢铁！但是，她会吗？她看起来那样娇怯,那样弱不胜衣!

"俞碧菡!"她低叹一声,"坦白说,我真不放心你!你们全班,每个人都有烦恼和问题,但是,只有你,是我真正不能放心的!"

俞碧菡眼里蒙上了一层泪光,她微笑着。

"我会好好的,老师,我会努力,我也不再悲观,不再消极。你别为我担心,我会好好的!"

萧依云点点头,她深思地看着俞碧菡。

"让我告诉你一件事,俞碧菡。"她咬咬嘴唇,"你那个家庭,假若实在待不下去的话,不要勉强自己留着,你来找我,或者,我能帮你安排一个住的地方,安排一点课余的工作。而且,你要记住一句话:天无绝人之路!你明白吗?"

"是的,老师。"她柔顺地回答,那样柔顺,像一团软软的丝绸,"我会记住的!"

"再有,你那位母亲……"她想着那个凶悍而蛮不讲理的女人,就忍不住打了个寒噤。母亲,母亲,那也能算是"母亲"吗?从她开始认字起,她就知道"母亲"两个字,代表的是温柔,是甜蜜,是至高无上的爱!是一切最美丽的词汇的综合!但是,那个"母亲"却代表了什么?

"哦,老师,"俞碧菡的面颊上竟泛上一阵红潮,她惭愧,她代母亲而惭愧,"我很为那天的事情而难过,我觉得好对不起你。"她低声地说。

"你用不着抱歉,你并没有丝毫的过失呀!"

"老师,"俞碧菡抬眼看她,忽然说,"请你不要责怪我母亲!"

"哦?"她惊讶地望着她。

"我母亲……我母亲……"她嗫嚅着说,"她是个没有念过书,没有受过教育的女人,她很年轻就嫁给我父亲,我父亲已经有了三个孩子,其中包括一个根本没有血缘关系的我!对母亲来说,接受这种事实是很困难的……所以,难怪……难怪她心情不好,难怪……她常拿我来出气,我们谁都无法勉强别人爱自己,是不是?"

萧依云睁大眼睛,那样惊愕地看着俞碧菡,她怎么也没想到这孩子会说出这么一篇话来!她有怎样一颗灵慧而善良的心哪!这孩子将成为一块钢铁,有这种本质的孩子不能被糟蹋,不能被摧毁!

"你能这样想得通,真出乎我的意料,"她感动地说,"但是,答应我,如果你发生了什么困难,来找我!"

俞碧菡的眼睛闪亮。

"除了你,我不会再找第二个人!"她笑着说。

"我们一言为定!"她说,似乎已经预感,俞碧菡有一天会来找她。

"一定!"那孩子恳切地点着头。

上课钟响了,俞碧菡再看了萧依云一眼,就羞羞怯怯地丢下了一句:"老师!你是最好最好的老师!"

说完,她转身跑了出去,消失在走廊里了。萧依云却站在那儿,用手抚摸着胸前的坠子,她对着那走廊,出了好久好久的神。

就这样,她结束了她那短短的一段教书生涯,就这样,她告别了"教员"的位置。当然,她决不会料到,她以后的生命,竟和这段短短的日子,有了莫大的关联,她更不会料到,这个"俞碧菡"将卷进她的生命,造成多少难解的恩怨牵缠!

穿上大衣,她深吸了一口气,有了"无事一身轻"的感觉。走出校门,她立刻被那冬日的阳光包围了。抬头看看天空,太阳明亮而刺眼,天上飘浮着几丝淡淡的云,云后面是澄蓝色的天空。难得的阳光!雨季里的阳光!她深呼吸着,觉得浑身洋溢着一份难言的喜悦及温柔。

一阵汽车喇叭声惊动了她,她回过头去,那辆熟悉的"野马"正停在她身边。高皓天的头从车窗里伸了出来,笑嘻嘻地说:"小姐,要不要计程车?不管你到什么地方,都打八折!"

她笑了,钻进高皓天的车子。

"好哦,"她说,"你又早退了!"

"并没有早退,"他笑着说,"已经是中午了,人总要吃中饭的。怎样?我们到什么地方去吃中饭?庆祝你脱离苦海!"

"为什么是脱离苦海?"

"从此,不必再为学生烦心了,从此,不必去担心什么后母虐待前妻的孩子了,从此,不用记挂什么俞碧菡了……这还不是脱离苦海吗?"他盯着她胸前,"你脖子上戴的是什么东西?"

"从苦海里飘来的花朵。"她甜蜜地笑着,"一朵勿忘我,学生们送的！"

他深深地看了她一眼。

"你实在没有一点点老师的样子，真不知道你什么样子教人，你根本就像个小孩子！"

"不要一天到晚在我面前倚老卖老，"她说，"我早已不是当日那个黄毛丫头了！"

"假若在七年以前，"他一面驾驶着车子，一面微笑地说，"有人告诉我，你这个黄毛丫头有一天会主宰了我的生命，我是决不会相信的！"

她斜睨了他一眼。

"主宰你的生命吗？"她挑了挑眉毛，"像这种过分的话，我到现在也不会相信的。"

他猛地刹住了车子。

"你最好相信！"他说。

"你要干吗？"她问，"怎么在快车道上停车？"

"我要吻你！"他说着俯过身子来。

"你发疯了！"她叫，"还不开车？员警来了！"

"那么，你信我吗？"他笑嘻嘻地问。

"哎！"她叫："我信，我信，我信！你要把交通都阻塞了，你这个人，我拿你真没办法！"

他重新发动了车子，笑吟吟地看着她。

"你必须相信我的每一句话！"他说，"彼此信任是夫妻间最重要的事！"

"夫妻？"她惊愕地瞪大眼睛，"谁和你是夫妻了？我可从没有答应过嫁给你啊!"

他又是一个急刹车。他的眼睛紧盯着她。

"你嫁我吗?"他问。

"喂,你不能用这种方式,"她猛烈地摇着头,"你这算是什么?求婚吗?"

"是的,"他一脸的正经,"你嫁我吗?"

"你好好地开车!"她叫,"从没有听说有人用这种方式求婚的!你这人对一切事情都太儿戏,我甚至不知道你是真的还是假的!"

"你是真不知道还是假不知道?"他又俯过身子来,眼睛紧紧地盯着她。

"如果你再不好好地开车,我就要真的生气了!"她把腰挺得直直的,脸上布满了不豫之色,"我不喜欢你这种态度,人生,有许多事,你不能用开玩笑的方式来处理,该严肃的问题就不是玩笑。"

他吸了口气,又发动了车子。一直开着车,他不再开口说话。萧依云半天听不到他的声音,忍不住就悄悄地看着他。

他板着脸,眼光直望着前方,身子挺直,脸上一点儿表情都没有。她有些担心,有些懊悔,有些烦恼,轻轻地,她伸手摸摸他的手背,低语着问:"怎么?生气了?"

他仍然直视着前方,仍然不语。半晌,他把车子停在中山北路一家西餐厅的前面。熄了火,他说:"我们下车吧!我知道你不喜欢吃西餐,但是,这儿的情调很适合谈话。"

她下了车,望着他。他依然板着脸,一丝一毫的笑容都没有。这和他平日的谈笑风生那么迥然不同，竟使她有一种陌生的感觉。她更加懊恼了。她想，她已经把一切都弄砸了！

他生来就是那种玩世不恭的人，她却偏偏要他"严肃"！她是没有权利来改变别人的个性的，如果她爱他，她就应该迁就他！可是，难道他就不该迁就她吗？难道这样一句话就足以让他板脸了吗？难道她应该看他的脸色而"随机应变"吗？一层强烈的不满从她心中升起，她觉得委屈，觉得伤心，觉得沮丧……因此，当她在那幽暗的卡座上坐下来时，她已经泪光泫然了。

"吃什么？"他问。

"随便。"她简短地回答，微微带着点哽咽。

他深深地望了她一眼，然后，他代她点了沙拉和海鲜，他自己点了客通心粉，临时，他又吩咐侍者，先送来两杯酒。

酒来了，他注视着她。

"喝酒吗？"他问。

她端起酒杯来，赌气地把一杯酒一饮而尽，他伸过手来，一把握住了她的手，她发现他的手指冰冷。

"你在干吗？"他问，紧盯着她。

"我不要看你的脸色！"她说着任性地抓起自己的皮包。

"我不吃了，我要回家去了。"

他紧抓住她的手。

"坐好！"他说，沉重地呼吸着，他的眼光怪异，一眨也不眨地直视着她，"你还没有回答我的问题。"

"什么?"她不解的,有点儿糊涂。

"你愿意嫁我吗?"他屏着气问。

她愕然地凝视他,还有一张脸比这张脸更"严肃"的吗?还有一种神情比这种神情更"郑重"的吗?一时间,她觉得哭笑不得,然后,她又觉得想哭又想笑。眼泪直在她眼眶里打转,她闪着眼睫毛,一句话也回答不出来。

他的手指更紧了。他的神情紧张。

"你愿意嫁我吗?"他再一次问,声音低沉而有力,"回答我!"

她含泪看他,仍然答不出话来。

"回答我!"他迫切地说,声音里已夹带着一丝祈求的意味,"我告诉你,依云,我一生没有认真过。你说得对,我爱开玩笑,我对什么事都开玩笑,但是,刚刚在街上,我却并没有开玩笑,如果你觉得我在开玩笑,那是因为我太紧张。第一次,我面临我生命里最严重的一个问题,我不知道选择什么时机来问才是最妥当的。让我坦白地告诉你,我从来没有害怕过,从来没有胆怯过,可是,在你面前,在问这个问题的时候,我却又害怕,又胆怯!所以,依云,如果你是好人,如果你可怜我,请你答复我:你愿意嫁我吗?"

依云注视着他,他的声音那样恳切,他的面容那样庄重,他的脸色那样苍白,他的语气那样可怜……她用手帕悄悄挥去睫毛上的泪珠。

"你……你不觉得,你问这个问题问得太早了吗?"她轻声说,"你看,我们才认识一个月!"

"你错了,依云,你的算术太坏。"他说,"我第一次到你家,是我读大学一年级那一年,那是十二年前,如果认识十二年才求婚还算认识太短的话,要认识多久才算长呢?"

十二年前!居然那么久了?那时她才只有十岁呢!依稀仿佛,还记得那个大男孩,骑着提高了坐垫的脚踏车,呼啸而来,呼啸而去。谁知道,十二年后,他会坐在这儿向她求婚?

"依云!"他叫,"回答我吧!"

她再凝视他。

"为什么选择我?"她问,"是因为你喜欢过依靠吗?可是,我和依靠是完全不同的!"

"天!"他直翻白眼,"我告诉你,依云,不是我傲,不是我狂,如果当初我爱过依靠,她就根本不可能嫁给任仲禹,你信吗?"

她打量他,一直望进他的眼睛深处,于是,她明白了,他说的是实话。如果他真爱过依靠,任仲禹绝非他的对手!她吸了口气。

"那么,为什么选我?"

"我想,这是命中注定的,"他说,"命中注定我一直找不到物件,结不成婚,因为……你还没有长大。"他紧握她的手,握得她发痛:"你一定要拖延时间吗?你一定要折磨我吗?这是个很难回答的问题吗?你到底愿不愿意嫁给我?"

"我……"她垂下了睫毛,终于低语了一句,"我不愿意。"

他惊跳。

"再说一遍!"他命令道。

"我不愿意!"

他的脸孔雪白,眼睛黝黑。

"你说真的?"他憋着气问。

"当然是假的!"她大声说,笑了,泪珠却滑落了下来。

"你怎能不答应一个男人的求婚?这个男人是你十五岁那年就爱上了的!"

"依云!"他大声叫,握紧了她。他喊得那样大声,使那端汤过来的侍者吓了好大的一跳,差点连汤带碗都摔到地上去了。

婚礼是在五月间举行的。

对萧家来说,这个婚事是太仓促了一些,仓促得使他们全家连心理上的准备都不够,萧太太不住地搂住依云,反反复复地说:"刚刚才大学毕业,我还想多留你两年呢!"

依云自己也不希望这么快结婚,她认为从"恋爱"到"结婚"这一段路未免太短,她自称是"闪电式"。她说她还不想做个"妻子",最好,是先订婚,过两年再结婚,但是,高皓天却叫着说:"我不能够再等,我一天,一小时,一分钟都不愿意再等!我已经等了十二年把你等大,实在没有必要再等下去了!"

"十二年!"依云嗤之以鼻,"别胡扯了!你这十二年里大概从没有想到过我,现在居然好意思吹牛说等了我十二年?你何不干脆说你等了我三十年,打你一出娘胎就开始等起了!"

"一出娘胎就等起了?"高皓天用手抓抓头,恍然大悟地说,"真的!我一定是一出娘胎就在等你了,月下老人把红线牵好,我就开始痴痴地等,虽然自己也不知道等的是谁,却一直傻等下去,直到有一天,在电梯里被一个莽撞鬼一撞,撞开了我的窍,这才恍然大悟,三十年来,我就在等这一撞呀!"

"哎哟!"依云又好气又好笑,"他真说他等了三十年了,也不害臊,顺着杆儿就往上爬,前世准是一只猴子投胎的!"

"我前世是公猴子,你前世就准是母猴子!"

"胡扯八道!"

全家人都忍不住笑了,萧太太看着这对小儿女,世间还有比爱情更甜蜜的东西吗?还有比打情骂俏更动人的言语吗?

事实上,真正急于完成这个婚礼的还不只高皓天,比高皓天更急的是高皓天的父母。高继善是个殷实的商人,自己有一家水泥公司,这些年,随着建筑业的发达和高楼大厦的兴建,他的财产也与日俱增。事业越大,生意越发达,他就越感到家中人口的稀少。高皓天是独子,迁延到三十岁不结婚,他已经不满达于极点。现在好不容易看中了一位小姐,他就巴不得他们赶快结婚,以免夜长梦多。高太太却比丈夫还急,第一次拜访萧家,她就迫不及待地对萧太太表示了:"你放心,我家只有皓天一个儿子,将来依云来了我家,我会比亲生女儿还疼,如果皓天敢欺侮她一丁丁一点点,我不找他算账才怪!皓天已经三十岁了,早就该生儿育女了,我们家实在希望他们能早一点结婚,就早一点结婚好!"

"可是,"萧太太微笑地说,"我这个女儿哦,从小被我们宠着惯着,虽然二十二岁了,还是个小孩子一样的,我真担心她怎能胜任做个好妻子,假若一结婚就有孩子,她如何当母亲呢!"

"你放心,千万放心!"高太太一迭连声地说,"家里请了用人,将来家务事,我不会让依云动一动手的,我知道她一直是个好学生,从没做过家务事的。至于孩子吗?"这未来的婆婆笑得好乐好甜,"我已经盼望了不知道多少年了,带孩子不是她的事,是我的事呢!"

于是,萧太太明白,这个婚事是真的不能再等了。人家老一辈的抱孙心切,小一辈的度日如年。而她呢,总不能守着女儿不让她嫁人的!于是,好一阵忙乱,做衣服,买首饰,添嫁妆,订酒席,印请帖……一连三四个月,忙得人仰马翻,等到忙完了,依云已经成为高家的新妇了。

新房是设在高继善的房子里的,高继善只有一个儿子,当然不愿意儿子搬出去住。高太太本就嫌家里人丁太少,根本连想都没想过要和儿子儿媳妇分开。他们为了这婚事,特别装修了一间豪华的套房给他们做新房,房里铺满了地毯,裱着红色的壁纸,全套崭新的、定做的家具。高继善夫妇自己的房间都没有那么考究。依云对这一切,实在没有什么可挑的,虽然,她也曾对高皓天担忧地说:"我真怕,皓天。"

"怕什么?"

"怕我当不了一个成功的儿媳妇,怕两代间的距离,我总觉得，还是分开住比较好些。"

"让我告诉你，依云，"高皓天说，"我自己在外面住了七年，看多了外国的婚姻和家庭生活，我是很新派的年轻人，我和你一样怕和长辈住一起。但是……依云，"他握住她的手，"别怕我的父母，他们或者思想陈旧一些，或者保守一些，但是，他们仍然是一对好父母，他们太爱我，'爱'是不会让人怕的，对不对？"

依云笑了，把头偎进高皓天的怀里，她轻声说："我会努力去做个好媳妇！"

"你不用'努力'，"高皓天吻着她，"你这么善良，这么真诚，这么坦率，而又这么有思想和深度，你只要按你的本性去做，你就是个最好的爱人、妻子及媳妇！你根本不用努力，你已经太好太好！"

依云抬眼注视他，她眼里是一片深深切切的柔情。

"皓天，你有多爱我？"

这是个傻问题，但是，在情人们的世界里，多的是傻问题！在新婚的时期里，依云就充满了这一类的傻问题，她会攀着高皓天的脖子，不厌其烦地问："皓天，你什么时候发现你爱我的？"

"皓天，你会不会有一天对我厌倦？"

"皓天，你对我的爱到底有多深？有多切？"

对于这一类的问题，高皓天经常是用数不清的热吻来代替回答。有时，他也会把她揽在怀里，把嘴唇凑在她的耳边，轻言细语地说："从盘古开天辟地之日起，我就已经爱上了你,那时候,我们大概还没有进化成为人类,就像你说的,那时候我们是一对猴子,我是公猴子,你是母猴子,我采了果子,一蹦一跳地跳到你身边来,我对你不住口地说:吱吱吱吱吱吱……"

她笑得浑身乱颤。

"为什么吱吱吱吱的?"

"那是猴子的语言!你总不能希望猴子说人话。那些吱吱吱翻译成人类的语言,就是我爱你,我爱你,我爱你,我爱你,我爱你,……"他一直说个不停了。

依云笑得前俯后仰。

"你真会贫嘴!"她叫着。

"关于我对你什么时候会厌倦?这问题很难答复,"他继续说,"什么海枯石烂,此情不渝的话实在太俗气了,对不对?"

他歪了歪头,一副深思的样子:"我想我们总有一天会吵架的!"

"为什么?"

"你想,到几千千几万万几亿亿几千兆年以后,那时太阳已逐渐冷却,地球上的生物也逐渐退化,我们已经做了几千千几万万世代的夫妻,那时,又退化成了一对公猴子和母猴子,我采了果子,蹦蹦跳跳地到你身边,我会说:吱吱吱吱……你一定会生气地对我吼:'你已经吱吱吱吱了几千世纪了,怎么变不出一点新花样来?还在这儿吱吱吱呢?'于是,就吵起架来了。然后,我会说:'再过几千几万个世纪,我就不对你吱吱吱了,那时我要对你吼吼吼了!""你在说些什么鬼话啊!"依云越听越稀奇了。"因为,那时候啊,我们已经退化成一对公恐龙和母恐龙了,恐龙示爱无法吱吱吱,只能吼吼吼!""哎哟,"依云笑得肚子痛,"你怎么这样油嘴啊?看样子,你大概是一只八哥鸟儿变来的!"高皓天一怔,立即正色说:"你帮个忙好不好?""怎么?""你瞧!我这儿猴子时期和恐龙时期还没闹完,你又把我变成八哥鸟儿了,现在,我又得去研究公八哥向母八哥求爱时是怎么叫的了!"依云笑得喘不过气来。"不行,不行,"她嚷:"不可以这样逗人笑的,人家笑得肠子都扭成一团了。""我还没有说完呢,"高皓天说,"你还有一个问题是什么?对了,你问我爱你到底有多深有多切?""哎呀!"依云用手捂住耳朵,笑着滚倒在床上,"我不听你胡扯了!"高皓天抓住她的手,把她的手从耳朵上拉下来,俯下身子,他贴着她的耳朵,一本正经地说:"你要听的,你非听不可!""那么,你说吧!"她忍住笑,不知他又会讲出些什么怪话来。"我告诉你,依云,"他的声音忽然变得无比地真挚,无比地严肃,无比地恳切,"我爱你爱得心酸,爱得心痛,爱得心跳,爱得……"他的唇从她耳边滑过来,滑过了她那光滑的面颊,落在她柔软的唇上。她的手臂不由自主地绕了过来,紧紧地揽住了他的脖子。他下面的话被吻所堵住,再也说不出来了。

这儿,高皓天的父母坐在外面的客厅里,只听到那对小夫妻在房间里一会儿"吱吱吱",一会儿"吼吼吼",再夹着"哧哧哧"地笑着,接着,就忽然安静了下来,静得一点儿声音都没有了。夫妇二人禁不住面面相觑，都不由自主地想着，现在年青一代毕竟不同了，谈情说爱的方式都是古里古怪，教人完全摸不着头脑呢！真的，爱人的世界里有讲不完的傻话，做不完的傻事。人类的一部历史，不是就由这些傻话和傻事堆积起来的吗？依云和高皓天的蜜月时期，也就在这股"傻劲"中，不知不觉地度过去了。

蜜月之后，高皓天又恢复了上班，早出晚归，他的生活安定而愉快。在这份安定之下，他的工作效率神速，灵感层出不穷，他设计的建筑图，在公司里引起了极大的重视。七月，他所设计的第一栋大厦开工了。八月，第二张蓝图被采用，九月，他设计了一连串的郊区别墅……于是，那位拥有水泥公司的父亲，开始动心机，要给儿子成立一个独资的建筑公司了。

在这段日子中，依云只是潇潇洒洒地做一个新妇。她曾经想找个上班的工作，但是，高家既不需要她赚钱，高皓天本人又有高薪的收入，她也就没有工作的必要了。高太太更加反对，她对依云说："留在家里给我做个伴吧！女人家，即使上班也上不长的，等有喜的时候，还不是要辞职！"高太太就是这样的，她毫不掩饰她"抱孙心切"的心情，最初，依云听到这种话，总是弄得面红耳赤。后来，听多了，也就不以为意了。高皓天也同样不赞成依云出去工作，他笑嘻嘻地说："能享福干吗不享福？你如果真想工作，不如尝试写写文章，你不是一直想做个文学家吗？"

"什么文学家？"她说，"对文学连皮毛都不懂，也配称

'家'了？我不过有那么点儿兴趣而已。"

"向你的兴趣努力吧！"他认真地说，"许多'家'的产生，只是因为有兴趣呢！"

于是，她真的开始写点散文，作作诗，填填词，也偶尔写写短篇小说，偶尔投投稿，偶尔被报章杂志采用一两篇。这样，已足够引起她的兴奋，高皓天也戏呼她为："我亲亲爱爱的小作家太太！"

"你别拿着肉麻当有趣吧！"她笑着骂，但是，在内心深处，她却仍然是相当得意的。

日子过得甜蜜而写意。白天，她陪婆婆上街买买东西，回娘家和妈妈团聚，去依靠家里闹闹，或者，关着房门写她的文章。晚上，高皓天下班了，生活就多彩多姿了！开车兜风，看电影，去夜总会，或者，双双腻在那间卧室里，谈那些吱吱吱、吼吼吼的傻话，经常，把笑声传播在整个的空间里。

这个夏天将过完的时候，依云发现了一件大事，这使她和高皓天都为之兴奋不已。原来萧振风自从依云婚后，就变得神神秘秘、奇奇怪怪起来，他常常失踪到深夜才回家，又常常自言自语，在室内踱来踱去。使萧太太大为紧张，她对依云说："准是你们一个个的结婚，四大金刚只剩了他一个光杆，把他刺激得生起病来了！我看，他最近精神有点问题，昨夜，他对着墙壁讲了一夜的话！"

这谜底终于揭晓了。一天，依云和高太太去百货公司买衣料，走得太热了，去冷饮部喝杯橘子水，却迎头碰到了萧振风,他胳膊里挽着一个女孩子,竟是那个差点嫁给高皓天的张小琪!他们是在依云的婚礼上认识的。竟神不知鬼不觉地恋起爱来了!那天晚上,高皓天和依云都回到萧家,把萧振风大大地围剿起来。萧振风平日天不怕地不怕的,那晚却面红耳赤,张口结舌,不住地抓耳朵、抓鼻子,似乎手脚都没地方放,被"审"急了,他就猛地跳起来,大吼了一句:"大丈夫说恋爱就恋爱!你们一个个结婚,我连恋爱都不敢承认吗?本人是恋爱了,怎么样?"

看他那股吹胡子瞪眼睛的样子,大家都哄然地笑开了。于是,萧太太明白了,这最后的一个未婚的孩子,也将要脱离他那个孩子气的世界,投身到婚姻的"蜜网"里去了。

这晚,依云躺在高皓天的臂弯里,她不住地问:"为什么你当初没有爱上张小琪呢?她不是很美丽,也很可爱吗?"

"还是我的母猴子比较可爱!"高皓天说。

她在他胸口重重地捶了一拳。

"到底为什么?为什么?"她固执地问。

"为什么吗?就为了把她留给你哥哥呀!否则,你哥哥又要说我眼睛里没有他了!"

"不成理由!"她说,"完全不成理由!"

于是,他一把把她抱进了怀里。

"为什么吗?只因为在我眼睛里,天下最美的、最好的、最可爱的女人,舍你其谁?"他说着把嘴唇凑向她耳边,"只是,我的母猴儿,你是不是该给我生一个小猴儿了呢?"

依云羞涩地滚进了床里。可是,第二天,高太太也开始试探了。

"依云,你们现在年青一代的孩子,都流行避孕,是不是呀?"

依云的脸红了。

"我并没有避,妈。"她轻声说。

高太太笑了。

"这样才好呢!依云,"她亲昵地望着儿媳妇,"我告诉你,不要怕生孩子,嗯?生了,我会带,不会让你操心的!我家人丁单薄,孩子嘛,是……多多益善的!"

多多益善?她一愣。她可并不想生一窝孩子,像母鸡孵小鸡似的。但是,想起高皓天在枕边的细语:"我的母猴儿,你是不是该给我生个小猴儿了呢?"

她就觉得心头一阵热烘烘的,是的,她愿意生个孩子,她和高皓天的孩子!不久前,她还对生命有过怀疑,现在,她却深知,如果她有了孩子,这孩子绝对是在一片欢迎和期待中降生的。

第四章

　　暑假开始没有多久，俞碧菡就知道，她真正的厄运开始了。

　　首先，是那张成绩单，她已经预料到，这学期的成绩不会好，因为，她旷了太多课，再加上迟到早退的记录太多。而高二这年的功课又实在太难了，化学方程式总是背不熟，解析几何难如天书，外国史地复杂繁乱，物理艰深难解……但是，假若自己每晚能多一点时间念书，假若白天上课时不那么疲倦，假若自己那该死的胃不这么疼痛，假若不是常常头晕眼花……她或者也不会考得那么糟！居然有一科不及格，居然要补考！没考好，不及格，要补考都还没关系，最重要的是奖学金取消了。换言之，这张成绩单宣布了她求学的死刑，没有奖学金，她是再也不可能念下去了！只差一年就可以高中毕业，仅仅差一年！握着那张成绩单，她就觉得头晕目眩而心如刀绞。再加上母亲那尖锐的嗓子，嚷得整条巷子都听得见:"哎哟,我当作我们家大小姐,是怎么样的女状元呢?结果考试都考不及格!念书!念书!她以为她真的是念书的材料呢!哈!俞家修了多少代的德,会捡来这样一个女状元呀!"

听到这样的话,不只是刺耳,简直是刺心,她含着泪,五脏六腑都绞扭成了一团,绞得她浑身抽搐而疼痛,绞得她满头的冷汗。但是,她不敢说什么,她只能恨她自己,恨她自己考不好,恨她自己太不争气!恨极了,她就用牙齿猛咬自己的嘴唇,咬得嘴唇流血。可是,流血也于事无补,反正,她再也无缘读书了。

暑假里的第二件霉运,是母亲又怀孕了。母亲一发现怀孕之后,就开始骂天骂地骂祖宗骂神灵,骂丈夫骂命运骂未出世的"讨债鬼",不管她怎么骂,碧菡应该是负不了责任的。

但,她却严重地受到了池鱼之殃,母亲除了骂人之外,对所有的家务,开始全面性地罢工,于是,从买菜、烧饭、洗衣、打扫,以至于抱孩子、换尿布、给弟妹们洗澡,全成了碧菡一个人的工作。这年的夏天特别热,动一动就满身大汗,每日工作下来,碧菡就觉得全身的筋骨都像折断了般的疼痛,躺在床上,她每晚都像死去般的脱力。可是,第二天一清早,她又必须振作起来,开始一天新的工作。

这年夏天的第三件厄运,是她发现自己的身体已一日不如一日,她不敢说,不敢告诉任何人。但,夜里,她常被腹内绞扭撕扯般的疼痛所痛醒,咬着牙,她强忍着那份痛楚,一直忍到冷汗湿透了枕头。有几次,她疼得浑身抖颤,而把碧荷惊醒。碧荷用手抚摸着她，摸到她那被冷汗所濡湿的头发和抽搐成一团的身子时，那孩子就吓得发抖了。她颤巍巍地问："姐姐，你怎么了？"

碧菡会强抑着疼痛，故作轻松地说："哦，没什么，我刚刚做了一个噩梦。"碧荷毕竟只是个孩子，她用手安慰地拍了拍姐姐，就翻个身子，又蒙蒙眬眬地睡去了。碧菡继续和她的疼痛挣扎，往往一直挣扎到天亮。

日子不管怎么苦，怎么难挨，怎么充满了汗水与煎熬，总是一天天地滑过去了。

新的一学期开始了，俞碧菡没有再去上课。开学那天，她若无其事地买菜烧饭，洗衣，做家务，但是，她的心在滴着血，她的眼泪一直往肚子里流。下课以后，何心茹来找她，劈头一句话就是："俞碧菡，你为什么不去上课？"

她一面洗着菜，一面毫不在意似的说："不想念书了！"

"不想念书？"何心茹瞪大眼睛嚷，"你疯了！只差一年就毕业了，你好歹也该把这一年凑合过去，如果你缺学费，我们可以全班募捐，捐款给你读！你别傻，别受你后母那一套，她安心要你在家里帮她当下女！你聪明一点，就别这样认命……"

俞碧菡睁大了眼睛，压低声音说："何心茹，你帮帮忙好吗？别这样大声嚷行不行？"

"怎么？"何心茹的火气更大了，"你怕她，我可不怕她！她又不是我后妈，我怕她干什么？俞碧菡，我跟你说，你不要这样懦弱，你跟她拼呀，跟她吵呀，跟她打架呀……"

"何心茹!"俞碧菡喊,脸色发白了,"请你别嚷,求你别嚷,不是我妈不让我读,是我自己不愿意读了!"

"你骗鬼呢!"何心茹任性地叫,"你瞧瞧你自己,瘦得只剩下了一把骨头,苍白得像个死人!你太懦弱了,俞碧菡,你太没有骨气了!我是你的话呀,我早就把那个母夜叉……"

她的话还没说完,那个母亲已经出现了。她的眼睛瞪得凸了出来,脸色青得吓人,往何心茹面前一站,她大吼了一声:"你是哪里跑来的野杂种!你要把我怎么样?你说!你说!你说!"她直逼到何心茹的面前来。

何心茹猛地被吓了一大跳,吓得要说什么话都忘了,她只看到一张浮肿的脸,蓬乱的头发,和一对凶狠的眼睛,往她的面前节节进逼,她不由自主地连退了三步,那女人可就连进了三步,她的眼睛几乎碰到何心茹的鼻子上来了。

"说呀!"她尖声叫着,"你要把我怎么样?你骂我是母夜叉,你就是小婊子!你妈也是婊子,你祖母是老婊子!你全家祖宗十八代都是婊子!你是婊子的龟孙子的龟孙子……"

何心茹是真的吓傻了,吓愣了,生平还没听过如此稀奇古怪的下流骂人话,骂得她只会瞪大了眼睛,张大了嘴,傻傻地站在那儿。

碧菡赶了过来,一把握住何心茹的胳臂,她一面连推带送地把她往屋外推,一面含着眼泪,颤声说:"何心茹,你回去吧!谢谢你来看我,你赶快回去吧!走吧!何心茹!"

何心茹被俞碧菡这样一推,才算推醒了过来,她愕然回过头来,望着俞碧菡说:"她在说些什么鬼话呀?"

"别理她，别理她！"俞碧菡拼命摇头，难堪得想钻进一个地洞里去，"你快走！快走！"

那母亲追了过来，大叫着说："不理我？哪有那么容易就不理我？"她伸出手去，俞碧菡一惊，怕她会不分青红皂白地打起何心茹来，她就慌忙拦在何心茹前面，急得跺着脚喊："何心茹！你还不走！还不快走！"

何心茹明白了，她是非走不可的了，否则，一定要大大吃亏不可！眼前这个女人，活像一头疯狗，你或者可以和一个不讲理的女人去讲理。但是，你如何去和一头"疯狗"讲理呢？

转过身子，她飞快地往外面跑去。她毕竟是个孩子，在学校和家里都任性惯了的孩子，什么时候受过这种气？因此，她一边跑，一边大声地骂："母夜叉！吊死鬼！疯婆子！将来一定不得好死！母夜叉！母夜叉！母夜叉……"

她一边叫着，一边跑得无影无踪了。

这儿，这女人可气疯了，眼看那个何心茹已经消失在巷子里，追也追不回来。她这一腔的怒火，就熊熊然地倾倒在俞碧菡的身上了。举起手来，她先对俞碧菡一阵没头没脑地乱打，嘴里尖声地叫着："你这个杂种引来的小婊子！你会在背后咒我？你会编派我？我是母夜叉、吊死鬼，我先叉死你，吊死你！你到阎王爷面前再去告我去！"

俞碧菡被她打得七荤八素，眼前只是金星乱冒，胃里就又像翻江倒海般地疼痛起来。她知道这一顿打是连讨饶的余地都没有的，所以，她只是直挺挺地站着，一任她打，一任她骂，她既不开口，也不闪避。可是，这份"沉默"却更加触怒了母亲，她的手越下越重了。

"你硬！你强！你不怕打！我今天就打死你！看你能怎么样？了不起我到阎王爷面前去给你偿命！你会骂我，你叫我疯婆子，我今天就疯给你看……"

她抽着她的耳光，搥着她的肩膀，扯她的头发，拉她的耳朵……俞碧菡只是站着，她在和腹内的疼痛挣扎，反而觉得外在的痛楚不算一回事了。豆大的汗珠从她的额上冒了出来，冷汗湿透了背脊上的衣服……她挺立着，用全身的力量来维持自己不倒下去。然后，她听到一声粗鲁的暴喝："好了！够了！不许再打了！"

是父亲！他跨了过来，把俞碧菡从母亲的手下拉出来，用胳膊隔开了母亲。

"够了，够了，你也打够了！"父亲粗声说。

母亲呆了。她惊愕地看看丈夫，再掉头望着俞碧菡。碧菡现在倚着一张桌子，勉强地站着。那母亲忽然恍然地发现，这女孩已经长大了。她虽然憔悴，虽然瘦弱，虽然苍白，却依然掩饰不住她的娟秀及清丽，那薄薄的衣衫里，裹着的宛然是个少女动人的胴体。从什么时候起，这孩子已经长成了？

从什么时候起，这女孩变得如此美丽和动人？一层女性本能的嫉妒从她心中升起，迅速地蔓延到她全身每个细胞里，她转向丈夫，怪声嚷着："哎哟，小婊子居然有人撑腰了！"接着向丈夫跨了一步，她挺挺胸膛，"你干吗护着她？你心疼是不是？哦——"她拉长声音，眼珠在丈夫及碧菡身上转来转去。"我明白了!她又不是你的亲生女儿,要你来心疼?"她怒视着丈夫,"我明白了!她现在大了,你心动了是不是?她长得漂亮是不是?我早知道这个小狐狸精留在家里是个祸水……"她咬牙切齿:"你们干了些什么好事?你们说!你们说!"

"你胡扯什么?"那父亲真的被触怒了,他向妻子迈了一大步,"你再胡说八道,当心我揍你!"

这一下不得了了,那母亲大大地被刺伤了,疑心病还没消失,自尊心又蒙受了打击,她立即一把眼泪一把鼻涕地哭了起来,一面呼天抢地地大嚷大叫:"哎哟,你们这对狗男女,你们做了什么丑事呀?现在看我不顺眼了!哎哟,你们联合起来欺侮我!哎哟,我前辈子造了什么孽呀,这辈子这么倒霉!"她向那丈夫一头撞去,大大地撒起泼来,"你杀了我好了!你这没良心的!你连我和肚子里的孩子一起杀了好了!把我杀了,除了你的眼中钉,你好和那个小狐狸精不干不净!你杀呀!杀呀!杀呀!……"

俞碧菡听着这一切,她大睁着眼睛,心里只是模模糊糊地想着:这个"家"是真的不能再待下去了。继母那些污言秽语使她震惊得已无力开口,何况,她胃里正在剧烈地绞痛着。逐渐地,她眼前的父母都成了模糊的影子,她只看到披头散发、手舞足蹈的母亲,像一个幻影般在晃来晃去,然后,她听到父亲的一声惊天动地的大吼:"住口!"

接着,父亲就暴怒地扬起手来,给了母亲一记清脆而响亮的耳光。母亲怔了,呆站在那儿,她像中了魔一般一动也不动，半晌，她才忽然醒悟过来，立即像杀猪般的一声狂叫："杀人哪！害命哪！父亲沟通了女儿杀人哪！看他们俞家的丑事呀！继父和女儿干的好事呀！……"

天哪！俞碧菡在心里叫着，天哪！她只感到胃里一阵狂搅，她张开嘴来，想呼叫、想喊、想呻吟，但她什么话都没有说出来，因为，一股热潮从她嘴中直冲出来，她用手捂住嘴，睁眼看去，只看到满手鲜血。她眼前一黑，就整个人摔倒在地上，迷糊中，还听到碧荷在尖叫："姐姐！姐姐！姐姐！姐姐死掉了！姐姐死掉了！姐姐死掉了！……"

她的头往旁边一侧，失去了所有的知觉。

时间似乎过去了很久很久，似乎有几百年，几千年，甚至几万年……但她终于悠悠醒转，浑身从头到脚都在疼痛，痛得她分不清楚到底什么地方最痛，她的神志依然迷糊，头脑昏沉得厉害。模糊中，她听到碧荷在她身边呜呜哭泣，于是，她想，她快死了，她知道，她是真的快死了，因为她喉咙中腥而甜。碧荷正一面哭着，一面拿毛巾拭着她的嘴角……

"姐姐，姐姐！"碧荷在哭叫着，"姐姐，姐姐！"

她努力地睁开眼睛，碧荷的脸像浸在水雾里的影子，由于惊惧，那张小脸苍白而紧张。要安慰妹妹，她想，要告诉她别害怕……但张开嘴来，她吐不出声音，抬起手，她想抚摸妹妹的头发，可是，手指才动了动，就又无力地垂了下去。

碧荷的眼睛睁大了，她惊喜地喊："姐姐醒了，爸爸！姐姐活了！"

"活了？"她听到母亲的声音，"她根本就是装死！从头到尾就在装死！"

她微微转头，于是，她看到室内亮着灯光，天都黑了，是开灯的时间了，那么，自己起码已经昏迷了好几小时。她再转头，发现自己正躺在床上。碧荷泪痕狼藉的小脸上绽开了笑容，她眼睛发光地扑向了姐姐："姐姐。"她用小手紧抓住碧菡的手指，似乎怕她会逃走。

"姐姐，你好一点了吗？"

她想微笑，但是她笑不成，腹内一阵新的绞痛抽搐了她，她痛苦地张开嘴，血液从她嘴中涌出来。碧荷的笑容僵了，恐惧使她的小手冰冷。

"姐姐！姐姐！"她发狂般地喊着，"你不要死！姐姐，你不要死！"

是的，我不要死，碧荷，我不要死！她想着，却苦于无法说话，我太年轻，我的生命还没有开始，我不能死，我不要死……昏晕重新抓住了她，她再度失去了知觉。

又不知道过了多久，她再一次醒过来，蒙眬中，她听到父亲的声音在说："这样不行，我们要把她送医院。"

"送医院？"母亲叫着，"我们有钱送她去医院吗？家里连买菜的钱都没有呢！"

"可是……"父亲的声音又疲倦又乏力，"这样子，她会死掉。"

"她装死！"母亲还在喊，"装死！装死，装死……"

她又失去了知觉。

就这样，她昏一阵，醒一阵，又昏一阵，又醒一阵……

时间也不知道到底过去了多久，几分钟，几小时，还是几天？

她只感到生命力正一点一滴地从她体内消失，像抽丝剥茧般，缓慢地抽掉，一丝丝，一缕缕地抽掉……她越来越衰弱，越来越无法集中思想。然后，她又听到碧荷在哭泣，一面哭，一面在摇撼着她。

"姐姐，你活过来！姐姐，你活过来！姐姐，我要你活过来……"

可怜的小碧荷！她迷糊地想，可怜的小碧荷！

"姐姐，"碧荷边哭边说，"你说过的，你说你要照顾我的，姐姐，你说过的，你说生命是什么什么好美丽的，你说过的，姐姐……"

是的，我说过的：生命是美丽的，生命是充满了爱与希望的，生命是喜悦的……我说过的，是的，我说过的！碧菡心中像掠过了一道强光，陡然间，那求生的欲望强烈地抓住了她：我不要死！我不要死！我不要死！她猛地惊醒了过来，思想飞快地在她脑子中驰过，她的生命线在什么地方？她脑海里掠过一个电话号码，一个被她记得滚瓜烂熟的电话号码！

她睁开眼睛，盯着碧荷，她努力地、挣扎地喊："碧荷！碧荷！"

"姐姐？"碧荷惊喜地俯过身去。

"听着，碧荷，"她喘息着，"去……去打一个电话，去……去找一个姓萧的老师，萧依云，去！快去！那电话号码是……"她念出了那个号码，昏晕又开始了，痛楚又开始了,她喃喃地重复着那个号码,一遍又一遍,一遍又一遍……然后,她又什么都不知道了。

已经晚上十二点多了,高家的电话铃蓦然间响了起来,这对生活起居都相当安定的高家来说,是件十分稀奇的事。高皓天和依云刚上床不久,正在聊着天,还没入睡,依云推推皓天说:"你去接电话,谁这么晚打电话来?"

"准是你那个疯哥哥!"高皓天说,一面下床找拖鞋,"他自从恋爱之后,就变得疯疯癫癫起来了!"

"他没恋爱的时候,就已经够疯了,"依云笑着说,"何况是恋爱以后呢?你快去接电话吧,铃一直响,待会儿把爸爸和妈妈都吵醒了!"

高皓天跑进了客厅,一会儿之后,他折回到卧室里来,带着一脸稀奇古怪的神色。

"依云,是你妈打电话来!"

"我妈?"依云翻身而起,吓了一跳,"家里出了什么事?为什么我妈要打电话来?"

"没事,你别紧张,电话已经挂断了。她说有个小女孩打电话去找你,哭哭啼啼地说要找萧老师,她没办法,已经把我们的电话告诉那小女孩了……"

话没说完,客厅里的电话铃又响了起来,高皓天说:"果然!一定是那小女孩!"

依云冲进了客厅,一把抓起听筒:"喂?哪一位?"

"我要找萧老师!"对方真是个小女孩,在一边哭,一边说,"我要找萧老师,萧依云老师!"

"我就是，"依云急急地说，又惊奇又诧异，她生平只代过一个月的课，却没教过这么小的孩子啊，"你是谁？有什么事？"

"萧老师！"那孩子哭泣着嚷，"你快点来，我姐姐要死了！"

"什么？"依云完全摸不着头脑，"你是谁？是谁？说清楚一点，谁要死了？"

"我姐姐要死了！她名叫俞碧菡！萧老师，你快来，我姐姐要我找你，你快来，她恐怕已经死了！你快来……"那孩子泣不成声了。

俞碧菡！依云脑中像电光一闪，立即想起那个楚楚可怜的、哀哀无告的女孩子！她深抽了一口气，大声问："在什么医院？"

"没……没有在医院，"孩子哭着，"妈妈不肯送医院，在……在家里……"

"听着！"依云毫不考虑地喊，"你回去守住你姐姐，我马上赶到你家里来！"

挂断了电话，她冲进卧室里去穿衣服。高皓天拉住了她，不同意地说："你知道几点钟了？你要干什么？"

"皓天！"依云严肃地说，"你爱不爱我？"

"什么？"高皓天一愣，"我当然爱你！"

"你如果爱我的话，别多发问，"依云坚定地、急促地、清晰地说，"赶快穿上衣服，开车送我去一个地方，救人如救火，我们没有时间耽搁，快！快呀！"

89

高皓天慌忙脱下睡衣，换上衬衫和长裤。

"但愿我知道你在忙些什么……"他叽里咕噜地说。

"我的一个学生有了麻烦，"她说，拿了皮包，向屋外冲去，"她妹妹说她快死了！"

"她家里的人干什么去了？"高皓天一面跟着她走，一面仍然在不住口地抱怨，"你又不是医生，我真不懂你赶去有什么用？"

"她就是俞碧菡，记得吗？我以前跟你提过的那个女孩子！"

"哦！"高皓天又愣了愣，"我以为你早已摆脱了那个俞碧菡了！"

高太太和高继善都被惊醒了，高太太把头伸出了卧室，惊讶地喊："什么事？半夜三更的，你们要到什么地方去？"

"对不起，妈！"依云匆匆地喊，"有个朋友生了急病，我们要赶去看看，如果没事，马上就会回来的！"

话没说完，她已经冲出了大门，冲进了电梯，高皓天紧跟着她走进电梯，嘴里还在说："我看你有点儿疯狂，一个学生！你只教了她一个月课，她有父有母，你管她什么闲事？生病应该找医生，不找医生找你，她家里的人疯了！难得又会碰到你这个疯老师，居然半夜三更……"

依云搂住高皓天的脖子，吻住了他的唇，使他那些个埋怨的话一句也说不出口。然后，她放开他，笑笑说："你宠我，就别再埋怨！"

高皓天望着她，摇头，叹气。

"我拿你一点办法也没有!"

下了楼,钻进车子,高皓天发动了马达。

"在什么地方?"他问。

依云指示着路径,那个地方,是她一辈子也不会忘记的。

车子迅速地疾驰在黑夜的街道上,转进松山区的小巷里,左转右转,终于停在那一大堆破烂的火柴盒中间。高皓天四面望望,不安地耸了耸肩:"这儿使人有恐惧感。"他说,"我最好陪你进去!是哪一家?还记得吗?"

依云迟疑地看着那些都很相似的房子,一时也无法断定是哪一家,尤其在这暗沉沉的黑夜里。她站在巷子中间,四面张望着,然后,有个小小的人影一闪,碧荷打屋檐底下冒了出来。

"萧……萧老师?"她怯怯地问。

"是的,"依云慌忙说,"你就是俞碧菡的妹妹?"

碧荷一把拉住了她的手,不由分说地往屋子里拉,她小小的身子吓得不住哆嗦着。

"我姐姐……我姐姐……"她抽噎着说,"她快要死了!"

"别怕!"依云紧握了碧荷一下,"我们进去看!"她回头叫了一声:"皓天,你也进来,这屋里有个女人,我拿她是毫无办法的!"

他们冲了进去,一走进房内,依云就看到一个高头大马的男人,正坐在一张竹制的桌子前面,在大口大口地喝着一瓶红露酒,满屋子都是酒气、霉味,以及一股潮湿的尿臊味。

在那男人旁边,那个与依云有一面之缘的女人正呆呆地坐着。

看到了他们,那女人跳了起来:"你们是谁?半夜三更来我家做什么?"她气势汹汹地问。

"我们来看碧菡!"依云昂着头说,"听说她病了!她在什么地方?"

碧荷用小手死拉着她,把她往屋后扯。

"在这边!你们快来,在这边!"

依云无暇也无心再去顾及那女人,就跟着碧荷来到一间阴阴暗暗的房间里,扑鼻而来的,是一股血腥味。然后,在屋顶那支六十烛的灯光下,依云一眼看到了俞碧菡,在一张竹床上,碧菡那瘦弱的、痉挛成一团的身子,正半掩在一堆破棉絮中间。她的头垂在枕头上,脸色比被单还白,唇边,满枕头上,被单上,都染着血渍。在一刹那间,依云吓得脚都软了,她回头抓住高皓天:"他们把她杀了!"

"不是,不是。"碧荷猛烈地摇着头,"姐姐病了,她一直吐血,一直吐血。"

高皓天冲了过去,俯下身子,他看了看碧菡,用手探了探她的鼻息,抬起头来,他很快地说:"她还活着!"

依云也冲到床边,摸了摸碧菡的手,她试着叫:"俞碧菡!俞碧菡!"

碧菡毫无反应地躺着,只剩下了一口气,看样子,她随时都可能结束这条生命。依云恼怒了,病成这样子!那个父亲在喝酒,母亲若无其事,他们是成心要让她死掉!她愤怒地问碧荷:"她病了多久了?"

"从今天下午就昏倒了，"碧荷抽抽噎噎地说，"爸爸说要送医院，妈妈不肯！"

"依云！"高皓天当机立断，"我们没有时间耽误，如果要救她，就得马上送医院！"

那个"父亲"进来了，带着满身的酒气，他醉醺醺的，脚步踉跄地站着，口齿不清地说："你们……你们做做好事，把她带走，别再……送……送回来，在……在这样的家庭里，她……她活着，还不如……不如死了好！"

依云气得发抖，她瞪视着那个父亲。

"你知道你们在做什么吗？"她叫，"你们见死不救，就等于在谋杀她！我告诉你们，碧菡如果活过来，我就饶了你们！如果死了，我非控告你们不可！"

"控告我们？"那个"母亲"也进来了，似乎也明白碧菡危在旦夕，她那副凶神恶煞的样子已经收敛了，反而显得胆怯而怕事，她嗫嗫嚅嚅地说，"她生病，又不是我们要她生的，关我们什么事？"

依云气得咬牙切齿。

"你是第一个凶手！"她叫，"你巴不得她死！"

"依云！"高皓天说，"少和她吵了，我们救人要紧！你拿床毯子裹住她，我把她抱到车上去！"

一句话提醒了依云，她慌忙找毯子，没找到，只好用那床脏兮兮的棉被把她盖住。高皓天一把抱起了她，那身子那样轻，抱在怀里像一片羽毛。他下意识地看了看那张脸，如此苍白，如此憔悴，如此怯弱……那紧闭的双眼，那毫无血色的嘴唇……天哪！这是一条生命呢！一阵紧张的、怜惜的情绪紧抓住了他：不能让她死去，不能让一条生命这样随随便便地死去！他抱紧她，大踏步地走出屋子，一直往车边走去。

把碧菡放在后座上，依云坐进去搂住了她，以防她倾跌下来。碧荷哭哭啼啼地跟了过来："我要跟姐姐在一起！"她哭着说。

看样子，这个家里除了这个小女孩，并没有第二个人关心碧菡的死活，依云简单地说了句："上来吧！"

碧荷钻进了车子。

高皓天发动了马达，车子如箭离弦般向前冲去。毫不思索地，高皓天一直驶向台大医院。碧荷不再哭泣了，只是悄悄地注视着姐姐，悄悄地用手去抚摸她，依云望着这姐妹二人，一刹那间，她深深体会到这姐妹二人同病相怜的悲哀，和相依为命的亲情。她不由自主地伸出手去，安慰地紧握住碧荷的手。碧荷在这一握下，似乎增加了无限的温暖和勇气，她抬眼注视着依云，含泪说："萧老师，你是世界上最好最好的人！"

依云颇为感动，她眼眶湿润润的。

"别叫我萧老师，叫我萧姐姐吧！"她说。

"萧姐姐！"碧荷非常非常顺从地叫了一声，"你永远做我们的姐姐好吗？"她直视着她，眼里闪着期盼的泪光。

依云用手轻抚她的头发。

"你叫什么名字？"她问。

"我叫俞碧荷。"

"碧荷！"她拍拍她，"你是个又聪明又勇敢的小女孩，你可能挽救了你姐姐的生命。"

"姐姐不会死了，是吗？"碧荷的眼里燃烧着希望。

依云看了碧菡一眼，那样奄奄一息，那样了无生气的一张脸！依云打了个寒噤，她不愿欺骗那小女孩。

"我们还不知道，要看了医生才知道！"

碧荷的小手痉挛了一下，她不再说话了。

车子停在台大医院急诊室的门口，高皓天下了车，打开车门，他把碧菡抱了出来。碧菡经过这一阵颠簸和折腾，似乎有一点儿醒觉了，她呻吟了一声，微微地睁开眼睛来，无意识地望了望高皓天，高皓天凝视着这对眼睛，心里竟莫名其妙地一跳，多么澄澈，多么清明，多么如梦似幻的一对眼睛！直到此刻，他才发现这女孩的面貌有多姣好，有多清秀。

进了急诊室，医生和护士都围了过来，医生只翻开碧菡的眼睛看了看，马上就叫护士量血压，碧荷被叫了过来，医生一连串地询问着病情，越问声音越严厉，然后，他愤怒地转向依云："为什么不早送来？"

依云也来不及解释自己和碧菡的关系，只是急急地问："到底是什么病？严不严重？"

"严不严重？"医生叫着说，"她的高血压只有八十二，低血压只有五十四，她身体中的血都快流光了！严不严重？她会死掉的，你们知道吗？"他又看了看血压表："知不知道她的血型？我们必须马上给她输血。"

"血型？"依云一怔，"不知道。"

医生狠狠地瞪了依云一眼，转头对护士说："打止血针，马上验血型。"再转向依云："你们带了医药费没有？她必须住院。"

依云又怔了一下，她转头对高皓天说："我看，你需要回去拿钱。"

"拿多少呢？"高皓天问。

医生忙着在给碧菡打针，止血，检查，护士用屏风把碧菡遮住了。半响，医生才从屏风后面转了出来，他满脸的沉重，望着高皓天和依云。

"初步诊断，是胃出血，她一定很久以来就害了胃溃疡，现在，是由慢性转为急性，所以会吐血，而且在内出血，我们正在给她输血，如果血止不住，就要马上送手术室开刀，我看，在目前的情况下，如果不把胃上的伤口切除，她会一直失血而死去。你们谁是她的家属？"

高皓天和依云面面相觑。终于，依云推了推碧荷。

"她是。"

"她的父母呢？谁负她的责任？谁在手术单上签字？谁负责手术费、血浆和保证金？"

"大夫，"高皓天跨前了一步，挺了挺胸，"请你马上救人，要输血就输血，要开刀就开刀，要住院就住院，我们负她的全部责任！"掉转头，他对依云说："你留在这儿办她的手续，我回家去拿钱！"

依云点点头，高皓天转过身子，迅速地冲出了医院。

当高皓天折回到医院里来的时候,碧菡已经被送入了手术室,依云正在手术室外的长椅上等待着。碧荷经过这么长久一段时间的哭泣和紧张,现在已支持不住,躺在那长椅上睡着了,身上盖着依云的风衣。高皓天缴了保证金,办好了碧菡的住院手续,他走过来,坐在依云的身边。

"依云!"他低低地叫。

依云抬眼望着他。

"你真会惹麻烦啊!"他说,"幸亏你只教了一个月的书,否则,我们大概从早到晚都忙不完了。"他用手指绕着依云鬓边的一绺短发,他的眼光温存而细腻地盯着她:"可是,依云,你是这样一个好心的小天使,我真说不出我有多么多么的爱你!"

依云微笑了,她把头倚靠在高皓天的肩上,伸手紧紧握住了高皓天的手。

"知道吗?皓天?"她在他耳边轻声地说,"我永远不会忘记你今晚的表现,永远不会!我在想……"她慢慢地说,"我嫁了一个世界上最好的丈夫!"

高皓天的手臂搂住了她的肩。

"我告诉你,依云,"他说,"你放心,那孩子会好的,会活过来的。"

"你怎么知道?"依云问。

"因为,她有这样的运气,碰到你当她的老师,又有这样的运气,及时找到你,还有……"

"还有这样的运气……"依云接口说,"我又有这样一个热心而善良的丈夫!"

"好吧,"高皓天说,"这也算一条,又有这样的运气,我们并不贫穷,缴得出她的保证金,还有一项运气,碰巧第一流的医生都在医院里……一个有这么多运气的女孩子,是不应该会轻轻易易地死去的!"

依云偎紧了他。

"但愿如你所说!"她说,"可是,手术怎么动了这样久呢?"

"别急,"高皓天拍拍她,"你最好睡一下,你已经累得眼眶都发黑了。"

依云摇摇头。

"我怎么睡得着?"她看看那在睡梦中不安地呓语着的小碧荷,伸手把她身上的衣服盖好,她低叹了一声,"皓天,原来世界上有如此可怜的人,我们实在太幸福了。以后,我们要格外珍惜自己的幸福才对。"

他不语,只是更紧地揽住了她。

时间缓慢地流过去,一分一秒地流过去,手术室的门一直阖着。高皓天和依云依偎着坐在那儿,共同等待一个有关生死的大问题。他们手握着手,肩靠着肩,彼此听得到对方的心跳,都觉得这漫长的一夜,使他们更加地接近,更加地相爱了。天慢慢地亮了,黎明染白了窗子。依云几乎要蒙眬入睡了,可是,终于,手术室的门开了,医生们走了出来。依云和高皓天同时跳了起来。

"怎样?大夫?"高皓天问。

"切除了三分之一的胃。"医生微笑地说,"一切都很顺利,我想,她会活下去了。"

依云举首向天,脸上绽放着喜悦的光彩,半晌,她回过头来,看着高皓天,眼睛清亮得像黑夜的星光。

"生命真美丽,不是吗?"她笑着问。

高皓天目不转睛地盯着她。

"你真美丽,依云。"他说。

他们依偎着走到窗前,窗外,远远的天边,第一缕阳光正从地平线上射了出来。朝霞层层叠叠地堆积着,散射着各种各样鲜明的色彩,一轮红日,在朝霞的烘托簇拥之中,冉冉上升。

"我们从没有并肩看过日出,不是吗?"依云问。

"原来日出这么美丽!"

高皓天没有说话,只是带着一份那样强烈的激动和喜悦,望着那轮旭日所放射的万道光华。

天完全亮了。

时间不知道过去了多久,似乎又有几千几万年了,俞碧菡在那痛楚的重压下昏昏沉沉地躺着。依稀仿佛,曾觉得自己周围围满了人:医生、护士、开刀房里的灯光;也依稀仿佛,曾听到碧荷低低地抽噎,反反复复地叫姐姐;还依稀仿佛,曾有个温柔的、女性的手指在抚摸着自己的头发和面颊;更依稀仿佛,曾有过一双有力的、男性的手臂抱着自己的身子,走过一段长长的路程……终于,这所有如真如幻的叠影都模糊了,消失了,她陷入一种深深的、倦怠的、一无所知的沉睡里了。

醒来的时候,她首先看到的,是吊在那儿的血浆瓶子,那血液正一点一滴地经过了橡皮管,注射进自己的身体里去。她微微转头,病床的另一边,是大瓶的生理食盐水,自己的两只手都被固定着,无法动弹。她也不想动弹,只努力地想集中自己的思想,去回忆发生过的事情。软软的枕头,洁净的被单,刺鼻的药水和酒精味,明亮的窗子,隔床的病人……

一切都显示出一个明显的事实,她正躺在医院里。医院里!那么,她已经逃过了死亡?她转动着眼珠,深深地叹息。

这叹息声惊动了伏在床边假寐的碧荷,她直跳起来,俯过身子去喊:"姐姐!"

碧菡转头看着妹妹,她终于能笑了,她对着碧荷软弱地微笑,轻声叫:"碧荷!"

"姐姐!"碧荷的眼睛发亮,惊喜、欣慰而激动。她抓住了姐姐的手指,"你疼吗?姐姐?"

"还好,"她说,望了望四周,看不到父亲,也看不到母亲,"怎么回事?我怎么在医院里?"

"是萧姐姐送你来的!"

"萧姐姐?"她愣了愣。

"就是你要我打电话找的那个萧老师,她要我叫她萧姐姐!"碧荷解释着。

萧老师?是了!她记起了,最后能清楚地记起的一件事,就是叫碧荷打电话去找萧依云,那么,自己仍然做对了,那么,萧依云真的帮助了她?

"哦,姐姐,"碧荷迫不及待地述说着,"萧姐姐和高哥哥真是一对好人,天下最好的人……"

"高哥哥?"她糊涂地念着,那又是谁?

"高哥哥就是萧姐姐的丈夫。"碧荷再度解释,"他们把你送到医院里来,你开了刀,医生说你的胃要切掉一部分,你整夜都在动手术,萧姐姐和高哥哥一直等着,等到你手术完了,医生说没有什么关系了,他们才回去休息。萧姐姐说,她晚上还要来看你。"

"哦!"俞碧菡的眼珠转动着,脑子里拥塞着几千几万种思想。她衰弱地问:"一定……一定用了很多钱吧?爸爸……怎么有这笔钱?"

"姐姐,"碧荷的眼睛垂了下来,她轻声说,"所有的钱都是高哥哥和萧姐姐拿出来的,他们好像跑来跑去忙了一夜,我后来睡着了,醒来的时候,你已经动完手术,住进病房了,萧姐姐要我留在这里陪你,她才回去的。"

"哦!"碧菡应了一声,转开头去,她眼里已充满了泪水。

"怎么?姐姐,你哭了?"碧荷惊慌地说,"你疼吗?要不要叫护士来?"

"不要,我很好,我不疼。"碧菡哽咽地说,眼泪滑落到枕头上。她想着萧依云,一个仅仅教了她一个月书的老师!一个比她大不了几岁的"大姐姐"!眼泪不受控制地涌了出来,奔流在面颊上。别人如果对你有小恩惠,你可以言报,大恩大德,如何言报?何况,这份"照顾"和"感情",更非普通的恩惠可比！

一位护士小姐走了过来，手里拿着温度计。

"哎哟，别哭啊！"护士笑嘻嘻地说，"没有多严重，许多比你严重得多的病人，也都健健康康地出院了。"她用纱布拭去她的眼泪，把温度计塞进她嘴里："瞧！刚开过刀，是不能哭的，当心把伤口弄裂了！好好地躺着，好好地休息，你姐姐和姐夫就会来看你的！"

姐姐和姐夫？护士指的应该是萧依云和她的丈夫了！姐姐和姐夫？她心里酸楚而又甜蜜地回味着这几个字，姐姐和姐夫！自己何世修来的姐姐和姐夫？但是……但是，如果那真是自己的姐姐和姐夫啊！

护士走了。她望着窗子，开始默默地出着神，只一会儿，疲倦就又征服了她，她再也没有精力来思想，合上眼睛，她又昏昏入睡了。

再醒来的时候，病房里的灯都已经亮了，她刚转动了一下头，就听到一个温柔的声音，低低地喊："感觉怎么样？俞碧菡？"

她转过头，睁大着眼睛，望着那含笑坐在床边的萧依云。

一时间，她心头堵塞着千言万语，却一个字都吐不出来，泪水已迅速地把视线完全弄模糊了。

"哦，"依云很快地说，"怎么了？怎么了？刚开过刀，总是有点疼的，是不是？过几天，包你就什么事都没有了……"

"不，不是疼，"她在枕上摇着头，"是……是因为……因为你，萧老师，我不知道……不知道……"

萧依云握住了她的手。

"快别这样了,"她说,"情绪激动对你是很不好的,医生说,你的病就是因为情绪不稳定才会得的。现在,什么都好了,你多年的病,总算把病根除了,以后只要好好调养,你会强壮得像头小牛!"她忽然失笑了:"这形容词不好,像你这样娇怯的女孩子,永远不会成为小牛,顶多,只能像只小羊而已。"

俞碧菡噙着满眼眶的泪,在萧依云的笑语温存下,真觉得不知道该怎么样才好。道谢?怎么谢得了?不谢?又怎么成?她只是泪汪汪地看着她。依云凝视了她一会儿,点点头,她似乎完全了解了碧菡心中所想的,收住了笑容,她很诚恳地说:"记不记得你们全班送我的那朵勿忘我?"

碧菡勉强地微笑起来。

"是我设计的。"她轻声说。

"是吗?"依云惊奇地说,"那么,那反面的字也是你写的了?"

碧菡点点头。

"瞧!"依云说,"我既然是个大姐姐,怎能不管小妹妹的事呢?"她拍抚着她放在被外的手:"假若你真觉得不安心,你就认我做姐姐吧!"

碧菡泪眼模糊。

"我能……叫你姐姐吗?"她怯怯地说。

"为什么不能?"依云扬起了眉,"你本来就是个妹妹,不是吗?"

"我……从没有过姐姐。"

"现在你有了!"依云说。

"嗯哼!"忽然间,有人在她们头顶上哼了一声,依云一惊,抬起头来,原来是高皓天!他正俯身望着她们,满脸笑嘻嘻的。依云惊奇地说:"你什么时候来的?"

"刚刚才来。我下班回到家里,妈说你出去了,我就猜到你一定在这儿!"他笑望着俞碧菡,"你认了姐姐没关系,可别忘了叫我一声姐夫!"

第五章

俞碧菡迎视着这张年轻的、男性的、充满了活力的脸庞,多么似曾相识!那对炯炯然的眼睛,是在梦中见过?为什么这样熟悉?是了!她心中一亮,曾有个男人把自己抱进医院,曾有一张男性的脸孔浮漾在水里雾里……那,那男人,就是这个姐夫了?

"碧菡!"依云唤回了她的神志,"你该见一见他,他叫高皓天!"

"什么介绍?"高皓天笑着说,"并不仅仅是高皓天,高皓天只是一个名字,"他注视着俞碧菡,"事实上,我是你刚认的姐姐的丈夫!"

"好了,好了,"依云笑着推他,"碧菡知道你是我丈夫,别大呼小叫的,这是医院呢!"

俞碧菡注视着他们,天哪!他们多亲爱、多幸福、多甜蜜!望着依云,一个像依云这样好心、善良、多情的女人,是该有个甜蜜而幸福的婚姻,不是吗?她笑了,开刀以后,这是她第一次这么开心地笑了。她的笑容使高皓天高兴,注视着她,他半开玩笑、半认真地说:"这样才对,你要常常保持笑容,笑,会使你健康而美丽!"

依云再推他。

"瞧你说话那样子,老气横秋的!"

"怎么?"高皓天瞪瞪眼睛,扬扬眉毛,对依云说,"难道我说错了?你看,你越来越漂亮,就是因为我常常逗你笑!"

"哎呀!"依云叫,"你怎么不分时间场合,永远这样油嘴滑舌呢!"

"我说的是事实,毫无油嘴滑舌的成分。"他注视着碧菡,问:"对不对?你这个姐夫并不很油嘴滑舌吧?"

碧菡注视着他们,只是忍不住地微笑。于是,高皓天四面望了望:"你那个小妹妹呢?碧荷呢?"

"我叫她回去了。"依云说,"也真难为了她,那么小,累了这么一天一夜,我叫她回去休息,同时,也把碧菡的情形,告诉她父母一下。"

听到"父母"两个字,碧菡的眼睛暗淡了,微笑从她的唇边隐去,她悄悄地转开了头,不敢面对依云和高皓天。依云也沉默了,真的,那对"父母",到底对这个女儿将如何处置?碧菡这条命是救过来了,但是,以后的问题怎么办?依云来到医院以后,已经和医生详细谈过,据医生说,碧菡的危险期虽然已度过了,但是,以后却必须长期调养,在饮食及生活方面都要注意,不能生气,不能劳累,要少吃多餐,要注意营养……她想起碧菡那间霉湿的、阴暗的小屋,想起她继母那凶神恶煞般的脸孔,想起那一群弟弟妹妹……天,这孩子如果重新回到那家庭里,不过是再一次被扼杀而已。望着碧菡,她禁不住陷进深深的沉思里去了。

"喂喂!"高皓天打破了寂静,"怎么了?空气怎么突然沉闷了起来?你们瞧,我不油嘴滑舌,你们就一点劲儿都没有了。"

依云回过神来,她仰头对高皓天笑了笑。注意到碧菡的盐水针瓶子快完了。

"你最好去通知护士,"她对高皓天说,"盐水瓶子要换了。"

高皓天走出了病房。依云俯过身子去,她一把握住碧菡的手。

"听着,碧菡,"她说,"你父母似乎并不关心你的死活。"

碧菡闭上了眼睛,泪水顺着眼角滚下来。

"碧菡!"依云咬了咬牙,"流泪不能解决问题,不是吗?不要哭了!如果你听我话,我要代你好好安排一下,你愿不愿意我来安排你的生活?"

碧菡睁开眼睛,崇拜地、热烈地望着依云。

"从今起,"她认真地说,"我这条命是你的,你怎么说,我怎么做!真的……姐姐。"她终于叫出了"姐姐"两个字。

依云心里一阵激荡,她抚摸着碧菡的头发。

"不要说得那么严重,"她温和地说,"让我代你去安排,我会做个好姐姐,信吗?但是,你要和我合作,第一步,从今起不许哀伤,你要快快活活地振作起来,行吗?做得到吗?"

碧菡不住地点头。

护士和高皓天来了。高皓天悄悄地扯了依云一下,在她耳边说:"碧菡的父亲来了,在病房外面,他说要和你谈一谈。你最好去和他谈个清楚,我们救人,可以救一次,不能再救第二次,对不对?"

依云站起身来,对高皓天低声说:"你在这儿逗逗碧菡,你会说笑话,说一点让她开开心。"

"你——"高皓天摇头,"真会惹麻烦!"

"麻烦已经惹了,就不只是我的,也是你的了!"依云嫣然一笑,走出去了。在病房外面,依云看到了那个"父亲",今天,他没有喝醉酒,衣服穿得也还算干净,站在那儿,他显得局促而不安,看到依云,他就更不安了。他不住用两只大手,在裤管上擦着,一面嗫嗫嚅嚅地说:"萧……萧老师,昨晚,很……很对不起你。"

"哦!"依云有点意外,这父亲并不像想象中那样暴戾啊。

"萧……萧老师,"那父亲继续说,"我有些话,一定要告诉你。"他顿了顿,低头望着地板:"你知道,碧菡并不是我的亲生女儿,她妈嫁给我的时候,她才四岁,她八岁时,她妈又死了。我再娶了我现在这个老婆,我老婆觉得帮我带前面两个孩子还没话说,带碧菡就不情愿了,她一直对碧菡不好,我也知道……可是,可是,我家穷,我只是个工人,每天要出去做工,家里一大家子人,我实在顾不了那么多。碧菡从小身子就不好,家里苦,她又是个没娘的孩子,当然受了不少苦,并不是……并不是我不照顾她,实在是……实在是……"

"我明白了,"依云打断了他,"我也没有权利来管你的家务事,我只希望了解一下,你以后预备把碧菡怎么办?医生说过了,她再过以前那种生活的话,病还是会复发的,那时候,可就真无法救她了。"

那父亲抬眼看了看依云。

"萧老师,"他颇为困难地说,"我看……我看……你好心,你救人就救到底吧!"

"怎么说?"依云蹙起了眉头。

"是这样……是这样……"他更加困难了,"碧菡慢慢大了,我老婆是不大懂事的,我护着碧菡,她就说闲话,我不护着她,她总有一天,会……会被折磨死的!"

"哦!"依云惊愕地睁大眼睛,天下还有这种事?看样子,碧菡所受的苦,比她所了解的一定还要多。

"这些年来,"那父亲又说,"我老婆一直想把碧菡送到……送到……"他拼命在裤子上擦手,不知该如何措辞,"送到……你知道,就是那种不好的地方去。我想,我虽然没念过什么书,还不至于要女儿去卖笑,碧菡,她也算念了点书,认了点字,不是无知无识的女孩子。你,萧老师,你不如带她走吧!"

"你的意思是……"依云愣在那儿。

"我是说,为碧菡想,她最好不要再回我家了!"那父亲终于坦率地说了出来。

依云睁大眼睛,心里在迅速地转着念头,终于,她毅然地一甩头,下决心地说:"好!俞先生,你的意思是,以后你们俞家和碧菡算是断绝了关系!"

"并不是断绝关系,"那父亲为难地说,"是……是请你帮忙,救她救到底!"

"我可以救她救到底,"依云坚决地说,"但是,你既然把她交给我,以后你们俞家就不许过问她的事!你必须写个字据给我,说明你们俞家和碧菡没有关联,否则,你老婆说不定会告我一状,说我诱拐了你家的女儿呢!怎样?"她挑起眉毛:"你要不要我救她?你写不写字据?"

那父亲长叹了一声。

"好吧!反正碧菡原来也不是我俞家的人!萧老师,我把她交给你了,孩子的命是你救的,希望她从此也转转运。至于字据,你怎么写,我就怎么签字,这样总行了吧?"他转过身子,"请你告诉碧菡,并不是我不疼她,实在是……孩子太多了!"

"喂喂,俞先生!"依云叫,"你不进去看看碧菡吗?她已经醒了。"

"我——"那父亲苦笑了一下,"有什么脸见她?我连医药费都付不出来!我对不起她妈!萧老师,她妈也是念过书的,命苦才嫁给我!她妈曾经嘱咐我,要好好待碧菡……可是,我差点儿连她的命都给送掉了!"

掉转身子,他昂了昂头,大踏步地走了。这儿,依云呆呆地看着他的背影，愣了好一会儿。在这一刹那间，她才明白，这个父亲也有人性，也有热情，只是现实压垮了他，他那粗犷的肩上，压了太多的无可奈何！一时间，她不仅同情碧菡，也强烈地同情起这个父亲来。

好了，从此，碧菡是她的了，她将如何处置这个女孩呢？

这晚，在回家的路上，她坐在车子里，斜睨着高皓天的脸色，心里在转着念头。半晌，她俯过头去，吻了吻高皓天的鬓角，一会儿，她又俯过去，吻了吻他的耳垂，当她第三次去吻他时，高皓天开了口："好了，依云，你心里在想些什么，就说出来吧！每次你主动和我亲热，就是你有所要求了！"

依云嘟起了嘴。

"别把人家说得那么现实。"她说。

"那么，"高皓天笑嘻嘻地说，"你并没有什么事要和我商量，是吗？"

"哎呀，"依云叫，"你明知道我有！"

"好了，说吧！你这个'不'现实的小东西！到底是什么事？"高皓天笑着问。

"关于……关于……"依云吞吞吐吐地说，"关于这个俞碧菡。"

"怎样呢？你放心，我知道她家里没钱，我一定负责所有的医药费，一直到她出院为止，好了吧？"

依云悄悄地看了他一眼。

"并不止……不止医药费。"

"怎么？"高皓天皱皱眉，"还要什么？"

"你看，人家……人家已经叫你姐夫了！"

"叫我姐夫又怎么样？"高皓天不解地问。

"我们家……我们家房子大，"依云慢条斯理的，"有的是空房间，人口又少，我……我和妈也都需要伴儿，我想……我想我们不在乎多加一个人住。"

高皓天把车子刹在路边上，他瞪大了眼睛望着依云。

"天！"他叫，"你一定不是认真的！"

"很抱歉，"依云甜甜地笑着，"我完全是认真的。"

高皓天直翻眼睛。

"你知道你在做什么事吗？"他问。

"我知道，"她巧笑嫣然，"我收了一个妹妹。"

"你认为，"高皓天一字一字地说，"我父母会同意这件事？"

"那是你的事，你要去说服他们！"

高皓天瞪着依云，依云只是冲着他笑，他瞪了半天，依云却越笑越甜。终于，他重重地甩了一下头。

"你疯了！"他说，重新发动了马达，"我不懂我为什么要陪着你发疯。"

"因为你爱我。"依云仍然笑着，把头依偎在高皓天的肩上。她知道，他将会尽全力去说服父母，她知道，他一定会去安排一切！她知道，她终于有了一个小妹妹！

俞碧菡出院的时候，已经是十月初了，秋风虽起，阳光却依然绚丽。台湾的十月，是气候最好的时期，正标准地符合了"已凉天气未寒时"那句话。这天,萧依云和高皓天来接碧菡出院。碧菡已一早就收拾好了自己的东西,所谓自己的东西,只是简单的几件衣裳,都已洗得泛了白,破了洞,还是碧荷陆陆续续给她偷偷带到医院里来的。折叠这些衣裳的时候,她心中不能不充满了酸涩与感慨。虽然,开刀后的一星期,依云就告诉了她,关于她和父亲的那篇谈话。怕她难过,依云一再笑着说:"这一下好了,碧菡。我有哥哥有姐姐,就是缺个妹妹,以后有你给我做伴,我就再也不会寂寞了。我公公和婆婆都是好人,他们知道你要来住,都开心得很呢!你住到我家去,千万心里不要别扭,我家……我家所有的人,都会喜欢你的!"

碧菡当然十分担忧高家的人会不喜欢她。而且,她知道这到底只是权宜之计,谁家愿意无缘无故地收养一个病孩子?这完全是因为依云太热情,太好心,又太同情自己的身世,而高家两老,不忍过分拂逆儿媳的一片善心而已。但是,自己这样走入高家以后,又将怎么办?未来的一切,前途茫茫,难以预料。她唯一清楚所能感觉的事实,只有一件:俞碧菡,俞碧菡,她在心中叫着自己的名字:你是个无家可归的孤儿!

父亲!那也"照顾"了她十四年的父亲,当她身体已恢复得差不多的时候,来看过她一次。坐在床边的椅子里,父亲显得又苍老又憔悴,两只手不住地在膝上不安地擦弄着,他口齿笨拙地说:"碧菡,这次……这次你生病,我觉得……觉得非常难过,我对不起你妈妈,没有把你照顾好。

可是……你知道，你知道你弟弟妹妹那么多，我也……没什么好办法。这次，你的命是高家的人救的，难得这世界上还有像高家夫妇那么好的人，你就安心地跟他们去吧！他们最起码不会亏待你！碧菡，并不是……并不是我不要你……"

父亲的头垂下去了，碧菡只看得到他那满头乱糟糟的、花白的头发，父亲！他才只有四十几岁呢！他嗫嚅着，困难地说下去，"我是……我是为了你好，你跟着我，不会有好日子过的。你妈又要生产了，脾气坏得厉害……她要你在家洗衣抱弟弟倒没关系，只怕她……只怕她要你去做阿兰那种工作，你慢慢大了，长得又漂亮，我无法留你了。你好歹……为你自己以后打算打算吧！你能嫁个好人家，我也算对你亲生的妈有了个交代！不枉她帮我生儿育女，跟了我几年！"

父亲的措辞虽不很委婉，却表达得十分明白，那个"家"是再也不能回去了。自己大了，竟成了继母的眼中钉！

父亲，她注视着他，只感到眼泪一直在眼眶里打转。父亲，他毕竟养育了她那么多年啊！

"爸爸！"她含泪叫，"我明白的，我都明白的！我……我……我从没有怪过你们！"

父亲很快地看了她一眼，那眼光里竟充满了感动与怜惜！

这一个眼光，已足以弥补她心里的创痛了。

"碧菡，"父亲点了点头，叹口气说，"你是个好心的女孩！老天应该要好好照顾你的！"

碧菡心里一阵紧缩，就这样吗？就这样结束了十四年的父女关系吗？就这样把她送出了那个"家"，再也不要了吗？

她心中有无限的酸楚和苦涩，但是，最后，她只说了一句话："爸，请你……请你多多照顾碧荷！"

"你放心！"那父亲站起身子，粗声地说，"那孩子到底是我的骨肉，对吗？我会注意她的！"

就这样，父亲走了，再也没有来看过她。她知道父亲的工作沉重，母亲又尖酸刻薄，他是不会再来看她了。离开那个"家"，对碧菡来说，应该是摆脱了一份苦刑，挣出了一片苦海，可是，不知怎的，她依然感到满心酸楚和依依不舍。

她最不放心的是碧荷，大弟虽然也不是这个母亲生的，却是家里的长子，父亲重男轻女的观念很重，母亲是不敢碰大弟的。碧荷是女孩子，将来还不知道要吃多少苦呢！可是，唉！

她深深叹息，她已经自顾不暇，还怎样照顾这个妹妹呢！

在医院里的一个多月，来看她最多的是依云，她几乎天天都来，在如此频繁的接触下，她和依云已不由自主地建立了一份最深切的友情。她对依云的感情是很特殊的，有对老师的尊敬，有对姐姐的依恋，有感恩、有崇拜、有欣赏、有激动，还有一种内心深处的知遇之感。这一切复杂的感情，在她心中汇合成一股强烈的热爱，这热爱使她可以为依云粉身碎骨，或做一切的事情。依云呢？她也越来越喜欢碧菡，越来越怜爱她。她认为碧菡与生俱来就有一种"最女性的温柔"和"天生的楚楚动人"。她真心地喜爱她，宠她，真心地以"大姐姐"自居。她叫碧菡为"小鸟儿""小白兔""小不点儿"。有时，当碧菡伤心或痛楚时，她也会搂着她，叫她

"小可怜儿"。

就这样，一个多月过去了，终于到了碧菡出院的日子。这天是星期天，上午十点多钟，依云就和高皓天来到医院里，结清了一切费用，他们走入病房，看到碧菡已装束整齐，依云就笑了，说："小鸟儿被医院关得发慌了，等不及地想飞了。"

碧菡怯怯地笑了笑，她可没有依云那样轻松，即将要走入的新环境使她紧张，即将面对高继善夫妇使她恐慌，她看起来弱不禁风，而又娇怯满面。

"怎么了？"依云笑着问，"你在担心什么？干吗这样满脸愁苦啊！难道你住医院还没住怕？还想多住一段时间吗？还是不高兴去我家啊？"

"别说笑话，姐姐，"碧菡轻声说，"我只是怕……怕高伯伯和高伯母不喜欢我！"

"我告诉你，碧菡，"高皓天走上来说，这些日子，他和碧菡也混得熟不拘礼了，"我爸爸妈妈又不是老虎，又不是狮子，也不是老鹰，所以，不管你是小鸟儿也好，小白兔也好，都用不着怕他们的！我向你打包票，他们绝不会吃掉你！"

听到这样的言语，看到高皓天那满脸的笑容，碧菡只得展颜一笑。反正，是老虎狮子也罢，不是老虎狮子也罢，她总要去面对即将来临的现实！她笑笑说："好了，我们走吧！"

依云拎起了她那可怜兮兮的小包袱，她抬了抬眉毛，轻描淡写地说了句："姑且带回去吧！过两天我陪你去百货公司,好好地买它几件漂漂亮亮的衣服!"

"已经够麻烦你们了,"碧菡叹口气说,"别再为我买东西,增加我的不安吧!"

"谁许你不安的?"依云说,"我们早就说好不分彼此的,不是吗?下次你再说这么客气而见外的话,我就决不饶你!"

碧菡看看依云,后者脸上有股颇为认真的表情,这使她心灵一阵激荡,在感动之余,竟无言可答了。

走出了医院,迎面是一阵和煦的风,天蓝得发亮,云白得耀眼,阳光灿烂地遍洒在大地上。碧菡迎风而立,忍不住深深地吸了口气,在那一刹那间,她觉得自己像闯过了鬼门关,重新获得了生命的一个崭新的人!她的眼睛发光,苍白的面颊上染上了一片红润,挺了挺瘦小的肩,她再吸了一口气,说:"多好的太阳!多好的风!多好的天气!多好的人生……"她把那焕发着光彩的面孔转向高皓天和依云,大声地说:"多好的你们!"

高皓天注视着这张脸,那挺秀的眉,那燃烧着光彩的眼睛,那瘦瘦的鼻梁,那柔弱的嘴唇,那尖尖的小下巴……天,这女孩清丽得像一首诗,飘逸得像一片云,柔弱得像一株细嫩的小花。他再把目光转向依云,依云站在那儿,活泼、健康、愉快、潇洒,再加上那份神采飞扬的韵味,朝气蓬勃的活力。这两个女性,竟成为一个强烈的对比。他奇怪上帝造人,怎能在一种模型里,造出迥然不同的两种"美"?

上了车,依云和碧菡都挤在驾驶座旁边的位子里,依云一直紧握着碧菡的手,似乎想把自己生命里的勇气、活力与欢愉都借着这相握的手,传到碧菡那脆弱的身体与心灵里去。

碧菡感应到了她这份好意,她不敢流露出自己的不安,只是怀着满腔怔忡的情绪,注视着车窗外的景物。车子驶向了仁爱路,转进一条巷子,这儿到处都是新建的高楼大厦,一幢幢的公寓,鳞次栉比地耸立着,所谓高级住宅区,大约就是这种地方吧?她心中朦胧地想着,不敢去回想自己那个"家"。

车子开进了一栋大厦的大门,停在车位上。依云高兴地拍了拍碧菡的手,大声地、兴奋地嚷:"碧菡!欢迎你来到你的新家!"

碧菡下了车,带着勉强的微笑,她打量着那庭院里的喷水池,和沿着围墙的那一整排冬青树,以及停车场里那一辆辆豪华的小轿车……她已经有种奇异的感觉,觉得自己走入了一个神妙的幻境里。

"依云,"高皓天说,"你带碧菡先上去,我拿了东西就来!"

"好!"依云应着,牵着碧菡的手就往里面跑。碧菡被动地跟着她走入大门,进入电梯,依云按了八楼的电钮,笑着说:"别忘了,我们家的门牌是八A。"

"八楼上面吗?"碧菡惊叹着,"如果电梯坏了,怎么办呢?"

"这大厦的电梯都要定时保养,不会允许它坏的,这儿最高的是十一楼,否则,住在十一楼的人不是要更惨了!"

电梯停了,依云拉着碧菡走出来,到了八A的门口,依云掏出钥匙开门,一面说:"你要记得提醒我,帮你再配一把钥匙。"碧菡根本没注意依云在说什么,她只是望着那镂花的大门发愣。门开了,依云又拉着碧菡走了进去,通过了玄关,碧菡置身在那豪华的客厅里了,脚踩在软软的地毯上,眼睛望着那红丝绒的沙发和玻璃茶几上的一瓶剑兰,她无法说话,无法思想,那种梦幻般的感觉更深更重了。

"妈!爸爸!"依云扬着声音喊:"你们快出来,我把碧菡带回来了。"

高继善和高太太几乎是立刻就出来了。碧菡局促不安地站在那儿,望着高继善夫妇。高继善瘦瘦高高的个子,戴了一副眼镜,一脸的精明与能干相。高太太是个胖胖的女人,头发整齐地梳在脑后,穿了一件深蓝色的旗袍,看起来又整洁又清爽。碧菡也不暇细看,就深深地鞠下躬去,嘴里喃喃地叫着:"高伯伯,高伯母。"

"哟,别客气了。"高太太温和地说,她早已听依云讲过几百次碧菡的身世。为了博取高太太的同情起见,依云的述说又比真实的情况更添油加醋了不少。因而,高太太一见到这外形瘦弱娇小的女孩,就立即勾引起一份强烈的、母性的本能来。她赶过来,一把拉住碧菡的手,又用另一只手托起碧菡的下巴,她亲切地说:"快让我看看你,碧菡。你的故事我早就知道了,天下居然有像你这样命苦的孩子!来,让我瞧瞧!"

碧菡被动地抬起头来,于是,她那张白皙的、娇柔的、怯生生的、可怜兮兮的面庞就呈现在高太太的面前了。由于伤感，由于惊惶，由于高太太那几句毫无保留的话所引起的悲切，碧菡的大眼睛中蓄满了泪水。那份少女的娇怯，那份盈盈欲涕的凄苦，使高太太又惊奇又怜爱，看到泪珠在那长睫毛上轻颤，高太太就一把把碧菡拥进了怀里，把她的头紧压在自己的肩上，她慌忙地说："哦哦，别哭别哭，从此，没有人会欺侮你了，从此，你有了一个新的家。碧菡，好孩子，别哭哦，以后，我们家就是你的家了！"

这一说，碧菡就干脆抽抽噎噎地哭了起来。她曾想过几百次拜见高家夫妇的情况，却绝未料到高太太是这样热情的。

这个自幼失母的孩子，像是一只孤独的、飞倦了的小鸟，忽然落入了一个温暖的巢，竟不知道该如何适应了。高太太把碧菡推开了一些，拉到沙发旁边，她让碧菡坐在自己身边，然后，掏出一条小手帕，她细心地拭去她的泪痕，仔细地审视着这张脸，她不住口地说："真是的，这小模样儿，怪可怜的，长得这么好，真是人见人爱，怎么有继母下得了狠心来打骂呢！如果是我的孩子啊，不被我给疼死才怪呢！"

依云眼珠一转，已计上心来，把握住机会，她赶快说："碧菡，难得我妈这么疼你，你从小没爹没娘，我爸妈又从来没个女儿，我看，你干脆拜我妈做干妈，拜我爸爸做干爹吧！"

一句话提醒了碧菡，她离开沙发，双腿一软，顿时就跪在地毯上了，她的双手攀在高太太膝上，仰着那被泪水洗亮了的脸庞，她打心中叫了出来："干妈！"

"哎呀，"高太太又惊又喜又失措，"我这是哪一辈子修来的呢？这么如花似玉的一个大姑娘，这么好，这么漂亮！"回过头去，她一迭连声地叫依云："依云，依云，你去把我梳妆台中间抽屉里那个玉镯子拿来，收干女儿可不能没有见面礼儿！"

依云大喜过望，没料到碧菡还真有人缘，一进高家就博得了两老的喜爱，看样子，自己进入高家还没引起这么大的激动呢！她急忙跳着蹦着，跑去取镯子了。这儿，碧菡又转过身子，盈盈然地拜倒在高继善面前，委委婉婉地叫了一声："干爹！"

高继善笑开了，他是个不善于表达感情的人，伸手扶起碧菡，他只转头对太太吩咐着："叫阿莲今晚开瓶酒，炖只鸡，弄点儿好菜，我们得庆祝庆祝！"

依云取了镯子过来了，同时，高皓天也拎着碧菡的包袱走了进来，正好看到碧菡跪在那儿，母亲又是笑又是抹眼泪的，不知道在干什么。高皓天怔了怔，大声问："这里在搞些什么花样呀！"

"我告诉你，皓天，"依云兴高采烈地喊着，"爸爸和妈认了碧菡做干女儿，从此，碧菡住在咱们家，可就是名正言顺的了。"

高皓天十分惊奇地望着这一切。高太太笑嘻嘻地把镯子套在碧菡的手腕上，碧菡嗫嗫嚅嚅地说："干妈，这礼太重了，我怎么受得起？"

"胡说八道！"高太太笑斥着，"怎么受不起？这镯子是一对儿，一只给了依云，一只就给你吧！"她望着那镯子，和碧菡那瘦小的手腕，镯子显得太大了。她深深地叹了口气，抚摸着她："真怪可怜的，怎么瘦成这样呢？从明天起，要叫阿莲多买点猪肝啦，土鸡啦，炖点儿好汤给你补补，女孩子，要长得丰润一点儿才好！"

"喂！"高皓天笑嘻嘻地嚷，"妈！你这样搂着碧菡，是不是不要你的湿儿子了！"

"湿儿子？"高太太不解地抬起头来。

"她是干女儿，我当然是湿儿子了。"高皓天边笑边说。

"什么话！"高太太笑得腰都弯了，"就是你，怪话特别多！"

高皓天用手抓抓头，注视着碧菡，他注意到碧菡虽然面带微笑，眼睛里却依然泪光莹然。那小脸上的哀戚之色，似乎是很难除去的。于是，他掉过头去，忽然大呼大叫地叫起阿莲来。

"你叫阿莲干吗？"高太太问。

"我要她拿瓶醋来！"他一本正经地说。

"拿醋干吗？"高太太更糊涂了。

"我要吃。"高皓天板着脸说，"你从来就没有这样疼过我，我不吃醋能行吗？"

"哎哟，"高太太又笑得喘气，"居然要吃醋呢，也不害臊！依云，你就叫阿莲拿瓶醋来，让他当着大家面前喝下去！"

依云一面笑着，一面真的叫阿莲拿醋。立刻，阿莲莫名其妙地拿了瓶醋来，还是一瓶大瓶的镇江白醋！高皓天瞪视着那醋瓶子，倒抽了一口冷气说："什么？真的要喝吗？"

"是你说要喝的，"高太太笑着嚷，兴致特别高，"你就别赖！乖乖地给我喝下去！"

"对了，"依云跟着起哄，"你说了话就得算数！你应该学我哥哥，大丈夫敢说就要敢做！"

高皓天四面望了望，忽然下定决心，回头一把抢过阿莲手里的醋瓶子，大声说："大丈夫说喝就喝！"

打开瓶盖，他对着嘴就往里灌，酸得眉毛眼睛都挤成了一团，满屋子的人都笑得前俯后仰，连碧菡和阿莲也都笑得合不拢嘴。碧菡笑了一下，看到高皓天真的在不停口地咽那瓶醋，咽得喉咙里咕嘟咕嘟响，而满屋的人，居然没有一个阻止的，不禁急起来了，她跳起身子，叫着说："好了！好了！姐夫，你别真喝呀，会把胃弄坏的！快停止吧！"

高皓天赶快拿开了醋瓶子，低下头来，咧开大嘴，一面笑一面说："全家都没良心，还是只有这个新收的干妹妹疼我！从此，不吃你的醋了！"

碧菡好奇地望着他，奇怪他喝了那么多醋，居然能面不改色。她的目光和高皓天的接触了，那么温和而鼓励人的一对眼睛，那么深刻而关怀的凝视，她心里一跳，立刻明白了，高皓天这一幕"喝醋"的戏，只是为了要逗她开心的，她觉得心里那样温暖而感动，实在不知该说些什么才好了！同时，她听到依云的一声大叫："不好，妈妈！咱们上了皓天的当！"

"怎么？"高太太问。

"你看，那醋瓶子还是满满的，"依云说，"他刚刚只是装模作样，咽的全是口水！"

"真的？"高太太望过去，可不是嘛，醋瓶子还跟没开过瓶一样呢！"你这个滑头！"高太太笑骂着，"怎么不真喝呢！"

"哎呀，妈妈！"高皓天凝视着碧菡，微笑着说，"我得了这样一个干妹妹，高兴还来不及，哪有真吃醋的道理呢？何况我刚刚答应了碧菡，不吃她的醋，男子汉大丈夫，说不吃就不能吃，知道吧？"

"他还有的说嘴呢！"依云笑嚷着，"他还是男子汉大丈夫呢！"

"我不是男子汉大丈夫，难道是女婆子小妻子吗？"高皓天瞪着眼说。

从没听过什么"女婆子小妻子"这类的怪话，大家就又笑得上气不接下气。在这一片笑声里，碧菡心中充满了喜悦及温情，惊奇着人间竟有如此美满的家庭，庆幸自己终于挨过了那漫长的愁苦的岁月，而从地狱里跳进了天堂。

十一月，天气凉了，依云带着碧菡，到百货公司买了大批的新装，她热心地帮碧菡挑选、配色。从毛衣到长裤，从衬衫到外套，从睡衣到晨褛，只要想得到的，她都买全了。碧菡根本没有反对及提出意见的余地，只要她不安地一开口，依云就迅速地把她堵回去："怎么？不想要我这个姐姐了，是不是？"

碧菡不敢说话了，只得带着那满怀的感动与激情，一任依云去挑选、购买和付款。和依云处久了，她已经完全了解了依云的个性，依云天生是那种爽朗，热情，而又处处喜欢做主，爱逞强的人。碰到碧菡，是那么温顺，听话，而又柔弱。因此，她们相处得如此和谐，如此融洽，不认识的人，看她们这样亲切，还都以为她们是亲生姐妹呢！依云喜欢打扮碧菡，尤其，她发现碧菡换上一身新衣，稍事修饰之后，竟那样娇美动人！于是，她热心地打扮她，修饰她，教她化妆，带她去烫头发，给她穿最流行的服装……到十二月，碧菡已经变成了一个新人。

当依云在醉心于打扮碧菡的时间里，高太太就醉心于调理碧菡的身体，多年以来，这个母亲没有孩子可以照顾，现在有了碧菡，她就一心一意地当起母亲来了。今天炖鸡，明天熬汤，后天煮猪肝，她把她几十年不用的婆婆妈妈经都搬了出来，最后，连人参和当归都出现了。一会儿汤，一会儿水，她忙得不亦乐乎。碧菡无法拒绝这样的好意，她只是一味地顺从，然后，再无限感激地说一声："干妈！你真好！你真是好妈妈！"

高太太是个单纯的女人，虽然没有受过什么很高深的教育，却是大家出身，除了思想保守一点之外，倒也通情达理。

她很喜欢儿媳依云，可是依云个性强，意见多，思想复杂，口齿伶俐，她对高太太尊敬有余而亲热不足。高太太也始终无法和儿媳完全打成一片。碧菡却不同了，这孩子本来就柔顺，自幼失母，从来也没享受过什么父爱母爱，一旦走入高家，全家都那样照应她，她就恨不得把心都挖出来献给高家了。因而，她对高太太又亲热，又谦虚，又柔顺，又委婉，再加上她脾气好，对什么事都有耐心，她可以坐在那儿，听高太太说她年轻时候的故事，或述说皓天的童年，无论听多久，她都不会厌倦。因此，高太太对她是越来越怜惜，越来越宠爱了。

在这样的调理和照顾之下，碧菡的身体逐渐复原，而且一天比一天健康，一天比一天丰润。十八岁，正是一个少女最美好的时期。她面颊红润，眼睛明亮，整日笑意盎然。她喜欢穿件红色套头毛衣，绣花的牛仔裤，有时，依云会强迫她戴一顶小红帽，她身材修长，纤腰一握，文雅中再充满了青春气息，显得那样俏皮、优雅而迷人。难怪高皓天常常瞪视着她，对依云说："你们弄了一个小美人在家里，不出两年，我们家就会被追求者踩平了，你们等着瞧吧！"

背着人，依云会调侃高皓天："你如果怕那些追求者把碧菡抢去，我看，干脆你把她收作二房吧！现在，我也离不开她，妈也离不开她，这样做，就皆大欢喜了。"

"胡说八道！"高皓天搂过依云来，在她耳边亲亲热热地说，"我不想干缺德事，我也无心于碧菡，我只要我的母猴儿！"

"呸！"依云啐了一口，"谁是你的母猴儿？"

"你是。"高皓天正正经经地说，一面拉过依云的手来，把那双手紧握在他的大手掌中，他正视着依云的眼睛，诚诚恳恳地说，"依云，你知道自从碧菡来到我们家里，你和妈都有点儿变态地宠爱她，你们把她当一个洋娃娃，你们都成了玩洋娃娃的孩子。这表示，你和妈都很空虚，你们需要的不是碧菡，而是一个真的小娃娃。"他亲昵地睨视着她，低声说："我们结婚已经半年多了，怎么你一点儿消息都没有呢？"

依云垂下了睫毛，谈到这问题，她仍然有点儿羞答答。

"我怎么知道为什么没有，你晓得，我又没避孕，反正，这事总得顺其自然，对不对？"她抬眼看他，微笑着，"你急什么？我们还这样年轻呢！你就等不及想当爸爸了吗？"

"我并不急，"高皓天笑着，"只是，我爱孩子。"揽着依云的肩，他笑嘻嘻地低语："你说，我们要生多少个孩子？"

"你想要多少个？"依云也笑着问。

"十二个，六男六女，最好有一对双胞胎。"

"呸！"依云大叫，推开了他，"早知道啊，你该娶个老母猪来当太太的！"

"十二个孩子有什么不好？"高皓天还在那儿振振有词，"我去买一辆旅行车，每到假日，载着一车子孩子去野餐，我只要发号施令，孩子们端盘子的端盘子，端碗的端碗，生火的生火，切菜的切菜……哈，才过瘾呢！"

"少过瘾吧，"依云嘲弄地说，"你记得碧菡家里的情形吗？孩子算是够多了吧，整天尿布奶瓶弄不完，再加上大的哭，小的叫……你去过瘾吧！"

"你不懂，"高皓天沉吟地说，"像碧菡那种家庭，就不该生那么多孩子，生了也是糟蹋小生命，经济情况不好，带又带不好，书也不能念，生下来干什么？小孩受苦，大人也被拖垮。像我们这样的家庭呢？正相反，就该多有几个孩子，一来没有经济的压力,二来我们都有足够的爱心和时间来带他们,三来……"他俯在依云耳边说,"生物学上说,要培育优良品种,所以,像我们这么好的品种,实在该多多地培育一下。"

"哎呀!"依云笑着跳开,"你这人呀,越说就越不像话,亏你说得出口,一点也不害臊!"

"害臊?"高皓天挑高了眉毛,"我为什么要害臊?难道像我们这样聪明能干、品学兼优的人,还不算优良吗?那么,怎样的人才算优良?"

"我不跟你胡扯了!"依云笑着走出房间,"如果跟你扯下去,你是没完没了的!"

经过这篇谈话,依云也相当明白,高皓天的话确有点儿道理。现在,大家对碧菡的这份宠爱,只是因为大家在感情上都有点儿空虚。一个孩子!是的,这家庭里最需要的,是一个孩子!

但是,不管高皓天夫妇私下的谈论,不管碧菡到底因何得宠。总之,碧菡是越来越可爱,越来越楚楚动人了。她成了依云和高太太两人的影子,她经常陪依云逛街,陪依云回娘家,在萧家,她和在高家同样受欢迎。那个鲁莽的傻哥哥,在见到碧菡第二次的时候就说:"如果我不是先遇到小琪的话,我准追你!"

碧菡羞红了脸。依云却叫着说:"好啊,哥哥,我把这话告诉小琪去!"

"别,别,别!"那哥哥慌忙打躬作揖,一迭连声地说,

"这不能开玩笑,小琪会生气的!我天不怕,地不怕,还就怕小琪生气!"

"你这个风在啸啊,怎么会这样怕一个女人呢?"

"天下狮子老虎鳄鱼毒蛇……都不可怕,最可怕的就是女人!"萧振风正色说,"这是我最近悟出来的大道理,可以申请学术奖。"

"为什么女人最可怕?"依云笑着问。

"唉!"萧振风长叹了一声,低声下气地说,"因为……她们最可爱呀!你爱她们,就只好怕她们了!否则,她来一个不理你,或者眼泪汪汪一番,你就惨了!有时候,我也想威风一下,可是,我威风了五分钟,却要用五小时,五天,甚至五星期来弥补那五分钟闯下的祸,所以,威风了两三次之后,我学了乖,从此再也不威风了!"

听他这样一说,大家都笑不可抑,高皓天笑着说:"我看,你这个风在啸,只好改名叫风不啸了!"

"什么风不啸?"萧振风叫着说,"根本就连风都没有了!正经就叫风不来还好些!"

大家又笑了。碧菡望着这一切,奇怪怎么每个家庭里,都有这么多的笑声,而自己以前那个家,出产的却是眼泪呢!

这天在回家的路上,高皓天对依云说:"瞧吧!你哥哥快结婚了。"

真的,这年圣诞节,萧振风和张小琪结了婚。和高皓天的情形一样,他们小夫妻也住在萧成荫家里,倒不是萧成荫夫妇坚持这样,而是小夫妻觉得这样热闹些,萧太太最乐意了，嫁出去了两个女儿，终于赚回来一个儿媳妇，借用萧振风的一句话是："还是赔了点本！"

新的一年来临了。碧菡的胃已经全部长好了，她更加可爱，更加动人了。当旧历年过后不久，她开始要求高皓天给她介绍一个工作，她的话也合情合理："我不能总是这样待在家里，不事生产，也不工作，白用你们的钱，虽然我知道你们并不在乎，但是，我心里总不好受。而且……而且，我妹妹碧荷小学快毕业了，马上就进中学了，我想……我想……如果我能够的话，多少帮她一点忙。所以，姐夫，不论什么工作，我都愿意做，文书也好，电话接线生也好，我不计较名义，也不计较待遇。"

高皓天注视着碧菡，他知道她说的是真心话，她到底不是高家的人，这样不工作的寄人篱下，决非长久之计。但是，她那样荏弱，那样细致，那样娇嫩，什么工作才能适合她呢？

他动了很久的脑筋，最后，他把她介绍进了自己的公司里，做一名绘图员。因为碧菡的绘画和设计都不错，她负责拷贝工程师们的作业，这工作是相当轻松的。事实上，她每天只要上半天班，早上搭高皓天的车子去公司，中午又搭他的车子回家，她对这份工作胜任而愉快，当然，她心里明白，公司之所以用她，完全是高皓天的面子。他们并不缺少绘图员。

无论如何，碧菡在公司里表现得非常好，她温文有礼，而又永远笑脸迎人。上班不到一个月，她已经成为公司里所有光杆们注意的目标。大家知道她是高皓天的干妹妹，就纷纷向高皓天献殷勤，打听行情。

"皓天，你这个干妹妹还没男朋友吧？"

"皓天，帮帮忙，给我安排点机会怎么样？"

"皓天，星期天我去你家玩，好不好？"

正像高皓天所预料，碧菡引起了所有男士的注意。这些追求者之中，有个名叫方正德的男孩子，刚从大学毕业，长得也还端正，只是有点娘娘腔。他的攻势最猛也最烈，他每天早上在她案头上放一封情书，每天故意打她身边经过几十次，每天要约她去看电影。碧菡只是微笑，既不和他多说话，也不回他信，可是，她也不明显地拒绝他，她总是笑，这笑容那样甜蜜而温馨，那个追求者就更加如痴如狂了。这样，终于有一天，她被那男孩子的不屈不挠所动，下班后，她没有和高皓天一起回家，她答应了方正德的邀请，一起吃了午餐，并且看了一场电影。

这天下午，高皓天的脾气非常坏，他向手下一个笨职员摔了东西，又和上司吵了一架，回家的路上，他的车子撞了前面一辆计程车的尾巴，他下了车，差点和那个计程车司机打起来。回到家里，他是诸事不对劲，嫌阿莲的菜炒焦了，嫌电视广告太多，嫌母亲太啰唆，嫌生活太单调……他一直在发脾气，碧菡已经看完电影回家了，她悄悄地注视着高皓天，默默不语。依云呢？等高皓天回到了卧房里，她才凝视着他说："你今天到底是怎么了？吃错了药吗？"

高皓天一愣，这才觉得自己有些失常。为什么？他自己也不知道。望着依云，他感到歉然，感到不安，拥住依云，他轻叹了一声说："我想，我太累了。"

"何不休假一段时间，我们到南部去玩玩？"依云说，轻轻地依偎着他，"你近来工作太多了。"

"我想想办法看，公司里实在少不了我！"高皓天说，躺在床上，他把依云的头拥在胸前，低声地说，"依云，我爱你。"

依云微微一怔，也拥住高皓天说："皓天，我也爱你。"

他用手指抚摸着她的头发，不再说话，他们静静地躺着，彼此听得见对方的呼吸，对方的心跳。

第二天，在去上班的路上，高皓天非常地沉默，他板着脸，像和谁赌气一般地开着车，完全不理坐在他旁边的碧菡。

这张严肃的脸孔和他平日的谈笑风生是那么不同，碧菡害怕了，胆怯了，她悄悄看他，他的眉毛紧锁着，嘴唇闭得紧紧的。好一会儿，碧菡终于开了口："姐夫，请你不要生气啦！"

高皓天把车子转向慢车道，在街边刹住了车。他掉过头来，狠狠地盯住她。

"谁告诉你我生气了？"他气势汹汹地问。

碧菡垂下了眼睛，低下头去，用手抚弄着长裤上的褶痕，只一会儿，高皓天就看到有一滴滴的泪珠，落在那褶痕上了。

高皓天大吃了一惊，不由自主地声音就放软了："怎么了？碧菡，我没有骂你啊！"

碧菡抬起眼睛来望着他，她那被泪水所浸透的眸子黑蒙蒙的，充满了祈谅与求恕，她的声音软绵绵的，带着几分可怜兮兮的震颤："我以后再也不敢了，姐夫。我再也不会跟他出去了。"

高皓天怔了，他死盯着面前这张柔弱的、娇怯的、雅致的、可怜的、动人的面庞，心里掠过了一阵强烈的、反叛般的思想：不，不，不，不，不！他有何权干涉她？他又为什么要干涉她？他转开头去，心中有如万马奔腾，几百种不着边际的思想从他脑子里掠过，几百种挣扎与战争在一刹那间发生。然后，他听到自己的声音，很软弱，很勉强，很无力地在说："碧菡，我并不是要干涉你交男朋友，只是你年纪太小，阅世未深，我不愿意你上男孩子的当，那个方正德，工作时左顾右盼，不负责任，又浑身的娘娘腔，我怕你糊里糊涂就掉进别人的陷阱里。你……你长得漂亮，心地善良，这社会却充满了险恶，你只要对男孩子笑一笑，他们就会以为你对他们有意思了。你不了解男人，男人是世界上最会自作多情的人物。现在，你住在我们家，叫我一声姐夫，我就不能不关心你，等慢慢地，我会帮你物色一个配得上你的男朋友……你……你明白吗？"

碧菡深深地凝视着他，那对眸子又清亮，又闪烁。

"我明白，姐夫，我完全明白。"她低低地说。

从此，碧菡没有再答应那方正德的邀请，也从此，她上班时不再笑脸迎人，而变得庄重与严肃，她不苟言笑，不聊天，不和男同事随便谈话，她庄重得像个细致的大理石雕像。

高皓天高兴她这种变化，欣赏她那份庄重，虽然，一上了他的车，她就又笑逐颜开而软语呢喃了。高皓天从不分析自己的情绪，但是，他却越来越喜欢那段短短的、车上的时间了。

第六章

就这样，日子过得很快，一眨眼间，夏天就来临了。这是个星期天，碧菡显得特别高兴，因为她一早去看了妹妹碧荷，又把工作的积蓄给了父亲一些。回来之后，她一直热心地谈碧荷，说她长高了，更漂亮了，功课又好，将来一定有出息。她的好兴致使大家都很开心，依云望着她，简直不敢相信，她就是一年前那个奄奄一息的女孩，现在的她，明丽、娇艳、愉快、笑语如珠。高皓天同样无法把眼光从她身上移开，他注视着她的一举一动，一言一笑，她手腕上那个翠绿的镯子在她细腻的肌肤上滑动，他把眼光转向依云，依云手腕上也有个相同的镯子，他忽然陷进呆呆的沉思里了。

依云的呼唤惊醒了他，他抬起头来，依云正笑着敲打他的手臂，说他像个入定的老僧。她提议高皓天开车，带她和碧菡出去玩玩，碧菡开心地附议，带着甜甜的笑。他没话说，强烈地感染了她们的喜悦。于是，他们开车出去了。

他们有了尽兴的一日，去碧潭划了船，去容石园看猴子，又去荣星花园拍照。这天，碧菡穿了一身的绿，绿上衣，绿长裤，绿色的缎带绑着柔软的、随风飘飞的头发。依云却穿了一身的红，红衬衫，红裙子，红色的小靴子。她们并肩而立，一个飘逸如仙，一个艳丽如火，高皓天不能不好几次都望着她们发起愣来。

黄昏的时候，他们坐在荣星花园里看落日，大家都有些倦了，但是兴致依然不减。他们谈小说，谈文学，谈诗词，谈《红楼梦》，谈曹雪芹……夕阳的余晖映红了她们的脸，照亮了她们的眼睛，在她们的头发上镶上了一道金环。高皓天坐在她们对面，只是轮流地望着她们两个人，他常说错话，他总是心不在焉，好在两个女性都不在意，她们正沉浸在一片祥和的气氛里。

"喂！皓天！"忽然间，依云大发现般地叫了起来。

"什么事？"高皓天吓了一跳。

"你猜怎么，"依云笑嘻嘻地说，"我忽然有个发现，把我们三个人的名字，各取一个字，合起来刚好是范仲淹的一阕词里的第一句。我考你，是什么？"

高皓天眼珠一转，已经想到了。他还来不及念出来，碧菡已兴奋地喊了出来："碧云天！"

"是的，碧云天！"高皓天说，"怎么这样巧！这是一阕家喻户晓的词儿，以前我们怎么没发现？"

"碧云天，黄叶地，"依云已背了出来，"秋色连波，波上寒烟翠，山映斜阳天接水，芳草无情，更在斜阳外。"她念了上半阕,停住了。

"黯乡魂,追旅思,"高皓天接下去念,"夜夜除非,好梦留人睡,明月楼高休独倚,酒入愁肠,化作相思泪!"念完,他望着那落日余晖,望着面前那红绿相映的两个人影,忽然呆呆地愣住了,心里只是反复着"酒入愁肠,化作相思泪"那两句。不知怎的,他只是觉得心里酸酸的,想流泪,一阵不祥的预感,无声无息地、浓重地向他包围了过来。

这年夏天的台风特别多,一连两个轻度台风之后,接着又来了一个强烈台风。几乎连续半个月,天气都是布满阴霾,或风狂雨骤的。不知道是不是受天气的影响,高家的气氛也一反往日,而显得浓云密布,阴沉欲雨。

首先陷入情绪低潮的是高太太,从夏天一开始,她就一会儿喊腰酸,一会儿喊背痛,一会儿头又晕了,一会儿风湿又发作,闹不完的毛病。碧菡每天下了班,就不厌其烦地陪高太太去看病,去做各种检查,从心电图到X光,差不多都做完了,最后,医生对碧菡悄悄说:"老太太身体还健康得很呢,一点儿病都没有,更年期也过了。我看,她是有点儿心病,是不是家里有什么不愉快的事?"

碧菡侧头凝思,百思而不得其解,摇摇头,她迷惑地说:"没有呀!全家都和和气气的,没人惹她生气呀!"

"老人家,可能心里有什么不痛快,嘴里不愿意说出来,郁结成病,也是有的!"医生好心地说,"我看,不用吃药,也不用检查了,还是你们做小辈的,多陪她出去散散心好些!"

于是，碧菡一天到晚缠着高太太，一会儿说："干妈，我们看电影去好吗？有一部新上演的滑稽片，公司同事都说好看呢！"

一会儿又说："干妈，我们去给干爹选领带好吗？人家早就流行宽领带了，干爹还在用细的！"

要不然，她又说："干妈！我发现一家花瓶店，有各种各样的花瓶！"

高太太也顺着碧菡，东跑西转，乱买东西，可是，回家后，她就依然躺在沙发上唉声叹气。碧菡失去了主张，只得求救于依云，私下里，她对依云说："真不知道干妈是怎么回事？无论做什么都提不起她的兴致，医生又说她没病，你看，到底是怎么了？"

"我怎么知道？"依云没好气地说，一转身就往床上躺，眼睛红红的，"还不是看我不顺眼！"

"怎么？"碧菡吃了一惊，看样子，依云也传染了这份忧郁症，"姐姐，你可别胡思乱想，"她急急地说，"干妈那么喜欢你，怎么会看你不顺眼呢？"

"你是个小孩子，你懂什么？"依云打鼻子里哼着。

"姐姐，我都十九岁了，不小了！"碧菡笑着说，"好了，别躺着闷出病来！起来起来，我们逛街去！你上次不是说要买宽皮带吗？"

"我什么都不买！"依云任性地嚷着，把头转向了床里面。"你最好别打扰我，我心里够烦了！"

"好姐姐，"她揉着她，"你出去走走就不烦了，去嘛去嘛!"

她一直搓揉着她,娇声叫唤着:"好姐姐!"

"好了!"依云翻身而起,笑了,"拿你真没办法,难怪爸妈喜欢你,"她捏了捏碧菡的面颊:"你是个讨人喜欢的小妖精!"

穿上衣服,她跟碧菡一起出去了。

可是,家里的空气并没有好转,就像飓风来临前的天空,阴云层层堆积,即使有阳光,那阳光也是风雨前的征兆而已。

在上班的路上,碧菡担忧地对高皓天说:"姐夫,你不觉得家里有点问题吗?是不是干妈和姐姐之间有了误会?她们好像不像以前那样亲热了。"

高皓天不说话,半晌,他才叹了一声。

"谁知道女人之间的事!"他闷闷地说,"她们是世界上最纤细的动物,碰不碰就会受伤,然后,为难的都是男人!"

哦!碧菡睁大眼睛,什么时候高皓天也这样牢骚满腹起来?这样一想,她才注意到,高皓天已经很久没有说笑话或者开玩笑了。她瞪大眼,注视着高皓天,不住地摇着头,低低地说:"啊啊,不行不行!"

"什么事不行不行?"高皓天不解地问。

"不行不行!"碧菡继续说,"姐夫,你可不能也传染上这种流行病的!"

"什么流行病?"

"高家的忧郁症!"碧菡说,"我不知道这病的学名叫什么,我就称它为高家的忧郁症!家里已经病倒了两个,如果你再被传染,那就连一点笑声都没有了!姐夫!"她热心地俯向他:"你是最会制造笑声的人,你多制造一点好吗?别让家里这样死气沉沉的!"

高皓天转头望望碧菡那发亮的眼睛。

"唉!"他再叹了口气,"碧菡,你不懂,如果我也不快乐,我如何去制造笑声呢?"

碧菡怔了怔。

"你为什么不快乐?"她问。

他又看了她一眼。

"你不要管吧,碧菡,如果我们家有问题,这问题也不是你能解决的!"

"为什么?"碧菡天真地追问,"天下没有解决不了的问题,你看,以前我那么大的问题,你们都帮我解决了。假若你们有问题,我也要帮你们解决!"

车子已到了公司门口,高皓天停好了车,他回头凝视了碧菡好一会儿,然后,他拍了拍她的手,轻声说:"你不知道你在说什么,碧菡。我也不知道我在说什么,或者,我们家一点问题都没有,只是大家的情绪不好而已。也可能,再过几天,忧郁症会变成欢乐症也说不定!所以,没什么可严重的。总之,碧菡,"他深深地凝视她,"我不要你为我们的事烦恼,我希望——你快乐而幸福。"

碧菡也深深地凝视他,然后,她低声地说:"你知道的,是吗?"

"知道什么?"

"只要你们家的人快乐和幸福,我就能快乐和幸福。"她低语。

高皓天心中感动,他继续望着她,柔声喊了一句:"碧菡!"

碧菡推开车门,下了车,转过头来,她对着高皓天朦朦胧胧一笑,她的眼睛清幽如梦。

"所以,姐夫,"她微笑地说,"你如果希望我快乐和幸福,你就要先让你们每个人都快乐和幸福,因为,我的世界,就是你们!"说完,她转过身子,盈盈然地走向了办公大楼。

高皓天却呆呆地站在那儿,对着她的背影出了好久好久的神。

高家酝酿着的低气压,终于在一个晚上爆发了出来。

问题的导火线是萧振风和张小琪,这天晚上,萧振风和张小琪到高家来玩。本来,大家都有说有笑地谈得好热闹,两对年轻人加上一个碧菡,每个人的兴致都很高,萧振风又在和高皓天大谈当年的趣事。高太太周旋在一群年轻人中间,一会儿拿瑞士糖,一会儿拿巧克力。她看到张小琪就很开心,这女孩虽没有成为她的儿媳妇,她却依然宠爱她,不住口地夸小琪婚后更漂亮了,更丰满了。依云望着小琪,笑着说:"她怎能不丰满,你看她,从进门就不住口地吃糖,不吃成一个大胖子才怪!"话没说完,张小琪忽然用手捂着嘴,冲进了浴室。高太太一怔,紧张地喊:"小琪!小琪!你怎么了?"

萧振风站起身来,笑嘻嘻地说:"高伯母,没关系的,你如果有什么陈皮梅啦、话梅啦、酸梅啦……反正与梅有关的东西,拿一点儿出来给她吃吃就好了!否则,你弄盘泡菜来也行！"

"哦！"高太太恍然大悟，她站直身子，注视着萧振风。

"原来……原来……你要做爸爸了？"

"好哦！"高皓天拍着萧振风的肩，大声地说，"你居然保密！几个月了？赶快从实招来！"

"才两个多月，"萧振风边笑边说，有些不好意思，却掩藏不住心里的开心与得意，"医生说预产期在明年二月。"他重重地捶了高皓天一拳，大声说："皓天，这一下，我比你强了吧！你呀，什么都比我强，留学，拿硕士，当名工程师，又比我早结婚，可是啊……"他爽朗地大笑起来，"哈哈！我要比你早当父亲了！你呢？结婚一年多了，还没影儿吧！我才结婚半年就有了，这叫作后来者居上！哈哈！"

他的笑声那么高，那么响，震动了屋宇。可是，室内的空气却僵了，笑容从每一个人的脸上隐去。最先受不了的是高太太，她忽然坐倒在沙发里，用手蒙住脸，就崩溃地哭了起来，一面哭，一面诉说："我怎么这样苦命！早也盼，晚也盼，好不容易把儿子从国外盼回来，又左安排、右安排，给他介绍女朋友，眼巴巴地盼着他结了婚，满以为不出一年，就可以抱孙子了，谁知道……谁知道……人家年轻姑娘，要身材好，爱漂亮，就是不肯体谅老年人的心……"

依云跳了起来，她的脸色顿时变得雪白雪白，她气得声音发抖："妈！你是什么意思？你以为是我存心不要孩子吗？你娶儿媳妇唯一的目的就是要孩子吗？……"

"依云！"高皓天大声喊，"你怎么能用这种态度对妈说话？"

依云迅速地掉转身子来望着高皓天，她的眼睛睁得好大好大，一层泪雾很快地就蒙上了她的眼珠，她重重地喘着气，很快地说："你好，高皓天，你可以对我吼，你们母子一条心，早就在怪我了，别以为我不知道！你好，你狠，高皓天！早知道你们要的只是个生产机器，我就不该嫁到你们高家来！何况，谁知道没孩子是谁的过失？你们命苦，我就是好命了！"说完，她哭着转过身子，奔进了卧室，砰然一声带上了房门。

"这……这……这……"高太太也气得发抖，"还像话吗？家里还有大有小吗？"

高皓天站在那儿，左右为难，不知该如何是好，但是，依云的哭声直达户外，终于，他选择了妻子，也奔进卧房里去了。

这一下不得了，高太太顿时哭得天翻地覆，一边哭一边数落："养儿子，养儿子就是这样的结果！有了太太，眼睛里就没有娘了！难道我想抱孙子也是我错？我老了，我是老了，我是老古董，老得早该进棺材了，我根本没有权利过问儿子的事，啊啊，我干什么生儿子呢？这年头，年轻人眼睛里还有娘吗？啊啊……"

碧菡是被吓呆了，她做梦也没想到，会有家庭因为没孩子而起纠纷。看到高太太哭得伤心，她扑过去，一把抱住了高太太，不住口地说："干妈，你不要伤心啊！干妈，姐姐并不是真心要说那些话，她是一时急了。干妈，你别难过啊……"

高继善目睹这一切,听到太太也哭,儿媳也哭,这个不善于表达感情的人,只是重重地跺了一下脚,长叹一声,感慨万千地说:"时代变了!家门不幸!"

听这语气,怪的完全是依云了。那闯了祸,而一直站在那儿发愣的萧振风开始为妹妹打抱不平起来,他本是个鲁莽的浑小子,这时,就一挺肩膀,大声说:"你们可别欺侮我妹妹!生不出儿子,又不是我妹妹的问题,谁晓得高皓天有没有毛病?"

"哎呀!"张小琪慌忙叫,一把拉住了萧振风,急急地喊,"都是你!都是你!你还在这儿多嘴!你闯的祸还不够,你给我乖乖地回家去吧!"

萧振风涨红了脸,瞪视着张小琪,直着脖子说:"怎么都是我?他们养不出儿子,关我什么事?"

"哎呀!"张小琪又急又气又窘,"你这个不懂事的混球!你跟我回家去吧!"不由分说地,她拉着萧振风就往屋外跑。

萧振风一面跟着太太走出去,一面还在那儿叽里咕噜地说:"我管他是天好高还是天好低,他敢欺侮我妹妹,我就不饶他……"

"走吧!走吧!走吧!"张小琪连推带拉地,把萧振风弄出门去了。

这儿,客厅里剩下高继善夫妇和碧菡,高继善又长叹了一声,说:"碧菡,劝你干妈别哭了,反正,哭也哭不出孙子来的!"

说完，他也气冲冲地回房间去了。

高太太听丈夫这么一说，就哭得更凶了，碧菡急得不住跑来跑去，帮她绞毛巾，擦眼泪，好言好语地安慰她，又一再忙着帮依云解释："干妈，姐姐是急了，才会那样说话的，你可别怪她啊，你知道姐姐是多么好心的人，你知道的，是不是？你别生姐姐的气啊！干妈，我代姐姐跟你赔不是吧！"说着，她就跪了下来。

高太太抹干了眼泪，慌忙拉着碧菡，又怜惜、又无奈、又心疼地说："又不是你的错，你干吗下跪呀？赶快起来！"

"姐姐惹你生气，就和我惹你生气一样！"碧菡楚楚动人地说，"你答应不生姐姐的气，我才起来！"

"你别胡闹，"高太太说，"关你什么事？你起来！"

"我不！"碧菡固执地跪着，仰着脸儿，哀求地看着高太太，"你说你不生姐姐的气了。"

"好了，好了，"高太太一迭连声地说，"你这孩子真是的，我不生气就是了，你快起来吧！"

"不！"碧菡仍然跪着，"你还是在生气，你还是不开心！"

"你……"高太太注视着她，"你要我怎样呢？"

"碧菡！"

忽然间，一个声音喊，碧菡抬起头来，依云正走了过来，她面颊上泪痕犹存，眼睛哭得红红肿肿的，但是，显然的，她激动的情绪已经平复了不少，她一直走到她们面前，含泪说："碧菡，你起来吧！哪有你代我赔不是的道理！"

"姐姐！"碧菡叫，"你也别生气了吧！大家都别生气吧!"

依云望着那好心的碧菡,内心在剧烈地交战着,道歉,于心不甘,不道歉,是何了局?终于她还是开了口。

"妈!"依云喊了一声,泪珠顿时滚滚而下,"我不好……我不该说那些话……您……您别生气吧!"她说完,再也熬不住,就放声痛哭了起来。

"哎呀,依云!"高太太激动地嚷,"妈并没有怪你,真的没有!"她一把拉住依云,依云腿一软,再也支持不住,也跪了下去,滚倒在高太太的怀里,高太太紧抱着她的头,泪珠滴滴答答地落下来,她抽抽噎噎地说,"是妈不好,妈不该说那些话让你难堪!都是妈不好,你……你原谅我这个老太婆,只是……只是抱孙心切呀!"

"妈妈呀!"依云哭着叫,"其实我也急,你不知道,我也急呀!我跟您发誓,我从没有避过孕,我不知道为什么会这样,并不是我不想要孩子,皓天他——他——他那么爱孩子,我就是为了他,也得生呀!我绝不是为了爱漂亮,为了身材而不要孩子,我急——急得很呀!"她扑在高太太怀中,泣不成声了。

高太太抚摸着她的头发,不住抚摸着,眼泪也不停地滚落。

"依云,是妈错怪了你,是妈冤枉了你,"她吸了吸鼻子,说,"反正事情过去了,你也别伤心了,孩子,迟早总会来的,是不?"她托起依云的下巴,反而给她擦起眼泪来了:"只要你存心要孩子,总是会生的,现在,医学又那么发达,求孩子并不是什么难事,对不对?"

依云点了点头,理解地望着高太太。

"我会去看医生。"她轻声说,"我会的!"

高皓天走了过来,看到母亲和依云已言归于好,他如释重负地轻吐了一口气。走到沙发边,他坐下来,一手揽住母亲,一手揽住依云,他认真地、诚恳地、一字一字地说:"你们两个,是我生命里最亲密的两个女人,希望你们以后,再也没有这种争吵。如果有谁错了,都算我的错,我向你们两个道歉,好不好?"

高太太揽住儿子的头,含泪说:"皓天,你没有怪妈吧?"

"妈,"皓天动容地说,"我从来没有怪过你。"他紧紧地挽住母亲,又低头对依云说:"依云,别哭了,其实完全是一件小事,人家结婚三四年才生头胎的大有人在。为了这种事吵得家宅不和,闹出去都给别人笑话!"他望望母亲,又看看依云,"没事了,是不是?现在,都心平气和了,是不是?"

高太太不说话,只是把依云更紧地揽进了自己怀里,依云也不说话,只是把头依偎过去,于是,高皓天也不再说话,而把两个女性的头,都揽进了自己的怀抱中。

碧菡悄悄地站起身来,悄悄地退开,悄悄地回到了自己房里。她不敢惊扰这动人的场面,她的眼睛湿漉漉的,躺在床上,她用手枕着头,模糊地想,在一个幸福的家庭里,原来连争吵和眼泪都是甜蜜的。

早上,当高皓天醒来的时候,依云已经不在床上了。看看手表,才八点钟,摸摸身边的空位,被褥凉凉的,那么,她起床已经很久了？高皓天有些不安，回忆昨夜，风暴早已过去，回房就寝的时候，她是百般温柔的。躺在床上，她一直用手臂挽住他的脖子，在他耳边轻言细语："皓天，我要帮你生一打孩子，六男六女。"

"傻瓜！"他用手爱抚着她的面颊，"谁要那么多孩子，发疯了吗？"

"你要的！"她说，"我知道孩子对这个家庭的重要性，在我没有嫁给你之前，我就深深明白了。可是，人生的事那么奇怪，许多求儿求女的人偏偏不生，许多不要儿女的人却左怀一个，右怀一个。不过，你别急，皓天，我不相信我们会没孩子，我们都年轻，都健康。有时候，小生命是需要慢慢等待的，等待得越久，他的来临就越珍贵，不是吗？"

"依云，"他拥紧了她，吻着她的面颊，"你是个通情达理的好妻子，我一生不可能希望世上有比你更好的妻子。依云，我了解，今晚你对母亲的那声道歉是多难说出口的事情，尤其，你是这么倔强而不肯认输的人。谢谢你，依云，我爱你，依云。"

依云睫毛上的泪珠濡湿了他的面颊。

"不，皓天。"她哽咽着说，"我今晚表现得像个没教养的女人，我给你丢脸，又让你左右为难，我好惭愧好惭愧，"她轻轻啜泣，"你原谅我的，是不？"

他把她的头紧压在自己的肩上，他的唇吻着她的鬓角和耳垂。

"哦哦，快别这样说，"他急促地低语，"你把我的心都绞痛了。该抱歉的是我,我怎能那样吼你?怎能那样沉不住气?我是个不知天多高地多厚的傻瓜,以后你不要叫我天好高了,你就叫我皮好厚好了!"

她含着泪笑了。

"你是有点皮厚的!"她说。

"我知道。"

"但是,"她轻声耳语,"不管你是天'好'高,或是皮'好'厚,我却'好'爱你!"

世界上,还有比"爱情"更动人的感情吗?还有比情人们的言语更迷人的言语吗?还有什么东西比吵架后那番和解的眼泪更珍贵更震撼人心的吗?于是,这夜是属于爱的,属于泪的,属于温存与甜蜜的。

但是,在这一清早,她却到何处去了?会不会想想就又生气了呢?会不会又任性起来了呢?他从床上坐起身子,不安地四面望望,轻唤了一声:"依云!"

没有回应。他正要下床,依云却推开房门进来了,她还穿着睡衣。面颊光滑而眼睛明亮,一直走到他身边,她微笑着用手按住他:"别起床,你还可以睡一下。"

"怎么呢?"他问。

"我已经让碧菡上班时帮你请一天假,所以,你今天不用上班,你多睡睡,我们到九点半才有事。"

"喂喂,"高皓天拉住了她的手,"你能不能告诉我,你葫芦里在卖什么药?"

"你想,昨晚吵成那样子,"依云低低地说,"我哥哥的火暴脾气，怎么能了？所以，我一早就打电话回家去，告诉我妈我们已经没事了。妈对我们这问题也很关心，所以……又把小琪找来，问她的妇科医生是谁。然后，我又打电话给那位林医生，约好了上午十点钟到医院去检查，我已经和医生大致谈了一下，他说要你一起去，因为……"她顿了顿，"也要检查一下你。"

"哦！"高皓天惊奇地说，"一大清早，你已经做了这么多事吗？"

"是的。"

"可是……"高皓天有点不安，"你这样做，会不会太小题大做了？结婚一年多没孩子是非常普遍的事，我们所要做的，不过是……"他俯在她耳边，悄悄地说了一句，"多亲热一些。"

依云红了脸。

"去检查一下也好，是不是？"她委婉地说，"如果我们两人都没问题，就放了心。而且……而且……医生说，或者是我们时间没算对，他可以帮我们算算时间。他说……他说，这就像两个朋友，如果阴错阳差地永远碰不了面，就永远不会有结果的。"

"天哪！"高皓天翻了翻眼睛，"这样现实地来谈这种问题是让人很难堪的。这不是一种工作，而是一种爱，一种美，一种艺术。"

"医生说了，如果想要孩子，就要把它看成一种工作来做。是的，这很现实，很不美，很不艺术，但是，皓天，你

149

是要艺术呢？还是要孩子呢？"

他抱住了她，吻她，在她耳边说："既要艺术，也要孩子。"

"总之，你要去医院。"

"你不是已经都安排好了吗？"他说，多少带着点勉强和无可奈何，"我只好去，是不是？"

"别这样愁眉苦脸，好不好？"依云说，坐在床沿上，叹了一口气，"难道我愿意去做这种检查？我还不是为了你，为了你妈和你爸爸。不孝有三，无后为大，我再也没料到，在二十世纪的今天，我依然要面对这么古老的问题。如果检查的结果是我不能生，我真不知道……"

"别胡说！"高皓天打断了她，"你这么健康，这么正常，你不会有一点问题的。说不定是我……"

"你才胡说！"依云又打断了他。

"好吧，依云。"高皓天微笑起来，"看样子，我们要去请教医生，如何让那两个朋友碰面，对不对？"

依云抿着嘴角，颇为尴尬地笑了。

于是，他们去看了医生。在仁爱路一家妇产医院里，那虽年轻却经验丰富的林医生，给他们做了一连串很科学的检验。关于高皓天的部分，检查结果当场就出来了，林医生把显微镜递给他们，让他们自己观察，他笑着说："完全正常，你要生多少孩子都可以！"

关于依云的部分，检查的手续却相当复杂，林医生先给她做了一项"通输卵管"的小手术，然后，沉吟地望着依云：

"你必须一个月以后再来检查。"

依云的心往下沉,她瞪视着医生:"请坦白告诉我,是不是我有问题?"

医生犹豫着,依云急切地说:"我要最真实的答案,你不必瞒我!"

"你的输卵管不通,我要查明为什么。"

"如果输卵管不通,就不可能生孩子吗?"依云问。

林医生沉重地点了点头。

"那是绝不可能生的。"他说,"可是,你也不必着急,输卵管不通的原因很多,我们只要把那个主因解除,问题就解决了,如果输卵管通了,你就可以怀孕。所以,并不见得很严重,你了解吗?"

依云睁大了眼睛,她直视着林医生。

"有没有永久性的输卵管不通?"她坦率地问。

"除非是先天性输卵管阻塞!"医生也坦白回答,"这种病例并不多,可是,如果碰上这种病例,我们只有放弃治疗。"

"可能是这种病例吗?"依云问。

"高太太,"林医生说,"你不要急,我们再检查看看,好不好?现在我无法下结论。不过,总之,我们已经找出你不孕的原因了。"

依云抬头望着高皓天,她眼里充满了失望,脸上布满了阴霾,高皓天一把拉起了她,故作轻松地耸了耸肩。

"我们走吧,依云,等检查的正式结果出来了再说,你别把任何事都往最坏的方向去想,依我看来,不会有多严重的,林医生会帮我们解决,对不对?"

"是的,"医生也微笑着说,"先放宽心吧,高太太,我曾经治疗过一位太太,她结婚十九年没有怀孕,治疗了一年之后,生了个儿子,现在儿子都两岁了。所以,不孕症是很普遍的,你别急,慢慢来好吗?"

依云无言可答,除了等待,她没有第二个办法。回到家里,她是那样沮丧和担忧,她甚至不敢把检查的结果告诉婆婆。倒是高太太,在知道情况之后,反而过来安慰依云:"不要担心,依云,"她笑嘻嘻地说,"现在已经找出毛病所在,一切就简单了。听皓天说,只要把病治好,就会怀孕。那么,我们就治疗好了。"

"皓天难道没有告诉你,"她小声说,"也可能是先天性,无法治疗的病吗?"

"别胡说!"老太太笑着轻斥,"我们家又没做缺德事,总不会绝子绝孙的!"

依云心里一沉,立即打了一个冷战,万一自己是无法治疗的不孕症,依高太太这个说法,竟成为祖上缺了德!这个逻辑她是不懂的,这个责任她却懂。她心里的负担更重了,更沉了,压抑得她简直透不过气来。整整一个月,她忧心忡忡,面无笑容,悲戚和忧愁使她迅速地憔悴和消瘦了下来。高皓天望着她,忍不住握住她的手臂喊:"我宁可没有儿子,也不愿意你没有笑容。"

她一把用手捂住他的嘴,眼睛睁得好大好大,眼里充满了恐惧和紧张。

"请你不要这样说！求你！"

"我偏要说！"高皓天挣脱她的手，"我要你面对现实，最坏的结果，是你根本不能怀孕，那么，就是注定我命中无子，那又怎么样呢？没儿没女的夫妇，在这世界上也多得很，有什么了不起？"

"皓天！"依云喊，"求你不要再说这种话吧！求求你！"她眼里已全是泪水："你不知道我心里的负担有多重！"

"我就是要解除你心里的负担！"高皓天嚷着，把依云拉到身边来，他紧盯着她的眼睛，"依云，你听我说，我爱你，爱之深，爱之切，这种爱情，决不会因为你能否生育而有所变更！现在不是古时候，做妻子的并没有义务非生孩子不可！"依云感动地望着他，然后，她把面颊轻轻地靠近他的怀里，低声自语了一句："但愿，爸爸和妈妈也能跟你一样想得开！"

在这段等待的低气压底下，碧菡成为全家每个人精神上的安慰，她笑靥迎人，软语温存，对每个人都既细心，又体贴，尤其对依云。她会笑着去搂抱她，笑着滚倒在她怀里，称她为"最最亲爱的姐姐"。她会用最最甜蜜的声音，在依云耳边细语："姐姐，放心，你是世界上最好最好的人，老天会保佑好人，所以，姐姐，你生命里不会有任何缺憾。"

对高皓天，她也不断地说："姐夫，你要安慰姐姐，你要让她快乐起来，因为她是那么那么爱你！"

高皓天深深地注视着碧菡。

"碧菡，"他语重心长地说，"人类的许多悲剧，就是发生在彼此太相爱上面。"

碧菡那对黑白分明的眸子静静地望着他。

"你家里不会有悲剧，"她坚定地说，"你们都太善良，都太好，好人家里不会有悲剧。"

"这是谁定的道理？"他问。

"是天定的。"她用充满了信心的口吻说，"这是天理，人类或许可以逃过人为的法律，却逃不过天理。"

高皓天注视了她好一会儿。

"但愿如你所说！"他说，久久不能把眼光从她那张发亮的脸孔上移开。半晌，他才又低低地加了一句，"你知道吗？碧菡，你是一个可人儿。"

终于，到了谜底揭晓的那一日，这天，他们去了医院，坐在林医生的诊断室里，林医生拿着依云的X光片子，满面凝重地望着他们。一看到医生的这种脸色，依云的心已经冷了，但她仍然僵直地坐着，听着医生把最坏的结果报告出来："我非常抱歉，高先生，高太太，这病例碰巧是最恶劣的一种——先天性的输卵管阻塞，换言之，这种病症无法治疗，你永不可能怀孕。"

依云呆坐着，她的心神已经不知道游离到太空哪个星球上去了，她没有思想，也没有感情，没有眼泪，也没有伤怀，她是麻木的，她是无知的。她不知道自己怎样走出了医院，也不知道自己怎样回到了家，更不知道自己怎么会躺在床上。她只晓得，在若干若干若干时间以后，她发现高皓天正发疯一般地摇撼着她的身子，发狂一般地在大叫着她的名字："依云！依云！依云！这并不是世界末日呀！没孩子的人多得很呀！依云！依云！依云！我只要你！我只要你！我根本不要什么该死的孩子！依云！依云！依云！你看我！你听我！"他焦灼地狂吼了一声："依云！我不要孩子！"

依云骤然间回过神来，于是，她张开嘴，"哇"的一声大哭了起来，她一面号啕痛哭，一面高声地叫着："你要的！你要的！你要的！你要一打孩子，六男六女！你还要一对双胞胎！你要的！你要的！你要的！"她泣不可抑。

"天！"高皓天大叫着，"那是开玩笑呀！那是我鬼迷心窍的时候胡说八道呀！天！依云！依云！"他搂她、抱她、吻她、唤她："依云，你不可以这样伤心！你不可以！依云，我心爱的，我最爱的，你不要伤心啊！求你，求你，你这样哭，把我的五脏六腑都哭碎了。"

"我要给你生孩子，我要的！"依云哭得浑身抽搐，"生一打，生两打，生三打都可以！我要！我要！我要！哦，皓天，这样太不公平，太不公平！"

"依云，听我说，孩子并不重要，我们可以去抱一个，可以去收养一个，最重要的，是我们彼此相爱，不是吗？依云，"他抱着她，用嘴唇吻去她的泪，"依云，我们如此相爱还不够吗？为什么一定要孩子呢？"

"我怎么向你父母交代？我怎能使你家绝子绝孙！"她越想越严重，越哭越沉痛，"我根本不是个女人，不配做个女人！你根本不该娶我！不该娶我！"

"依云，你冷静一点！"高皓天按住她的肩膀，强迫她面对着自己,他眼里也满含着泪,"让我告诉你,依云,即使我们现在还没有结婚,即使我在婚前已知道你不能生育,我仍然要娶你!"

依云泪眼迷蒙地望着他,然后,她大叫了一声:"皓天!"就滚倒在他的怀里。

在客厅中,高太太沉坐在沙发深处,只是轻轻地啜泣。高继善双手背在身后,不住地从房间的这一头,走到那一头,不住地唉声叹气。碧菡搂着高太太的肩,不知该怎么办才好。过了好久,碧菡才轻言细语地说:"干妈,你别难过。可以去抱一个孩子,有很多穷人家,生了孩子都不想要。我们这么好的家庭,他们一定巴不得给了我们,免得孩子吃苦受罪。干妈,如果你们想要,我可以负责去给你们抱一个来。"

"你不懂,"高太太抹着眼泪,拼命地摇头,"抱来的孩子,又不是高家的骨肉!"

碧菡不解地望着高太太。

"这很有关系吗?"

"否则,你继父继母为什么不疼你呢?"高太太说。

碧菡愣了,是的,所谓骨肉至亲,原来意义如此深远。她呆了,站起身来,走到窗子旁边,仰着头,她一直望着天空,望了很久,一动也不动。

高皓天从屋里走出来了,他看来疲惫、衰弱、伤感而沮丧。高太太抬眼望望他,轻声问:"依云呢?"

"总算睡着了。"高皓天说,坐进沙发里,把头埋在手心中,他的手指都插在头发里。"真不公平,"他自语着说,"我们都那么爱孩子!"

"皓天,"高继善停止了踱步,望着儿子,"你预备怎么办?"

"怎么办?"高皓天惊愕地抬起头来,"还能怎么办呢?这又不是人力可以挽回的事情,除非是——去抱一个孩子。"

高继善瞪视着高皓天,简单明了地说:"我们家不抱别人家的孩子,姓高的也不能从你这一代就绝了后,我偌大的产业还需要一个继承人,所以,你最好想想清楚!"

说完,他转过身子,头也不回地走开了。

高皓天怔了,他觉得脑子里像在烧着一锅糨糊,怎么也整理不出一个思绪来,他拼命摇头甩头,脑子里仍然昏昏沉沉。好半天,他才发现,碧菡一直站在视窗,像一尊化石般,对着天空呆望。

"碧菡,"他糊里糊涂地说,"你在做什么?"

碧菡回过头来,她满脸的泪水。

"我在找天理,可是,天上只有厚厚的云,我不知道天理躲在什么地方,我没有找到它。"

高皓天颓然地垂下头来。

"它在的,"他自言自语地说,"只是,我们都很难遇见它。"

接下来的一段时间,高家都陷在一片愁云惨雾之中。那厚重的阴霾,沉甸甸地压在每一个人的身上。其中最难受的是依云,她觉得自己像个罪魁祸首,是她,断绝了高家的希望,是她,带走了高家的欢笑。偏偏这种缺陷,却不是任何能力所可以弥补的。私下里,她只能回到娘家,哭倒在母亲的怀抱里。

"妈,我怎么办?我怎么办?"

萧太太不相信女儿不能生育,因此,她又带着依云一连看了三四个医生,每个医生的结论都是一样的,先天性的病症,即使冒险开刀,也不能保证生效,所以,医生的忠告是:不如放弃。依云知道,生儿育女这一关,她是完全绝了望。萧太太也只能唉声叹气地对女儿说:"收养一个孩子吧!许多人家没孩子,也都是收养一个的!"

萧振风却妙了,他拍着依云的肩膀说:"没什么了不起!等小琪多生几个,我送一个给你们就是了!"

听了这种话,依云简直是哭笑不得,看着小琪的肚子,像吹气球一般的每日膨胀,她就不能不想,如果当年高皓天娶的是张小琪,那么,恐怕高家早就有了孩子了。这样一想,她也会马上联想到,高太太也会做同样的想法,因而,她心里的犯罪感就更深更重了。

高太太是垂头丧气达于极点,高继善每日面如寒冰,他们都很少正面再谈到这问题。但是,旁敲侧击、冷嘲热讽的话就多了:"收养孩子当然简单,但是收养的也是人家的孩子,与我们高家有什么关系?"

"要孩子是要一个宗嗣的延续,又不是害了育儿狂,如果单纯只是喜欢孩子,办个孤儿院不是最好!"

"人家李家的儿媳妇,结婚两年多,就生了三胎!"

"我们高家是冲克了哪一个鬼神哪?一不做亏心事,二不贪无义财,可是哦,就会这样倒霉!"

"小两口只顾自己恩爱,他们是不在乎有没有儿女的!我们老一辈的,思想古老,不够开明,多说几句,他们又该把代沟两个字搬出来了!"

这样左一句、右一句的,依云简直受不了了,她被逼得要发狂了。终于,一天晚上,当高皓天下班回家的时候,他发现依云蒙着棉被,哭得像个泪人儿。

"依云!"他惊骇地叫,"怎么了?又怎么了?"

依云掀开棉被坐起来,她一把抱住高皓天的脖子,哭着说:"我们离婚吧!皓天,我们离婚吧!"

高皓天变了脸色,他抓住依云,让她面对着自己,他紧盯着她,低哑地问:"你在说些什么鬼话?依云?你生病了吗?发烧了吗?你怎会说出这样的话来?"

"皓天!"依云含泪说,"我是认真的!"

"认真的?"高皓天的脸色更灰暗了,"为什么?我做错了什么?"

"不是你做错了什么,是命运做错了!"依云泪光莹然。

"你知道,如果这是古时候,我已经合乎被出妻的条件。我们离婚,你再娶一个会生孩子的吧!"

"笑话!"高皓天吼了起来,"现在是古时候吗?我们活在什么时代,还在讲究传宗接代这种废话!真奇怪,我在外面生活了七年,居然回来做古代的中国人!我告诉你,依云,如果因为你不能生育,而在这家庭中受了一丝一毫的气的话,我们马上搬出去住!我要的是你,不是生儿育女的机器,假若上一辈的不能了解这种感情,我们就犯不着……"

"皓天！"依云慌忙喊，瞪大了眼睛，在泪光之下，那眼睛里既有惊惶，又有恐惧，"你小声一点行不行？你一定要嚷得全家都听到是不是？你要在我种种罪名之外，再加上一两条是不是？你还要不要我做人？要不要我在你家里活下去？"

"可是，你说要离婚呀！"高皓天仍然大声嚷着，他的手指握紧了依云的胳膊，"这种离婚的理由是我一生所听到的最滑稽的一种！你要和我离婚，你的意思就是要离开我！难道你不知道，你在我心目里的分量远超过孩子！难道你不知道我爱你！我要你！如果失去你，我的生活还有什么意义？我连生命都可以不要！还要什么孩子？"

他喊得那样响，他那么激动，他的脸色那么苍白，他的神情那么愤怒……依云顿时崩溃了，她扑进高皓天的怀里，用遍布泪痕的脸庞紧贴着他的，她的手搂住了他的头，手指痉挛地抓着他的头发，她哭泣着喊："我再也不说这种话了，我再也不说了！皓天！我是你的，我永远是你的！我一生一世也不离开你！"

高皓天闭上了眼睛，搂紧了她，泪水沿着他的面颊滚下来，他吻着她，凄然地说："依云，或者我命中无法兼做儿子、丈夫和父亲！这三项里，我现在只求拥有两项也够了，你别使我一项都做不好吧！"

依云哭着，不住用袖子擦着他的脸。

"皓天，我不好，都是我不好！"她急急地说，"皓天，你不能流泪，皓天，从我认识你起，你就是只会笑不会哭的人！"

"要我笑，在你！要我哭，也在你！"他说，"依云，依云。"

他低喊着："我宁愿失去全世界，也不能失去你！不能！不能！不能！"

依云把头紧埋在他怀中，埋得那样紧，似乎想把自己整个身子都化进他的身体里去。她低语着："在我们恋爱的时候，我就曾经衡量过我们爱情的分量，但是，从没有一个时刻，我像现在这样深深地体会到，我们是如何的相爱！"

高皓天感觉到依云的身子在他怀中颤动，感觉到她浑身的抽搐，他低语了一声："我要把这个问题做个根本的解决！"

说完，他推开依云，就往屋外走，依云死拉住他，眼睛睁得大大的，她说："你要干什么？"

"去找爸爸和妈妈谈判！"他毅然地说，"他们如果一定要孙子，就连儿子都没有！我们搬走！不是我不孝，只是我不能眼睁睁看着你憔悴至死！我不能让这问题再困扰我们，我不能允许我们的婚姻受到威胁，我想过了，两代住在一起是根本上的错误，解决这问题，只有一个办法，我们搬出去！"

他的话才说完，房门开了，高太太满脸泪痕地站在门口，显然，她听到了他们小夫妻间所有的话，她一面拭泪，一面抽抽噎噎地说："很好，皓天，你是读了洋书的人，你是个二十世纪的青年，你已经有了太太，有了很好的工作，你完全独立了，做父母的在你心里没有地位，没有分量。很好，皓天，你搬出去，如果你愿意，你马上就搬，免得说我虐待了你媳妇。只是，你一搬出门，我立刻就一头撞死给你看！你搬吧！你忍心看我死，你就搬吧！"

高皓天怔住了，他望望母亲，再望望依云，他的手握紧了拳，跺了一下脚，他痛苦地大嚷："你们要我怎么办？"

依云推开皓天，挺身而出，她把双手交给了高太太，紧握着高太太的手，她坚定地、清晰地说："妈，我们不搬出去，决不搬出去，你别听皓天乱说。我还是念过书，受过教育的女人。不能生育，我已经对不起两老，再弄得你们两代不和，我就更罪孽深重！妈，您放心，我再不孝，也不会做这种事！"

"依云，"高太太仍然哭泣着，她委委屈屈地说，"你说，我怎么欺侮了你？你说，我不是尽量在维持两代的感情吗？你说，我该怎么做，你们才会满意呢？依云，我不是一直都很疼你的吗？"

"是的，妈。我知道，妈。"依云诚恳地说，"你别难过啊！我已经说了，打死我，我也不搬出去！"

高皓天望望这两个女人，他长叹了一声，只觉得自己五内如焚，而心中似捣，几千几万种无可奈何把他给击倒了，他再跺了一下脚，就径自转过身子，和衣躺到床上去了。

第七章

问题是不是就此解决了呢？问题并没有解决。依云一连思索了好几天，衡量着她和高皓天之间的爱情，也衡量着一个孩子在这家庭中的重要性。终于，这天，她走进高太太的卧房，对婆婆说："妈，我要跟你商量一件事。"

"哦？"高太太狐疑地望着依云，自从高皓天表示过要搬出去之后，她就吓得再也不敢提孩子的事，连暗示和嘲讽都不敢了。望着依云，她有些担心，她怕依云会提出搬家，那么，她就连个儿子都没有了。"什么事？"她忧心忡忡地问。

"妈！"依云坐在她身边，带着满脸温柔的笑意，她心平气和地，又亲亲热热地说："我想和您谈谈有关孩子的事。"

"孩子！"高太太烦恼地转过头去，"算了，别提了，我知道那不是你的错。"

"不是的，妈！"依云拉住她的手，"您有没有听说过一种事情，在台湾也很流行，我们称它为'借肚子'。"

"借肚子?"高太太的精神集中了,眼睛发亮了,她紧盯着依云,"你的意思是——"

"你看,妈,我是决不能生育的,但是——"依云热心地说,"皓天并没有丝毫的毛病,所以,如果我们能找一个乡下女孩子,给她一笔钱,让她和皓天生一两个孩子,不见得做不到。我听说——很多不能生育的太太,都用这种方式让丈夫有了儿女。"

"哦,依云!"高太太惊喜交集,她一把搂住了儿媳妇,含泪说,"你是真心的吗?你愿意这样做吗?你不是拿我这个老太婆寻开心的吧?"

"妈!"依云也含满了泪,但她却微笑着,"我完全是真心真意的,如果我不是真心,让我不得好死!"

"哦哦,"高太太慌忙说,"依云,好孩子,别发誓,我相信你!这种事情,我也听说过,只是你们小两口感情太好,我怕你会——你会——"

"妈,我决不会吃醋!"依云坚决地说,"我信任皓天对我的感情!我也知道高家不能因为我而绝了后代,这样做,是唯一的、两全其美的办法,问题只是……"

"只要你愿意,"高太太兴奋地打断了她,"其他的问题就好办了,是不是?依云,哦,依云,你真好,你真是个懂事的孩子,真是个孝顺的媳妇!"她高兴得又是哭,又是笑。

"至于那个乡下女孩子,我会去找,我会去想办法,对了,叫阿莲回乡下去找找看,我们家不怕出钱,把待遇提高一点,给她十万八万的,一定有穷人家的女孩会愿意,这一方面，你不用管，妈会安排。"

"我……"依云犹豫地说，"我并不担心找不到这女孩子，我只怕——只怕皓天不肯合作。"

"为什么不肯？"高太太不解地问，"这对他又没有损失，孩子生了，就打发那女人走路，他有了孩子，又没有失去妻子。我们可以和那女人说好条件，事后一定不会有瓜葛的。这样的事，他为什么不愿意？"

"妈！"依云咬咬嘴唇，"你自己的儿子，你还不晓得他那脾气吗？到时候，他的人道主义就出来了！"

"人道？"高太太说，"我们并不强迫别人来做这事的，是不是？我们付款的，是不是？这有什么不人道呢！依云，你放心，这事的关键都在你，只要你愿意，一定行得通！"

"我不但愿意，"依云微笑地说，"而且求之不得，我自己——也爱孩子，不管是哪个女人生的，只要是皓天的孩子，就和我自己的孩子一样！"

"噢，依云！你太好了！你真是太好了！"高太太乐得不知该怎么是好，拉着依云的手，她深深地注视她，"依云，你原谅妈前一阵心情不好，说了一些刺心的话，你原谅妈。你这样好心，让高家有了孙子，你一定会得到好报的，妈会加倍地疼你，加倍地宠你……"

"妈！"依云喊，"你待我已经够好了，是我自己不争气……"

"这怎么能怪你呢？"高太太慌忙说，"这又不是你的过失呀！好了，我们现在要做的，就是说服皓天，以及——去物色这个女孩子。"

于是，高皓天下班回家时，这个决议被提出来了。

高皓天听到这个决议之后，他的反应却比依云预料的还要激动，他瞪大眼睛，像听到一件不可思议的怪事一般，哇哇大叫着说："你们都疯了！你们所有的人都疯了！借肚子！闻所未闻的怪事！既然能借母亲，就也可以借父亲，那么，为什么不去干脆收养一个？我不干！这事我决不干！"

"皓天，"高继善正色说，"只要是你的孩子，就是我们高家的骨肉，我们并不在乎母亲是谁，好不容易，我们可以把这问题解决了，你不同意，是不是存心和我过不去？"

"爸爸！"皓天不耐烦地说，"现在这种时代……"

"皓天！"高继善厉声说，"你不要动不动就搬出时代两个字来，不管你生在什么时代，你都是我的儿子！你就有义务帮我生孙子！"

"皓天，"依云俯过去，好温柔地说，"你不要太认死理好不好？把你的观念稍稍改变一下，好吗？你想，你有了孩子就等于我有了孩子。就算是为了我，请你做这件事好吗？"

"依云，"皓天睨视着她，压低声音说，"你是昏了头了！你以为——我可以和一个不认识的女孩子，仅仅为了传宗接代，而干那种事吗？我告诉你，不可能的，不可能！我会有犯罪感，我会觉得对不起我的良心，对不起那个女孩子，也对不起你！"

"可是……"高太太说，"你让高家绝了后，你就对得起父母了吗？"

"最起码,我并不是成心要高家绝后!"

"你不同意这件事,"高继善说,"就是成心要高家绝后!"

高皓天气得直瞪眼睛。

"你们!"他轻蔑地说,"你们把人全看成了机器!去买一个女人来生孩子,然后赶她走,你们想得出来!如果那个女人爱她的孩子,舍不得离开,怎么办?如果买来的女人其貌不扬,生出个丑八怪,怎么办?如果那女人有什么先天性的痴呆症,生出个白痴儿子,怎么办?你们只要孩子,不择手段地要孩子,有没有想到过后果?"

"我懂了,"高太太说,"我一定会帮你物色一个很漂亮,很文雅,没有任何疾病的女孩!"

"妈!"皓天吐了一口气,"你不要找麻烦,好不好?积点德,好不好?孩子出世了,人家母子不肯分离了,怎么办?你有没有想过人性的本能?"

"她真不肯离开孩子,"依云冲动地说,"我们就连母亲一起留下来!"

"依云!"皓天惊愕地喊,"你神志还清不清楚?你想帮我娶个姨太太吗?"

"又有何不可?"依云扬着眉毛说,"古时候的人,三妻四妾的多得很呢,还不是一团和气。"

"天!"高皓天仰头看上面,翻着眼睛,拼命用手敲自己的头,"我看我忽然掉进什么时光隧道里去了,现在到底是什么朝代,我真的弄不清楚了。如果不是你们的神经有问题,一定是我的神经有问题,我简直……我简直……"他低下头,忽然看到一直坐在旁边，默默地听他们讨论的碧菡。他像抓住了一个救星一般，很快地说："碧菡，你觉得他们有理还是我有理？"

碧菡静静地瞅着他，眼睛像一潭深不见底的湖水。

"我觉得，姐夫，"她轻声说，"为了解除姐姐的责任感，为了满足干爹和干妈的期望，为了你以后的欢乐，你——应该有一个孩子！"

"哎呀！"高皓天大叹了一口气，"连你都不肯帮我说话！我……我……我需要一杯酒，碧菡，你给我倒一杯酒来！"

碧菡真的去倒酒了。依云望着高皓天。

"你看！"依云说，"连碧菡都能体会我们大家的心，难道你还不能体会吗？你忍心再拒绝？"

"依云，"高皓天低声地、祈求般地说，"他们不了解我，你难道也不了解吗？我永远不可能和一个陌生女人发生关系，我说过几百次了，'性'是一种美，一种爱，一种艺术，而不是工作呀！"

"除非——"依云咬着嘴唇，深思地说，"那个女孩，是你所喜欢的？"

碧菡端着一个小酒杯走过来了，依云抬起眼睛，她的视线和碧菡的碰了一个正着，像闪电一般，一个念头迅速地闪过她的脑海，而借她的眼睛表现出来了。碧菡一接触到依云这道眼光，心里已经雪亮，她一惊，手里的杯子就倾倒了，一杯酒都泼在高皓天身上。她慌忙俯身用手帕去擦拭高皓天身上的酒渍，于是，高皓天的目光和碧菡的也接触到了，那样惊惶、娇怯、羞涩、闪亮而又热烈的一对目光!高皓天愕然地瞪视着这对眼睛,整个地呆住了。

第二天早上,在上班的路上,碧菡一直非常沉默。高皓天不时悄悄地打量她,这又是冬天了,天气相当冷,碧菡穿了一件鹅黄色的套头毛衣,咖啡色的长裤,外面罩着件咖啡色镶毛领的短外套,头发自自然然地披垂在肩上,睫毛半垂,目光迷蒙,她的表情是若有所思的。浑身都散发着青春的、少女的气息。

"碧菡!"终于,他喊了一声。

"嗯?"她低应着。

"有件事请你帮忙,"他真挚地说,"你不要加入家里那项阴谋。"

"阴谋?"碧菡的眼睛抬起了,她瞅着他,那眼光里充满了薄薄的责备和深深的不满,"姐夫,你用这两个字是多么不公平。不是我说你,姐夫,你是个自私的男人!你根本不了解姐姐,不爱姐姐!"

"什么?"高皓天睁大眼睛,"你这个罪名是怎么加的?我拒绝一个女人,竟然是不了解依云?不爱依云?"

"当然啦!"碧菡一本正经地说,"你如果细心一些,深情一些,你就该了解姐姐有多痛苦,她身上和心灵上的压力有多重。因为她不能生育,她现在已成为高家的罪人,她向你诉苦,你就闹着要搬出去,弄得干妈寻死,干爹生气。她不向你诉苦,是把眼泪往肚子里咽。于是,千思万想,她要经过多少内心的挣扎,才安排出这样一条计策,让你们高家有了后代,也解除她自己的负罪感。现在,你居然拒绝,你是存心逼得姐姐无路可走,你这还叫作爱?叫作了解吗?"

"照你这样说,"高皓天蹙紧了眉,一脸的困惑,"我接受一个女人,反而是爱依云?"

"当然啦!"碧菡又说了一句,"不但是爱姐姐,而且是爱干爹和干妈!干爹说得也对,不管你生在什么朝代,你总是为人子的人,上体亲心,是中国自古的训念,你也别因为自己出国七年,就把中国所有的传统观念,都一笔抹杀了吧!"

高皓天把车停在停车场上,他瞪视着碧菡。

"碧菡,"他沉吟地说,"是不是依云要你来说服我的?"

"没有任何人要我来说服你,"碧菡坦率地说,直视着他的眼睛,"你已经迷糊了,我却很清楚,你需要一个人来点醒你的思想,我就来点醒你!"

"可是,碧菡,"高皓天怔怔地说,"天下会有这种女人,愿意干这件事吗?"

碧菡深深地凝视着他。

"人是有的,只怕你不喜欢!"她轻声说。

推开车门,她翩然下车,走进办公大楼里去了。高皓天注视着她的背影,那苗条的身段,那修长的腿,那均匀的、女性的弧线,他注视着,一直坐在车中,动也不动。

这天,碧菡在办公厅里特别沉默,特别安静,她一直显得若有所思而又心不在焉。那个方正德,始终没有放弃对她的追求,他好几次借故和她说话,她总是那样茫茫然地抬起一对眼睛,迷迷蒙蒙地瞅着他。这种如梦如幻的眼光,这种静悄悄的凝视,使那个方正德完全会错了意,他变得又兴奋又得意又紧张起来,开始神经兮兮地绕着她打圈子,讲些怪里怪气的话,使整个办公厅里的人都注意到了。只有碧菡,她似乎完全沉浸在自己的一个秘密的、不为人知的世界里,对周遭所有的一切,都视若无睹。

高皓天一直在暗中注意着她,看到那方正德在那儿又指手,又画脚,又梳头,又吹口哨的,他实在看不下去了,走到碧菡身边,他轻声说:"你能不能不去招惹那个方正德?"

"哦?"碧菡惊愕地抬起头来,一副茫然不解的样子,她的眼睛黑黝黝的、雾蒙蒙的、怯生生的。"姐夫?"她轻柔地说,"你在说什么?"

他注视着这对眼睛,心中陡然间怦然一动,他想起她昨晚把酒洒在他身上,当她去擦拭时,她这对眼睛曾经引起他心灵上多大的震动。他咳了一声,咽了一口口水,他的声音变得又软弱,又无力。

"我在说,"他费力地开了口,"你怎么了?你一直引得那个方正德在发神经。"

"哦?是吗?"她轻蹙眉头,看了看方正德。"对不起,姐夫,"她低语,"我没有注意。"

"你——"他凝视她,"最好注意一点。"

"好的,姐夫。"她柔顺地说,那样柔顺,那样温软,好像她整个人都可以化成水似的。

中午,在回家的路上,她也一直沉默不语,那样安静,那样深沉,像个不愿给人惹麻烦的孩子,又像个莫测高深

171

的谜。

他几度转头看她,她总是抬起眼睛来,对他静静地、微微地、梦似的一笑。于是,他也开始若有所思而心不在焉起来。

午后,高皓天又去上班了,碧菡一个人待在卧室里,静静地坐在床上,她用手托着下巴,想着心事。一声门响,依云推开门走了进来。

"碧菡!"她柔声地叫。

碧菡默默地瞅着她,然后,她把手伸给依云,依云握住了她的手,坐在她身边,一时间,她们只是互相望着,谁也不说话。但是,她们的眼睛都说明白了,她们都知道对方在想些什么。

"姐姐!"终于,还是碧菡先开口,"我以前就说过了,我愿意帮你做任何事!"

"碧菡,"依云垂下了睫毛,"我是不应该对你做这样的要求的!"

"你并没有要求,是吗?"碧菡说,"是我心甘情愿的。"

"碧菡!"依云握紧了她的手,"我只想对你说明一件事。昨夜,我想了整整一夜。想起我第一天见到你,很巧,那天,也是我和皓天在电梯里相撞的日子。仿佛是命定,要把我们三个人串连在一起。记得你给我的那篇作文,首先就提出生命的问题,没料到,我今天就面临了这个问题,却需要你来帮我解决。碧菡,我要说明,我无权要求,这件事太大,可能关系到你的终身幸福,所以,请你坦白告诉我,不要害羞,你有没有一点喜欢皓天呢？"

碧菡凝视着依云，她的眼光是坦白的。

"这很重要吗？"她反问。

"很重要。"依云诚恳地说，"如果你根本不喜欢他，我不能让你做这件事，因为你不是一个买来的乡下女孩，你是我的小妹妹。假若你喜欢他，那么，碧菡，我们……我们——我们何不仿效娥皇女英呢？"

碧菡的眼睛闪亮了一下。

"姐姐，"她轻呼着，"你的意思是说，生了孩子，我不用离开吗？"

"你永远不可以离开，"依云热烈地说，"让我们三个人永远在一起！我们在一起不是很快乐吗？不要去管那些世俗的观念。碧菡，命中注定，我们应该在一起的，碧云天，记得吗？"

碧菡的面颊红润，眼睛里绽放着光彩。

"姐姐，"她低语，"我不可能希望，有比这样更好的安排了。我愿意，百分之百地愿意！"

依云一把拥抱住了她，眼里含满了泪。

"碧菡，谢谢你。你相信我，绝不会亏待你，你相信我，不是那种拈酸吃醋的女人，更不是刻薄……"

"姐姐！"碧菡打断了她，"你还用解释吗？我认识你已经两年多了，这两年相处，我们还不能彼此了解吗？姐姐，你是世界上最好心最善良的女人，我愿意一生一世跟随你！从我懂事到现在，我只有从你身上，才了解了人类感情之可贵!姐姐,别说仿效娥皇女英,即使你要我做你们的婢仆,我也是引以为荣的!"

"噢,碧菡,快别这样说!"依云抚弄着她的头发,含泪凝视她,"从此,我们是真正的姐妹了,是不是?"

"早就是了,不是吗?"她天真地反问。

依云含泪微笑。

"我们现在剩下的问题,"她说,"是如何说服皓天!他真是个顽固派!"

碧菡垂下眼睛,睫毛掩盖住了眼珠,她羞涩地低语:"我想,我们行得通。"

"为什么?"

"我们可以想想办法。"她的声音低得像耳语,"我想……这件事,是无法和他正面讨论的,我们所要做的,是如何去……如何去……"她羞红了脸,说不下去了。

"哦!"依云了解地望着碧菡,"看样子,我们需要定一条计策了。"

碧菡俯头不语。

于是,这天晚上,高皓天回家的时候,他惊奇地发现,家里竟有一屋子人,萧振风和张小琪来了,任仲禹和依靠也来了,加上依云、碧菡和高继善夫妇,一个客厅挤得满满的。

阿莲川流不息地给大家端茶倒水,高太太笑脸迎人,不知为什么那样兴奋和开心,连高继善都一直含着笑,应酬每一个人。高皓天惊奇地看着这一切,问:"怎么回事?今天有人过生日吗?"

依云笑望着他,轻松地说:"什么事都没有,这些日子以来,实在闷得发慌,家里的空气太沉重,所以,特地把哥哥姐姐们约来吃顿饭,调节调节气氛。"

"哦,"高皓天高兴地说,"这样才对,我们四大金刚剩下了三大金刚,应该每星期聚会一次才对!"

萧振风仍然是爱笑爱闹,张小琪挺着大肚子,不住帮依云拿糖果瓜子,任仲禹在发表宏论,大谈美国的经济问题,一屋子热热闹闹的。高皓天被大家的情绪所鼓动,又难得家里有这样好的气氛,他就更加兴奋了,因而,在餐桌上,他不知不觉地喝了过多的酒。依云又忍不住悄悄地拉萧振风:"多灌他几杯,"她低语,"可是,只能灌得半醉,不能全醉。"

"你在搞什么鬼呀?"萧振风是丈二和尚摸不着头脑,"把我们都叫了来,又要灌他酒,又不许灌醉,这简直是出难题嘛!我们怎么知道他是半醉还是全醉!"

"嘘!不许叫!"依云说,"你先灌他喝酒就对了!"

萧振风俯在依云耳边,自作聪明地说:"是不是他得罪了你,你要灌醉他之后好揍他?我告诉你,你别揍他,你呵他痒,男人最怕呵痒,小琪就专门这样整我!"

依云啼笑皆非,拿这个混哥哥毫无办法。好在高皓天兴奋之余,也不待人灌,就自己左一杯、右一杯地下了肚。大家又笑又闹又开玩笑,一顿饭吃到九点多钟。高皓天已经面红耳赤,酒意醺然,高太太拉了拉依云的袖子,低声地说:"差不多了吧?"

依云点了点头。于是,酒席撤了,大家回到客厅,继续未谈完的话题,但是,不到十点钟,依云又拉住萧振风,在他耳边说:"你该告辞回家了!"

"什么?我谈得正高兴……"萧振风叫。

"嘘!"依云说,"叫你告辞,你就告辞,知道吗?"

"哦!"萧振风也压低了声音,"你来不及想整他了?呵痒!我告诉你,呵痒最好!"

"你走吧!"依云笑骂着,"快走!"

萧振风立即跳起身子,一迭连声地嚷:"走了!走了!走了!再不走有人要讨厌了。"

碧菡的面颊猛然间绯红了起来,她的心跳得那样厉害,头脑那样昏乱,她不得不悄悄地溜回了自己的房间里,坐在床沿上,她心慌意乱而又紧张恐惧。她沉思着,一时间,她觉得又迷惑又不安,这样做是对的吗?自己的未来将会怎样?但是,她回忆起以往的许多事情,那双男性的手,曾经把她抱往医院。依云那件白色的大衣,曾裹住她瑟缩的身子。医院里的输血瓶,曾救了她一条生命。无家可归时,依云把她带回高家……一连串的回忆从她脑海里掠过,然后,这一连串的回忆都消失了,剩下的,只是高皓天的凝视,和依云所说的那句话:"命中注定,我们应该在一起的!碧云天,记得吗?"

是的,碧云天!碧云天!这是他们三个人的名字,冥冥中的神灵,早已决定要把他们三个人拴在一起。碧云天,碧云天,碧云天!

时间不知道过去了多久,有人轻敲房门,她惊悸地站起身子,恐慌地瞪视着门口,高太太和依云一起走了进来。高太太一直走到她面前,一言不发地就把她拥进了怀里。好半天,高太太才平复了她自己激动的情绪,她低声地、怜爱地说:"好孩子,委屈你了!妈会疼你一辈子!"

"干妈!"碧菡轻声地叫。

"以后,该改口叫妈了。"高太太说。

依云拉住了她的手。

"碧菡,你该去了,他已经上了床。"

碧菡面红心跳,睁大眼睛,她可怜兮兮地看着依云。

"姐姐,我很怕。"她低语。

"你随机应变吧,"依云说,"高家的命运,在你手里。"她把碧菡拉到面前来,附耳低语了几句,碧菡的脸红一阵又白一阵,她忽然想逃走,想躲开,想跑得远远的,但是,她接触到高太太那感激的、热烈的眼光,又接触到依云那祈求的、温柔的神情,她挺直了背脊,深吸了一口气,鼓足勇气说:"好了,我去!"

依云很快地在她面颊上吻了一下,高太太又给了她一个热烈的拥抱,她望着面前这两个女人,从没有一个时刻,发现自己竟有如此巨大的重要性。生命的意义在哪里?生命的意义在于觉得自己被重视!她昂起头,推开房门,头也不回地走出去了。

悄悄地推开高皓天的房门,再悄悄地闪身进去,把门关好。她的心狂跳着,房里只亮着一盏小小的台灯,光线暗幽幽的。她站在那儿,背靠在门上,高皓天在床上翻身,带着浓重的酒意,他模糊地说:"依云,是你吗?"

她走到床边,高皓天伸过手来,握住了她的手,她不动,也不说话,皓天醉意朦胧地抚弄着她手腕上的镯子,似清楚,又似糊涂地说:"你近来是真瘦了,镯子都越来越松了。"

碧菡伸手关掉了桌上的小灯,房里一片黝黑。她轻轻地、轻轻地宽衣解带,轻轻地、轻轻地蹑足登床。高皓天在醺然半醉下,只感到她温软的身子,婉转投怀。不胜娇弱地,她瑟缩在他的怀抱里,带着些轻颤。一股少女身上的幽香,绕鼻而来,他用手紧抱着她,心里有点迷糊,有点惊悸,有点明白。

"你不是依云,你是谁?"

她震颤着,可怜兮兮的,他不由自主地抱紧了她。

"你浑身冰冷,"他说,"你要受凉了。"

她把头紧埋在他胸前,他抚弄着她的头发:"你是依云吗?"他半醉半醒地问。

"不。"她轻声回答,"我是碧菡。"

"碧菡?碧菡?碧菡?"他喃喃地念着,忽然惊跳起来。

"你是碧菡?"他问,"你为什么在这儿?"

她把面颊偎向他的,她面颊滚烫,泪水濡湿了他的脸,她战栗地、轻声地、耳语地说:"请你不要赶我走!我在这儿,我是你的!请不要赶我走!我是你的,不仅仅是我的人,也包括我的心!姐夫,"她偎紧了他,"我是你的,我是你的!请不要赶我走!请你!请你!请求你!"

他的手指触到她柔软的肌肤,身体感到她身子的颤动,耳中听到她软语呢喃，他想试着思索，但他想不透，只觉得血液在身体中加速地流动，一股热力从胸中上升，迅速地扩展到四肢里去。他甩甩头，努力想弄清楚这件事，努力想克制那股本能的欲望，他说："碧菡，谁派你来的？"

"我自愿来的。"她轻语。

"你知道你在做什么吗？"

"我知道。"

"碧菡。"他挣扎着，他的手碰触到那少女身体上最柔软的部分，感到那小小的身子一阵战栗，一阵痉挛。"碧菡，"他努力挣扎着说，"别做傻事，乘我脑筋还清楚，你赶快走吧，赶快离开这儿！"

"我走到哪里去？"她低声问，"到方正德那儿去吗？"她微微蠕动着身子。

"不，不，"他抱紧了她，"你不许去方正德那儿，你不许！"

他吻着那柔软的小嘴唇，她唇上有着淡淡的甜味，理智从他脑海里飞走，飞走，飞走……飞到不知道多高多远的地方去了。他喘息着，抚摸着她光滑的背脊，他模糊地说："你哪儿都不能去，因为你没有穿衣服。"

她的嘴唇滑向他的耳边，她的手悄悄地抓住了他的手，她在他耳边低低地、低低地说："我好冷，姐夫，抱紧我吧！"

再也没有理智，再也没有思想的余地，再也没有挣扎，没有顾忌，他怀抱里，是一个温软的、清新的、芳香的、女性的肉体！而这女性，还有一颗最动人的、最可爱的、最灵巧的、最细致的心灵！他在半清醒半迷糊中，接受了这份

"最完整"的奉献!

早上,高皓天从沉睡中醒了过来,一缕冬日的阳光,正从窗帘的隙缝中透进来,天晴了,他模糊地想着,浑身懒洋洋的,不想起床。夜来的温馨,似乎仍然遍布在他的四肢和心灵上。夜来的温馨!他陡地一震,睡意全消,天哪!他做过了一些什么事情?翻转身子,他立即接触到碧菡那对清醒的眸子,她正蜷缩在棉被中,静悄悄地、含羞带怯地、温温柔柔地注视着他。

"碧菡!"他哑声喊,"碧菡!"

"我不敢起来,"她微笑着低语,"我怕我一动,就会把你吵醒了。"

"碧菡!"他摇头,自责的情绪强烈地抓住了他,夜来的酒意早成过去,理智就迅速地回来了。他蹙紧眉头,瞪视着她:"哦!我怎么会做出这种事情来?碧菡,"他咬紧嘴唇,用拳头捶着床垫,"你怎么这样傻?你为什么要这样?你这个……这个……这个小傻瓜!谁要你这样做的?依云吗?她疯了,居然拖你下水!碧菡,你实在不该……"

碧菡滚到他身边,她用手一把抱住了他的脖子,她的眼睛明亮而清幽地凝视着他。轻声地,温柔地,她打断了他的自怨自艾。

"别怪姐姐,别怪你自己,"她说,眼睛一眨也不眨地望着他,"所有的事,都出于我的自愿,与姐姐和干妈都没有关系。"

"你的自愿!"他叫,"为什么?"

碧菡的睫毛垂了下来，她把面颊埋进枕头里去，她的身子瑟缩了一下，那眼光顿时显得暗淡了。

"或者，"她低低地、自卑地说，"你觉得……我是很不害羞的吧！或者，你会看不起我吧！"

"碧菡！"他激动地叫了一声，把她的面颊从枕头里扳转过来，她抬起了睫毛，眼里已凝贮着泪水。这带泪的凝视使他的心脏猛抽了一下，他一把拥住了她，用面颊紧紧地贴着她的鬓角，他低声地叫："碧菡，你怎会这样想？我看不起你？我该看不起的，是我自己！我是一个伪君子，一个衣冠禽兽！我居然……糟蹋了你！你，一直在我心里是那样纯洁，那样美好，那样高雅的女孩！我一天到晚防范别人会糟蹋了你，污辱了你，结果，我自己却做了这种事情！哦，碧菡，你不该让它发生的，你应该逃开我，逃得远远的！"

碧菡把脸从他面颊边转开，她正对着他的脸，她小小的手指抚摸着他的下巴，她眼里依然带泪，唇边却挂着个美丽的、动人的、娇怯的微笑。

"你真把我想得那样好吗？"她低问。

"是的！"

"那么，现在我在你心里就不纯洁、不高雅、不美好了吗？"

"你在我心里永远纯洁而美好！"

"那么，你在乎什么呢？"她紧盯着他，眼里有种天真的光芒，"我并没有改变，不是吗？"

"你……"他结舌地说，"你不在乎别人怎样想吗？你以

181

后的幸福、前途，你全不管吗？"

"全世界的男人里，我只在乎你一个！"她坚定地说，"我以后的幸福、前途，我在昨夜，已经一起交给你了！我还有什么可担心的呢？"

"碧菡！"他紧盯着她，"你明知道，我有太太。"

"是的，"她轻语，"姐姐说，我们是娥皇女英，所以，你是现成的舜帝。当昨晚我走进你的房门的时候，我就已经决定了我自己的命运。我既不要名分，也不要地位，我心甘情愿，和姐姐永远在一起，并为你生儿育女！我仔细想过，这是我最好的遭遇，最好的结果。"

他的眼睛一眨也不眨地望着面前这张年轻的、焕发光彩的面庞。

"天哪！"他低叫，"你居然放弃了恋爱的机会？"

"没有。"她摇头，热烈地看着他，"告诉我，"她轻幽幽地说，"昨晚，你虽喝多了酒，你并没有醉到不知道我是谁的地步，是吗？"

"是的，"他赧然地说，"我知道是你，我——明知故犯，所以罪不可赦。"

"为什么你要明知故犯？"她问，忽然大胆起来，她的眼睛里有着灼灼逼人的光彩。

"我……"他犹豫着，那对眼睛那样明亮地盯着他，那光洁的面庞那样贴近他，他心荡神驰，不能不说出最坦白的话来，"我想——我早已爱上了你，碧菡，你使我毫无拒绝的能力。"

她的眼睛更亮了,有两小簇火焰在她眼中燃烧。

"我就要你这句话!"她甜甜地说,一抹嫣红染上了她的面颊,"你看,我并没有放弃恋爱的机会,你又何必有犯罪感,而自寻烦恼呢?"她的手从他下巴上溜下来,玩弄着他睡衣上的纽扣,她睫毛半垂,眼珠半掩,继续说:"至于我呢?说一句老实话,我……自从在医院里,第一次见到你……哦,不,可能更早,当你把我抱进汽车,或抱进医院的那时起,我已经命定该是你的了。因为……因为……我心里从没有第二个男人!"

"哦,碧菡!"他轻呼着,听到她做如此坦白的供述,使他又惊又喜又激动又兴奋,"你是说真心话吗?不是因为我已经占了你的便宜,所以来安慰我的吗?我能有这样的运气吗?我值得你喜欢吗?"

"姐夫!"她低叫,"我从没在你面前撒过谎,是不是?我从没欺骗过你,是不是?"

他凝视她,深深地凝视她,他注视得那样长那样久,使她有些不安,有些瑟缩了。然后,他拥住了她,他的嘴唇捕捉到了她的。她心跳,她气喘,她神志昏沉而心魂飘飞。昨夜,他也曾吻过她。但是,却绝不像这一吻这样充满了柔情,充满了甜蜜,充满了信念与爱。她昏沉沉地回应着他,用手紧揽着他的脖子。泪水沿着她的面颊滚下来,他的唇热烈地、辗转地紧压着她,她听得到他心脏沉重的跳动声,感觉得到他呼吸的热力。然后,他的嘴唇滑过她的面颊,拭去了她的泪,他在她耳边辗转低呼,一遍又一遍:"碧菡!碧菡!

碧菡!"

"姐夫!"她轻应着。

"嘘!"他在她耳边说,"这样的称呼让我有犯罪感,再也不要这样喊我!叫我的名字,请你!"

碧菡期期艾艾,难以开口。

"你……你……是我姐夫嘛。"

"经过了昨夜,还是姐夫?"他问。

她红着脸,把头埋在他的胸前。

"皓天!"她叫。

她听到他的心脏一阵剧烈地狂跳。他半晌无语,她悄悄地抬起头来看他,于是,她看到他眼里竟有泪光。

"碧菡,"他望着天花板,幽幽地说,"我从没有做过这样的梦想。在我和依云婚后,我觉得我已拥有了天下最好的妻子,我爱依云,爱得深,爱得切,我从不想背叛她。即使现在,你躺在我怀里,我仍然要说,我爱依云。你来到我家以后,每天每天,你和我们朝夕相共,我必须承认,你身上有种崭新的、少女的清幽,你吸引我,你常使我心跳,使我心动。但我从没有转过你任何恶劣的念头,我只想帮你物色一个好丈夫,我做梦也没想到过要占有你。或者,在潜意识中,我确实嫉妒别的男性和你亲近,明意识里,我却告诉自己,你像一朵好花,我只是要好好栽培你,让你开得灿烂明媚,而不是要采撷你。依云的不孕症,造成家庭里的低潮,她太大方,你太善良,她要孝顺,你要报恩,竟造成我坐享齐人之福!我何德何能,消受你们两个?我何德何能,拥有你们两个?"

碧菡用手轻轻地环抱住他,她诚挚地说:"让我告诉你,我绝不会和姐姐争宠,她是世界上最好的人,你应该爱她,远超过爱我!否则,我会代姐姐恨你!你要记住,她是你的妻子,我是你的侍妾……"

他用手一把捂住了她的嘴。

"永不许再用这两个字!"他哑声说。

她挣脱了他的手,固执地说:"我要用,我必须用!因为这是事实,你一定要认清这事实。否则,我不是报姐姐的恩,而是夺姐姐的爱,那我就该被打入地狱,永不翻身!"

"你多矛盾!"他说,"你要我爱你,你又怕我爱你,你是为爱而献身,还是为报恩而献身?"

"我确实矛盾。"她承认,"我既为爱而献身,也为报恩而献身,我既要你爱我,又不许你太爱我。如果你的爱一共一百分,请你给姐姐九十八分,给我两分,我愿已足。"

他吻她的面颊。

"你是个太善良太善良的小东西,你真让我心动!"他说,"为什么要这样委屈你?如果我有一百分的爱,让我平均分给你们两个人。"

"啊啊,不行不行。"她猛烈地摇头,"你记牢了,你要给姐姐九十八分,只给我两分,超过这个限度,我就会恨你,不理你!你发誓!"

"我不发,"他摇头,"感情是没有一个天平可以衡量的,我永不会发这种誓,我爱你们两个!"

"但是，"她正色地看着他，"你发誓，你永不会为了我而少爱姐姐！"

"为了你吗？"他低叹着，"我应该为了你而多爱依云，因为，她把你送进了我怀里！像芸娘为沈三白而物色憨园，用情之深，何人可比？沈三白无福消受憨园，我却何幸，能有你和依云！"他再叹了口气，抚摸着碧菡的头发，他深思地说："《花月痕》里面有两句话，你知道吗？"

碧菡摇摇头。

"《花月痕》是一部旧小说，全书并不见得多精彩，只是，其中有两句话，最适合我现在的心情。"他清晰地念了出来："薄命怜卿甘作妾，伤心恨我未成名！"

她凝思片刻。

"知道吗？"她说，"这两句话对我们并不合适。"

"怎么？"

"这是中国古代的士大夫思想。现在呢，我既不能算是薄命，你也没有什么可伤心。我病得快死了，却被你们救活，我爱上你，竟能和你在一起，我享受我的生活，享受你和姐姐对我的疼爱，不说我命好已经很难，怎能说是薄命呢？你年纪轻轻，已有高薪的工作，是个颇有小名的工程师，家里又富饶，不愁衣食，不缺钱用，除非你贪得无厌，否则，你还有什么不知足？有什么可伤心呢？"

他思索了一会儿，忍不住扑哧一笑。

"没料到，你这小小脑袋，还挺有思想呢！"

"好不容易，"碧菡说，"你笑了。"

他凝视她,那娇羞脉脉,那巧笑嫣然,那柔情万缕,那软语呢喃……他不能不重新拥住了她,深深地,深深地吻她。

一吻之后,她抬起头来,看到了那射进房来的阳光。她惊跳起来,问:"几点钟了?"

他看看手表。

"快九点了。"

"天!"她喊,"我们不上班了吗?而且……而且……"她张皇失措,"这么晚不起床,要给干妈和姐姐她们笑死!"她慌忙下床穿衣。

一句话提醒了皓天,真的,依云会怎么想?即使事情是她安排的,难道在她内心深处,不会有丝毫的嫉妒之情?他赶快也跳下床来穿衣服。

梳洗过后,他们走出了房间,碧菡是一脸的羞涩,皓天却是既尴尬,又不安。他们在客厅里看到了依云和满面春风的高太太。依云似乎起床已经很久了,坐在沙发中,她正在呆呆地啃着手指甲,一份没有翻阅过的报纸,兀自放在咖啡桌上。看到了他们,她跳起来,轮流望着皓天和碧菡的脸色,然后,她扬了扬眉毛,微笑地说:"恭喜你们啦!"

碧菡满脸红霞,羞涩得几乎无地自容。皓天也红了脸,紧捏了依云的手一下,他说:"你们定的好计!"

"不管计策多好,"依云似笑非笑地瞅着皓天。"也要人肯中计呀!"

"咳!"皓天干咳了一声,望望四周,"有可吃的东西没有?我们还要赶去上班呢!"

"有，有，有，"高太太一迭连声地说，"早给你们准备好牛奶面包了，还有一锅红枣莲子汤。"她走过去，亲热地牵着碧菡的手，低问了一句什么，碧菡的脸更红了，红得像个熟透了的美国苹果。皓天悄悄地看了她一眼，正好她也斜睨过来，两人的目光一接触，就又慌忙地各自闪开。高太太看在眼里，乐在心里，她挽着碧菡，说："今天请一天假，不要去上班了吧！"

"不，不，"碧菡立即说，"一定要去的，好多工作没做完呢！"

阿莲端了牛奶面包进来，又捧来一锅红枣莲子汤，她只是笑吟吟地望着高皓天和碧菡，看得两人都浑身不自在。高太太亲自给碧菡盛了一碗红枣莲子汤，笑嘻嘻地说："碧菡，先把这碗汤喝了吧！取个好兆头！"

好兆头？碧菡一愣，不知高太太指的是什么，但是，当她顺从地喝那碗汤时，她才明白过来，原来那里面是红枣、花生、桂圆、莲子四样东西，合起来竟成为"早生贵子"四个字！中国老古董的迷信都出来了。她一面喝汤，一面脸就红到脖子上。

匆匆地吃完早餐，高皓天走到依云身边，闪电般地在她面颊上吻了一下，他低声凑着她耳朵说："今晚要找你算账！"

依云怔了怔，会过意来，脸就也红了，瞅着他，她低语了一句："别找我，找那个需要喝莲子汤的人吧！"

"我找定了你！"高皓天悄悄说，"别以为你从此就可以摆脱我了!"说完,他掉转头,大声喊:"碧菡!快一点,要去上班了!"

碧菡冲进屋里,穿上大衣,她走了出来。望着依云,碧菡腼腼腆腆地一笑,羞羞涩涩地说了一声:"再见!姐姐!"又回头对高太太说:"再见,干妈!"

高太太一直追到门口去,嚷着说:"中午早点回来吃饭哦,我已经叫阿莲给你炖了一只当归鸡了。"

碧菡和皓天冲进了电梯,碧菡才如释重负地吐出一口气来,高皓天也像卸下了一个无形的重担一般,他们彼此对视着,都不由自主地微微一笑。碧菡垂下了眼睑,用手拨弄大衣上的扣子,皓天伸出手去,抓住了她的手。

"不后悔吗?碧菡?"他深沉地问。

她抬眼注视他,眼里一片深情。

"永不!"她说。

他抓紧了她的手,握得好紧好紧。电梯门开了,他挽着她走出电梯,走出公寓,走上汽车。那种崭新的、温柔的情绪,一直深深地包围着他们。

第八章

这儿,依云目送他们两个双双走出大门,她就又坐回沙发里,深思地啃着手指甲。高太太笑嘻嘻地关好了门,回过头来,她用手揉着眼睛,又是笑,又是哭地说:"他们不是很好的一对吗?依云?"

"哦!"依云怔着,牙齿猛地一咬,手指头被咬得出血了。她赶快把整个手指头伸进嘴里去含着。高太太似乎惊觉到自己说错了什么,她对依云尴尬地笑了笑,说:"依云,你真是天下最贤惠的儿媳妇。"

不知百年以后,有没有人来给她立贤惠牌坊?她心里懵懵懂懂地想着,牙齿仍然拼命啃着手指甲。高太太踌躇满志地四面望望,又说:"真难为了碧菡那孩子,我们也不能亏待了人家,过两天要叫人来把房子改装一下,也布置一个套房给碧菡和皓天,像你们那间一样的。在没布置好以前,只好先委屈你一下,依云,你就先住碧菡的房间吧,待会儿,让阿莲把你们的东西换一换……"她歉然地望着依云,有点不好意思地说,"依云,你不会介意吧!你看……我们是从大局着想,等碧菡有了孩子,当然……就随皓天,爱去哪个房间,就去哪个房间了。依云,"她注视着儿媳妇,"你真的不介意吗?"

"哦,哦,当然,当然。"依云下意识地回答着,手指被啃掉了一层皮,好痛好痛。她把手指从嘴里拿出来,望着那破皮的地方,指甲被啃得发白了,破口之处,正微微地沁出血来。她用另一只手握住这受伤的手指,嘴里自言自语地说:"从小就是这毛病,总是自己弄伤了自己。"

高太太诧异地回过头来。

"你在说什么?"她温和地问。

"哦,没有什么,没有什么。"她睁大了眼睛说,站起身来,"我去叫阿莲帮忙换房间!"她很快地冲进了卧房,一眼看到那张已被收拾干净,换了床单的双人床,她就呆呆地愣住了。不知不觉地,又把那只受伤的手指,送进嘴里去啃了起来。

这天在公司中,高皓天是无心于设计图了,他总是要悄悄地抬起头来,悄悄地窥探着碧菡。他奇怪,在昨天以前,这个女孩只是他的一个小妹妹,两年以前,她只是给依云惹麻烦的一个女学生,但是,现在呢?她却成了他生命里的一部分。她那一颦眉,一微笑,一举手,一投足……都带给他那样深切的温柔和说不出的亲切。他不能不常常走近她身边,对着她莫名其妙地微笑。

碧菡呢？这个上午的工作也是天知道，她一直像驾在云里，像行在雾里，对所有的事物都是迷迷糊糊的。一个女孩，怎能在一夜间，从一个少女变成一个妇人？她常痴痴地出起神来，动不动就觉得面红心跳。每当皓天从她身边掠过，每当他对她投来那深情款款的微笑时，她就感到自己根本不存在了，天地也不存在了，世界也不存在了，办公厅也不存在了……她眼里只有他的眼睛，他的微笑。

一个上午就在这种缥缥缈缈、迷迷蒙蒙中度过了。终于，他们下了班，坐进汽车，他立刻伸过手来，紧紧地握住了她的，两人相对凝视，千言万语，尽在不言中。他发动了车子，一路上，他们除了交换眼神和微笑以外，几乎什么话都没有谈。回到家中，碧菡先跑回卧房去脱大衣，一进卧房，她呆了呆，书桌上放的不是她的东西，化妆台上是依云的化妆品，她愣在那儿，依云已在客厅里叫了起来："你走错房间了，碧菡！"

碧菡退回客厅里，她诧异地问："我的房间呢？"

高太太笑嘻嘻地迎了过来。

"碧菡，"她温柔地说，"你先和依云换换房间住，等你的房间装修好了，你再搬回来。"

碧菡瞪大了眼睛，她愕然地说："什么？我和姐姐换房间？"她的脸涨红了，却不仅仅由于羞涩，而有更多的激动。"干妈，"她猛烈地摇头，"这样不行，这样绝对行不通！"她冲进卧房里去，一面急急地叫着："我要马上换回来！"说着，她立即动手去抱化妆台上那些瓶瓶罐罐。

"碧菡！"高太太追过去，叫着，"你何必这样呢？先和依云换换房间有什么关系！"

碧菡站住了，她直视着高太太。

"有关系的，干妈，"她诚恳、真挚而激动地说，"我之所以愿意做这件事，是希望能解决高家的问题，带给高家欢乐。是因为姐姐待我太好，除此以外，我不知怎么做才能报答姐姐。可是，如果换了房间，就等于是鸠占鹊巢！我再不懂事，我再糊涂，我再忘恩负义，也做不出这种事情来！干妈，您如果疼我，不要陷我于不义！姐姐！"她扬着头叫依云，"你怎么能这样做？如果你一定要我换房间，我还是回我松山区的老家去，你另外给姐夫找一个女人吧！"她急得眼睛里充满了泪水，"姐姐，你把我想成怎样的女人了？"

依云呆站在客厅中，一时间，她不知道该说什么才好，在内心深处，却有一股温柔的、酸楚的情绪，迅速地升了起来，把她给密密地包围住了。她正迟疑间，高皓天已冲到她的面前来，他一把抓住了她的手腕，脸色苍白，眼睛黝黑地盯着她。"依云！"他说，"你是什么意思？你是在惩罚我？还是在责备我？还是安心咒我不得好死？事情是你们安排的，计策是你们定下的，假如我得到碧菡而失去你，那么，我还是剃了头当和尚去！我谁也不要了！"

"哎哟！"高太太看出事态严重，有点手忙脚乱了。她开始一迭连声叫阿莲："阿莲！阿莲！把她们的东西再换回来，赶快赶快！"她看着碧菡，小心翼翼地说："给你换一张双人床，总可以吧！"

碧菡垂下了眼睫毛，半晌不语。然后，她抬起头来，注视着高太太，她像是在一瞬间长大了，成熟了。她压抑了自己的羞涩，轻声地，却坚决地说："干妈，请你原谅我，我必须要表明自己的立场。今天我们所做的一切事情，都不合乎常理，尤其不合乎这个时代。可是，我们做了，像一百年前的中国人一样的做了。那么，我们就维持一百年前的礼数吧。尊卑长幼不可乱，大小嫡庶必须分！否则，我会无地自容！"

"碧菡！"依云忍不住赶了过来，迅速地，她把碧菡拥进了怀里，憋了一个上午的眼泪，忽然像决了堤一般泛滥起来。她哭泣着抱紧了碧菡，喃喃地、含糊地嚷："你是我的小妹妹！我们说好了的，没有什么尊卑长幼，没有什么大小嫡庶！你只是我的小妹妹！"

碧菡也哭了，她拥着依云说："姐姐，你是那么好的姐姐，你还不了解我？如果我早知道你这样不了解我，我就不会答应你做这件事了！"

听到碧菡这样说，依云感到连心都碎了，她忽然觉得那样惭愧，那样抱歉，只因为自己早上的态度并不很好。她感激，她心酸，她紧拥住碧菡，恨不得将自己所有的感情，都借这一个拥抱而传达给她。

于是，房间又换了回来，在碧菡的坚决反对之下，高太太连装修的念头都打消了，只给碧菡屋里换了张床而已。但是，对高皓天来说，现实的问题却是相当难堪的。晚上，依云把他推出房门，在他耳边说："去碧菡那儿吧，并不是我不要你，只是妈会不高兴，而且，你也该待碧菡好些，她……

她还是新娘子呢!"

"依云!"他想留下来,"你不能……"

"嘘!"依云把手指头按在他唇上,"快去!你听话,才是我的好丈夫!"

他无可奈何地去敲碧菡的房门,碧菡一打开就呆了,拦在门口,她一脸的紧张和抗议:"姐夫,你来干什么?"她正色凛然地说,"赶快回姐姐那儿去!否则,我就再也不理你了!"说完,她不由分说地就关上了房门,随他怎么敲门,怎么低唤,怎么哀求,她就是相应不理。高皓天迫不得已,又折回依云那儿,依云却对着他一个劲儿地摇头:"不行!不行!你还是到碧菡那儿去,要不然,妈一定以为我是醋坛子!"

说完,她也要关门,皓天慌忙把脚一伸,顶住了门,瞪视着她说:"喂喂,你们是不是预备要我睡在走廊上?无论如何,总该给我一个地方睡呀!整天,你们又是换房间,又是买床,怎么我反而连可待的房间也没有了?可睡的床也没有了?何况,天气很冷呢!别太没良心,把我冻死了,你们两个都当寡妇!"

依云"扑哧"一声笑了,这才放他进房间。

可是,这样的节目,是经常演出了,高皓天这才知道,齐人之福实在是齐人非福。他常终夜奔走于两个房门口之间,哀求这个开门或哀求那个开门。碰到两个都不肯开门的时候,他就是"为谁风露立中宵",把自己冻得浑身冰冰冷。这样闹了两个月,他夜里睡眠不足,白天脸色发青。高太太又错会了意,赶快炖鸡汤给他补身体,一面暗示两个儿媳妇要"适可而止",弄得依云和碧菡都绯红了脸,而皓天却一肚子的"有苦说不出"。

二月,张小琪生了一个八磅重的胖儿子。碧菡那儿仍然没有消息。三月,张小琪的儿子满了月,碧菡仍然毫无动静。

高太太心里纳闷,嘴里也不好说什么。可是,这天清晨,高太太起了一个早,却发现皓天裹了一床毛毡,睡在沙发上。高太太这一惊非同小可,慌忙推醒了皓天,急急地问:"怎么了?两张床不去睡,怎么睡在沙发上呢?"

"妈呀!"皓天这才苦笑着说,"你不知道,这几个月以来,我是经常睡沙发的!"

"怎么回事?"高太太蹙着眉,大惑不解地问。

"这边把我往那边推,那边把我往这边推,两边都不开门,你叫我睡到哪里去?"

还有这种事?高太太又好气又好笑,怪不得碧菡不怀孩子,睡沙发怎么睡得出孩子来?于是,这天午后,高太太把两个儿媳妇都叫到屋里来,私下里,谈了一大篇话。然后,依云又把碧菡拉到房里,恳切地说:"碧菡,我们这样确实不是办法。弄得皓天连个睡觉的地方都没有,也太过分了。"

"还不是怪你!"碧菡脸红红地说,"你为什么不开门嘛?"

"你又为什么不开门呢?"依云问。

姐妹两个相对瞪眼睛,然后都忍不住地笑了起来。

依云拉住了碧菡的手,她亲热地说:"碧菡,我们不要幼稚了吧,这样做,实在太傻气!你心平气和想一想,最重要的问题,你是不是该有个孩子呢?假若你一直把他关在门外,怎么怀孩子?我想,从今天起,你不许关门,他以你那儿为主,以我这儿为副。等你怀了孩子,我们再定出个办法来。这样,好不好呢?"

碧菡俯首不语。

于是,从这天起,皓天才算不吃闭门羹了。他经常睡在碧菡那儿,偶然睡在依云那儿。日子平静地滑过去,依云和碧菡,始终维持着姐妹般的亲情。皓天这才享受到一段真正温馨而甜蜜的生活。

天气渐渐热了。依云、碧菡和皓天喜欢结伴郊游,他们三个那样亲切,那样融洽,常常使旁观的人都闹糊涂了,实在看不出他们三个人的关系。可是,好景不长,这种亲密的三人关系,很快就成了过去。随着天气的燥热,高家的气氛像是周期性地又陷入了低潮,这一次,连碧菡都有些不安了。

私下里,碧菡悄悄地问高皓天:"会不会我也和姐姐一样,有了毛病!"

"别胡说!"皓天不安地望着她,"怎么会这么巧,你们都有了毛病?"侧着头,他想了想,然后,他把碧菡拉进怀里,警告地说:"不过,有件事,我还是先讲明白的好,万一你真有了什么毛病,你可不许和依云联合起来,再给我弄第三个女人!"

"那可说不定!"碧菡笑吟吟地说,"可能你命中注定,是该有七十二个老婆的,那么,你只好一个一个地弄来了!"

皓天望着碧菡,这半年多以来,她更加丰润、更加明媚了，举手投足间，她天生就有一种动人的韵致。她细腻，她温柔，她是女人中的女人。以前，他总觉得她过分地飘逸，常给人一种如梦如幻的不真实感。现在呢？她却是实在的。总之，当她依偎在他怀中时，她是那样一个真实的、完整的女人。

"碧菡，"他常叹息着说，"我还记得第一次到你家去，你奄奄一息地躺在病榻上，我把你抱进车里，你躺在我怀中，轻得像一片羽毛。我怎会料到，这一抱，我就抱定了你！"

她凝视他，眼里闪着光，那脸上的表情是动人的，柔情如水，温馨如梦。

"我却已经料到了。"她低语，"在我昏迷中，我脑子里一直浮动着一张面孔，我醒来，看到你以后，我就对自己说，这是你的姐夫，可是，他却可能会主宰了你的一生！"

"为什么？"

她坦白地看着他。

"我爱你，皓天！"她说，"我一直爱你！你是属于姐姐的，不属于我。因此，我常想，我可以一辈子不结婚，跟随着你们，做你们的奴隶。谁知，命运待我却如此优厚，我竟能有幸侍奉你！皓天，我真感激，感激这世上所有的一切！感激我活着！"

听她这样说，皓天忍不住心灵的悸动。

"哦，碧菡！"他喊，"别感激，命运对你并不公平！像你这样的女孩，应该有一个完整的婚姻！"

她长长久久地瞅着他。

"可是，这世界上只有一个高皓天！不是吗？"

他抱住了她，深深地吻她。

"这个高皓天有什么好？值得你倾心相许？"

"这个高皓天或许没有什么好，"她轻轻地，柔柔地说，"只是，这世界上有一个痴痴傻傻的小女孩，名字叫俞碧菡，她就是谁也不爱，只爱这个高皓天！"

他凝视她的眼睛，轻轻叹息。

"是的，你是个痴痴傻傻的小女孩！你痴得天真，你傻得可爱！"把她紧拥在怀里，他在心里无声地叫着："天哪，我已经太喜欢太喜欢她了！天哪！那爱的天平如何才能维持平衡呢！天哪！别让我进入地狱吧！"

是的，皓天和碧菡是越来越接近了，白天一起上班，晚上相偕入房，他们的笑声，常常洋溢于室外，他们的眼波眉语，经常流露于人前。依云冷眼旁观，心中常像突然被猛捶了一拳，说不出的疼痛，说不出的酸楚。夜里，她孤独地躺在床上，听尽风声，数尽更筹，往往，她会忽然从床上坐起来，用双手紧抱住头，无声地啜泣到天亮。

八月，碧菡仍然没有怀孕。高太太又紧张了，这天，她悄悄地带碧菡去医院检查，那为碧菡诊断的，依旧是当初给依云看病的林医生。检查完毕，他笑吟吟地对高太太说："你儿媳妇完全正常，如果你儿子没毛病的话，她是随时可能怀孕的。"

高太太乐得合不拢嘴。

"我儿子检查过了，没病！"她笑嘻嘻地说，不敢说明她的儿子就是来检查过的高皓天，"可是，为什么结婚九个月了，还没怀孕呢！"

"这是很平常的呀，"林医生说，"不要紧张，把情绪放松一点，算算日子，在受孕期内，让她多和丈夫接近几次，准会怀孕的！只是你儿媳妇有点轻微贫血，要补一补。"

回到家来，高太太兴致勃勃的，又是人参，又是当归，一天二十四小时，忙不完的汤汤水水，直往碧菡面前送。又生怕她吃腻了同样的东西，每天和阿莲两个，挖空心思想菜单。

依云看着这一切，暗想：这是碧菡没有怀孕，已经如此，等到怀了孕，不知又该怎样了。高太太又生怕儿子错过什么"受孕期"，因此，只要皓天晚上进了依云的房间，第二天她就把脸垮下来，对依云说："医生说碧菡随时可能怀孕，你还是多给他们一点机会吧！"

依云为之气结，冲进卧房里，她的眼泪像雨一般从面颊上滚下来，她会用手捂住脸，浑身抽搐着滚倒在床上，心里反复地狂喊着："我该怎么办？我该怎么办？我该怎么办？"

高皓天沉浸在与碧菡之间那份崭新的柔情里，对周遭的事都有些茫然不觉。再加上碧菡在公司里仍然是小姐的身份，那些光杆同事并不知道碧菡和皓天的事情，所以，大家对碧菡的追求非但没有放松，反而越来越热烈起来，因为碧菡确实一天比一天美丽，一天比一天动人，像一朵含苞的花，她正在逐渐绽放中。这刺激了高皓天的嫉妒心和占有欲，他像保护一个易碎的玻璃品般保护着碧菡，既怕她碎了，又怕她给别人抢去。每次下班回家,他不是骂方正德不男不女,就是骂袁志强鬼头鬼脑,然后,一塌刮子得给他们一句评语:"癞蛤蟆想吃天鹅肉!"

"哦,"碧菡笑吟吟地说,"他们都是癞蛤蟆,你是什么呢?"

他瞪大眼睛,趾高气扬地说:"你是天鹅,我当然也是天鹅了!你是母天鹅,我就是公天鹅!"他的老毛病又发作了,侧着头,他说,"让我想想,天鹅是怎么样求爱的,天鹅叫大概和水鸭子差不多!"于是,这天晚上,碧菡和高皓天的屋里,传出了一片笑声,和皓天那不停口的"呱呱呱"的声音。

依云听着那声音,她冲进卧房,用手紧紧地捂住了耳朵。

坐在床上,她浑身痉挛而颤抖,她想着那"吱吱吱""吼吼吼"的时代,似乎已经是几千几百万年以前的事了。现在的时代,是属于"呱呱呱"的了。

这种压力,对依云是沉重而痛楚的,依云咬牙承担着,不敢做任何表示。因为皓天大而化之,总是称赞依云大方善良,碧菡又小鸟依人般,一天到晚缠着她叫姐姐。风度,风度,人类必须维持风度!稍有不慎,丈夫会说你小气,妹妹会说你吃醋,婆婆一定会骂你不识大体!风度!风度!人类必须维持风度!可是,表面的风度总有维持不住的一天!压力太重总有爆发的一天!

这天中午,碧菡和高皓天冲进家门,他们不知道谈什么谈得那么高兴,碧菡笑得前俯后仰,一进门就嚷着口渴。皓天冲到冰箱边,从里面取出了一串葡萄,他仰头衔了一粒,就把整串拎到碧菡面前，让她仰着头吃。碧菡吃了一粒，他又自己吃了一粒，那串葡萄，在他们两个人的鼻子前面传来传去，依云在一边看着，只觉得那串葡萄越变越大，越变越大，好像满屋子都是葡萄的影子。就在这时，皓天一回头看到了依云，他心无城府地把葡萄拎到依云面前来，笑嘻嘻地说："你也吃一粒！"

依云觉得脑子里像要爆裂一般，她一扬手，迅速地把那串葡萄打到地下，她大叫了一声："去你的葡萄！谁要你来献假殷勤！"说完，她转头就奔进了卧房，倒在床上，她崩溃地放声痛哭。

高皓天愣住了，望着那一地的葡萄，他怔了几秒钟，然后，他转身追进了依云的房间，把依云一把抱进了怀里，他苍白着脸，焦灼地喊："依云！依云！你怎么了？你怎么了？"

依云哭泣着抬起头来，她语不成声地说："你已经不再爱我了，不再爱我了！"

"依云！"皓天哑着喉咙喊，"如果我不爱你，让我死无葬身之地！让我今天出了门就被车撞死！"

依云睁大了眼睛，立即用手捂住了皓天的嘴。

"谁让你发毒誓？你怎么可以发这种誓？"

皓天含泪望着她。

"那么，你信任我吗？"

她哭倒在他怀里。

"皓天！皓天！"她喊着，"不要离弃我！不要离弃我！因为，我是那么那么爱你呀！"

高皓天满眼的泪。

"依云,"他战栗着说,"如果我曾经疏忽了你,请你原谅我,但是,我从没有停止过爱你!"

"可是,"她用那满是泪痕的眼睛盯着他,"你也爱碧菡!是吗?"

他不语。他们默默相视,然后,依云平静了下来,她低下头,轻声说:"以前看电影《深宫怨》,里面就说过一句话:你并不是世界上第一个同时爱上两个女人的男人!"

一声门响,碧菡闪身而进,关上房门,她怯怯地移步到他们面前,站在床前面,她的脸色苍白如纸,两行泪水正沿颊滚落,她一句话也没有说,就在依云面前跪了下去。

"碧菡!"依云惊喊,溜下床去,她抱住了碧菡,顿时,两个人紧紧拥抱着,都不由自主地泣不成声。

高皓天的手圈了过来,把她们两个都圈进了他的臂弯里。

不知不觉地,冬天又来了。

由夏天到冬天,这短短的几个月,对高家每个人来说,似乎都是漫长而难耐的。碧菡天天在期待身体上的变化,却每个月都落了空,她始终没有怀孕。高太太失去了弄汤弄水的兴致,整天只是长吁短叹。高继善埋怨自己三代单传,竟连个兄弟都没有,否则也可从别的房过继一个孩子来。高皓天自从依云发过脾气以后,就变得非常小心,他周旋于碧菡和依云之间,处处要提醒自己不能厚此薄彼,他比"孝子"还要难当,活了三十四岁,才了解了什么叫"察言观色"。依云很消沉,很落寞,常常回娘家,一住三四天,除非皓天接上好几次,否则就不肯回来。

这样的日子是难过的,是低沉的。尽管高皓天生来就是个乐天派,在这种气氛中也乐不起来了。这年十二月,张小琪居然又怀了孕,高太太知道之后,叹气的声音就简直没有间断了。

"唉!人家是一个媳妇,怀第二个孩子了,我家两个媳妇,却连个孩子影儿都没有。唉!我真命苦!唉!"

听到这样的话,高皓天就有点儿心惊肉跳,依云已经因为没生孩子变得罪孽深重,难道还要弄得碧菡也担上罪名?于是,他对母亲正色说:"妈,我看不孕的毛病,根本就在我们高家!"

"什么话?"高太太生气地嚷,"你又不是没有检查过,身体好好的,怎么问题会出在高家!"

"说不定祖上没积德!"皓天脱口而出。

"你——你——"高太太气得发抖,"你再说这种莫名其妙的话,我让你爹给你两耳光!"

"好了,妈,算我不该说。"皓天慌忙转圜,"我的意思是说,有些人生孩子很容易,有些人生孩子很难,我没孩子,很可能是我这方面的问题。你看,你生孩子也很难,和爸爸结婚快四十年,你不是也只生了我一个吗?讲遗传律的话,我就也不容易有孩子!"

他这套似是而非的道理,倒把高太太讲得哑口无言。可是,思索片刻之后,她却又有了新花样:"我看,越是乡下女人,没受过什么教育的,越容易生孩子,说来说去,还是应该弄个乡下女人来。"

"啊啊,妈呀!"皓天大喊着,"你如果再弄个乡下女人来,我立刻离家出走,永远不回来!我说到做到,你去弄吧!"

看儿子说得那样严重,高太太吓住了,她嗫嗫嚅嚅地说:"不过说说而已,紧张些什么?"

"妈,"皓天一本正经地说,"以后,希望连这种'说说而已'都不要有!我现在已经很难做人了。碧菡是个纯洁无辜的小女孩,糊里糊涂就跟了我,名不正,言不顺。依云是个善良多情的好妻子,却必须眼睁睁看着丈夫和别的女人亲近,你叫她情何以堪?我是既对不起依云,也对不起碧菡!你如果爱儿子,就不要再加深我的罪过!"

"好吧,好吧!"高太太无奈地叹着气,"我以后再也不说了,好吧!"

再也不说了!可是,这种心病,是嘴里不说,也会流露于眼底眉尖的。碧菡取代了一年前依云的地位,越来越感到心情沉重。再加上,在公司中,人类的事情,是纸包不住火的。若要人不知,除非己莫为!何况,碧菡和皓天成对成双地出入,又从不知避人耳目。于是,公司里蜚短流长,开始传不完的闲话,说不完的冷言冷语。那些追求碧菡失败了的人,更是口不择言,污声秽语起来。

"以为她是圣女呢!原来早就和人暗度陈仓了。"

"本来嘛,越是外表文秀的女孩子,骨子里就越淫荡!"

"听说她出身是很低贱的,高皓天有钱,这种出身贫贱的女孩子,眼睛里就只认得钱!"

"她在高家住了两三年了,怎么干净得了呢?"

"瞧她那风流样子,天生就是副小老婆的典型!"

"算了吧,什么小老婆?别说得那么好听,正经点儿,就是姘头!"

这种难听的话,传到高皓天耳朵里的还少,因为高皓天地位高,在公司里吃得开,大家不敢得罪他。传到碧菡耳朵里的就多了,有的是故意提高声音讲给她听,有的是经过那些多嘴多舌的女职员,添油加醋后转告的。碧菡不敢把这些话告诉皓天,可是,她的脸色变得苍白了,她的笑容消失了,她的大眼睛里,经常泪汪汪了。皓天常抓住她的手臂,关怀地问:"你怎么了?碧菡?你不开心,是吗?你心里不舒服,是吗?为什么?是我待你不够好吗?是我做错了什么吗?是你姐姐说了什么吗?是我妈讲你了吗?告诉我!碧菡,如果你心里有什么不痛快,都告诉我,碧菡,让我帮你解决,因为我是你的丈夫呀!"

碧菡只是大睁着那对泪蒙蒙的眼睛,一语不发地望着他。

被问急了,她会投身在他怀中,一迭连声地说:"没有什么,没有什么,我很快乐,真的很快乐!"

真的很快乐吗?她却憔悴了。终于,有一天,她怯怯地对高皓天说:"皓天,你帮我另外介绍一个工作好吗?"

高皓天睁大了眼睛,忽然脑中像闪电一般闪亮了,他心里有了数,抓着碧菡,他大声问:"谁给你气受了?你告诉我!是方正德还是袁志强?你告诉我!"

"没有!没有!没有!"碧菡拼命摇头,"你不要乱猜,真的没有！只是，我做这工作，做得厌倦了。"

"你明天就辞职！"高皓天说，"你根本没有必要工作！你现在是我的妻子，我有养活你的义务！我们家又不穷，你工作就是多余！"

"不！"碧菡怯生生地垂下睫毛，轻声说，"我要工作，我需要一个工作。"

"为什么？"

她的眼睛垂得更低了。

"第一，"她低低地说，"我并不是你的妻子。第二，你明知道我每个月都要拿钱给碧荷他们。"

高皓天正视着碧菡，他有些被激怒了，重重地呼吸着，他压低嗓子，低沉地说："你解释解释看，为什么你不是我的妻子？为什么碧荷他们的钱不能由我来负担？"

她抬眼很快地看看他，她眼里有眼泪，有祈求，有说不出的一股哀怨。

"因为事实上我不是你的妻子……"

"好了！"他恼怒地跳起来，"你的意思是，我没有给你一个妻子的名分？你责怪我把你变成一个情妇？你认为我应该和依云离婚来娶你……"

"皓天！"她惊喊，眼睛睁得好大好大，泪珠在眼眶里滚动，"你明知道我不是这意思！你明知道！你这样说，我……我……"她哭了起来，嘴唇不住抖动着，"我无以自明，你这样冤枉我，我……还不如……还不如一死以明志！"

"碧菡！"他慌忙拥住她，用嘴唇堵住了她的唇，他辗转

207

低呼:"是我不好!是我不好!碧菡,我心情坏,乱发脾气,你不要和我认真,再也不要说死的话!"他手心冰冷,额汗涔涔,"碧菡,你受了多少委屈,我都知道,我并不是麻木不仁的呆瓜!我都知道。碧菡,如果我再不能体会你,谁还能体会你?你原谅我!别哭吧,碧菡!"

碧菡坐在床沿上,肩膀耸动着,她只是无声地啜泣。皓天紧抱住她,觉得她那小小的身子,在他怀中不断地震颤,不断地抽搐,他长叹了一声:"我实在是罪孽深重!"

第二天,碧菡照样去上了班。这天,高皓天已特别留心,时时刻刻都在注意碧菡的一切。果然,十点多钟的时候,方正德拿了一个图样到碧菡面前去,他不知道对碧菡说了一句什么,脸上的表情是相当轻浮和暧昧的。碧菡只是低俯着头,一句话也不说。皓天悄悄地走了过去,正好听到方正德在说:"神气什么嘛?我虽然不如高皓天有钱,可是,我也不会白占你的便宜,你答应了我,我一定……"

他的话没有说完,因为,皓天已经把手搭在他的肩上了。

他回过头来,一眼看到高皓天那铁青的脸,就吓得直打哆嗦,他慌忙一个劲儿地赔笑,说:"啊啊,我开玩笑,开玩笑,开玩笑……"

高皓天举起手来,不由分说地,对着他的下巴,就是重重的一拳。皓天从小和萧振风他们,都是打架打惯了的。这一拳又重又狠,方正德的身子直飞了出去,一连撞倒了好几张办公桌。整个办公厅都哗然了起来,尖叫声,桌子倒塌声,东西碎裂声响成了一片。碧菡吓得脸色发白,她惊恐地叫着:

"皓天！不要！"

高皓天早已气得眉眼都直了，他扑过去，一把抓住了方正德胸前的衣服，挥着拳头还要打。方正德用手臂护着脸，不住口地叫："别打！别打！别打！我知道她是你的人，以后我不惹她就是了！"

同事们都围了过来，拉高皓天的拉高皓天，劝架的劝架，扶桌子的扶桌子，收拾东西的收拾东西。皓天瞪视着方正德，半晌，才把他用力地一推，推倒在地上，他站直身子，愤愤地说："我如果不是看你浑身一点男人气都没有，我一定把你打得扁扁的！你这股窝囊相，我打了你还弄脏了手！"说完，他回过身子，一把抓住碧菡说："我们走！"

碧菡一句话也不敢说，跟着他冲出了办公厅，冲下了楼，一直冲进汽车里。皓天发动了车子，疾驰在街道上。碧菡怯怯地偷偷看他，他的脸色仍然青得怕人，眼睛里布满了红血丝。她不敢说话，垂下头，她死命地、无意识地绞扭着一条小手帕。

时间不知过去了多久，车子停住了。她抬起头来，发现车子正停在圆山忠烈祠旁的路边上。皓天刹好了车，他的双手依旧扶着方向盘，眼睛依旧瞪着前面的公路。好一会儿，他一动也不动，然后，他的头扑在方向盘上面，用手指顶着额，他痛苦地、辗转摇头。

"有多久了？"他哑声问，"他们这样欺侮你有多久了？"

碧菡把手温柔地放在他的后脑上。

"不要提了，好不好？"她轻声地说，"我并不介意。真的，我不介意。"

他很快地抬起头来，紧盯着她。

"你撒谎！碧菡，你介意的，你一直介意的。"

她无力地垂下头去，两滴泪珠滴落在大衣上。

"皓天，"她低声地，幽幽地说，"我介意过，现在想来，我介意只因为我幼稚，我想维持我自己的自尊。事实上，在爱情的国度里，只有彼此，我又何必在乎别人对我的看法！皓天，请答应我一件事，你永不会轻视我。只要我在你心目里有固定的价值，我将永不在乎别人的批评和讥笑了。皓天，请答应我！"

他注视着她，她那对眸子那样雾蒙蒙地、委委屈屈地看着他，他心碎了。长叹一声，他握紧了她的手，低低地、发誓地说："我永不负你！碧菡。"

从这一天开始，碧菡不再去公司上班了。可是，皓天为了碧菡在公司里打架的事，却传得尽人皆知。依云瞅着皓天，似笑非笑地说："动拳头还没关系，将来别为了她动刀子啊！"

听出依云话里有调侃的意味，皓天瞪着她问："难道你忍心让你妹妹被人欺侮？"

"我妹妹？"依云轻哼了一声，"我没有那么好的命，她姓她的俞，我姓我的萧，什么妹妹？"

皓天瞠目结舌。天哪，你无法了解女人，你永远无法了解女人！她们是只有下意识的动物！

碧菡不再去上班，当然也没有薪水，皓天很细心，他每月都拿一笔钱给她,他知道她是常常回娘家去看碧荷的。碧菡认了命,抛开所有的自尊,放弃了工作,她吃的是高家的饭,用的是高家的钱,她安心地做高皓天的"小妻"。

这天晚上,她又去看碧荷,碧荷已经十五岁了,长得亭亭玉立,已俨然是个少女。她懂事、聪明、伶俐而能干。

碧菡看到她就很高兴,她喜欢上上下下地打量这个妹妹,考问她的学业成绩,然后点着头说:"碧荷,你比姐姐强!"

碧荷用惯了姐姐的钱,她发奋用功,埋头努力,每个月,她都拿出最好的成绩来给姐姐看。碧菡的母亲呢?自从碧菡去了高家以后,因为常拿钱回家,她又打不着她,骂不着她了,当然无法再像以前那样撒泼。碧菡难得回家一次,她对她的脸色也好多了。可是,今晚,她却迎了过来,怀里抱着最小的一个孩子,她坐在椅子中,斜睨着碧菡,她细声细气地说:"碧菡,有件事,我可要问一问你。"

"哦?"碧菡望着她。

"按理呢,我也管不着你的事,"那母亲慢条斯理地说,"可是哦,你不是一向说嘴要强的吗?你那个萧老师不是要教你的吗?怎么听说你到他们家去当起小老婆来了?是真的呢?还是假的呢?"

碧菡的脸色青一阵,红一阵。

"是真的。"她终于说。

"哎哟!"那母亲尖叫了起来,"我的大小姐,你做些什么糊涂事呀?咱们家虽然穷,也是好人家呀!你怎么这样没出息,去当他的小老婆呢?你平日也念了不少书,从小就拼命要什么什么——出人头地,你现在可真是出人头地呀!他们高家算什么呢?有钱有势的阔少爷,就可以占我们穷人家的便宜吗?这事情,我可要和你爹商量商量不可,你给人欺侮了,我们俞家也不能不管!"

听这口气,她根本是想敲诈!碧菡急了,她很快地说:"妈,这事是我自愿的!既没有人欺侮我,也没人占我便宜。"

"哎哟!大小姐!"那母亲尖叫得更响了,"你自愿的?你发疯了吗?我们把你养得这么大,是让你去当人家的小老婆的吗?以前要你像阿兰一样找个事做,你还嫌那工作侮辱了你,结果,你真好意思,居然去做人家的小老婆!"

碧菡睁大了眼睛,涨红了脸,她想说话,却觉得无言可答。母亲那左一个"小老婆",右一个"小老婆"已叫得她头发昏,她根本就无招架之力。她只觉得屈辱,屈辱得想找个地洞钻下去。

"妈!"忽然间,一个清脆的声音喊,碧荷已挺身而出,她站在那儿,头昂得高高的,很快地说:"你别左一声小老婆右一声小老婆的,姐姐和高大哥情投意合,他们愿意在一起,你也管不着,姐姐早就满了二十岁,别说你不是亲生母亲,你就是亲生的,也管不了!何况,当初姐姐在医院病得快死的时候,爸爸已亲笔写过字据,把姐姐交给人家了。人家没控告你们遗弃未成年儿女,没告到妇女会去,已经是人家的忠厚之处。至于小老婆,姐姐跟了高大哥,即使算是小老婆,也只是一个人的小老婆,如果当了阿兰,就是千千万万人的小老婆了!"

"哎哟!"那母亲尖叫,"你反了!你反了!"她气得发抖,举起手来,想打碧荷,碧荷挺立在那儿,动也不动,那母亲就是不敢打下去。终于,她放下手,忽然大哭起来:"哎哟,我造了什么孽,要来受这种气呀?哎哟,我为什么要当后妈呀?"她一面哭着,一面借此下台阶,跑到屋里去了。

"碧荷!"碧菡惊奇得眼睛都睁大了,她简直不敢相信,这就是当初那个和她同受虐待的小碧荷!她不止身材是个大人,说话也像个大人,而且,她是那么坚强、锐利,充满了锋芒和勇气!是一株在风雨中长成的松树!"碧荷!"她惊喜地喊,"你怎么懂得这么多!"

"姐姐,"碧荷黯然地说,"生活是最好的教育工具,不是吗?我不能再做第二个你!"

碧菡望着她,泪水滑下了面颊,她站起身来,把碧荷紧紧地拥抱了一下,碧荷已长得比她还高了。

"碧荷,"她哑声说,"好好努力,好好读书,我会看着你成功!"穿上大衣,她准备走了。

"姐姐!"碧荷叫了一声。

"嗯?"她回过头来。

"姐姐,"碧荷盯着她,"你爱高哥哥吗?"

碧菡默然片刻。

"是的,我爱。"她坦白地说。

碧荷安慰地笑了。

"姐姐,"她低语,"祝你幸福!"

幸福?她是不是真的有"幸福"呢?夜深时刻,她躺在高皓天的臂弯里,一直默默地出着神。幸福,这两个字到底包括了多少东西?她真有吗?她能有吗?皓天侧过身来,抚摸她的头发。

"碧菡,"他轻声说,"你有心事,你在想什么?"

"我在想,"她慢吞吞地说,"什么叫幸福?"

什么叫幸福?高皓天一怔,情不自禁地,他也陷进深深的沉思里了。

早上,依云起床的时候,碧菡和高皓天的房门仍然紧紧地阖着。她下意识地看了那房门一眼,再望望窗外的阳光。这是春天了,从上星期起,公寓的花园里,就开满了杜鹃花,那姹紫嫣红,粉白翠绿,把花园渲染得好热闹。她走到客厅里,百无聊赖地在窗台上坐下,用手抱着膝,她凝眸注视着阳台上的一排花盆。春天,春天是属于谁的?她不知道。那阳光射在身上,怎么带不来丝毫暖气?她把下巴放在膝上,开始呆呆地沉思。

一对不知名的小鸟飞到阳台上来了,啁啾着,跳跃着,它们忽上忽下、忽左忽右地兜着圈子。套用皓天的话:这是一只公鸟儿和一只母鸟儿。她的背脊上一阵凉,不自禁地打了个寒战。春天,春天怎么这样冷呢?

以后的岁月将会怎样呢?她再也想不透,人生的问题,她已经想得头都痛了。她唯一知道的,是她必须每年迎接春天,因为每年都有春天,而春天,再也不是她的了。

眼眶发热,泪雾迷蒙。从什么时候起,她变得如此软弱?从什么时候起,她变得如此孤独?她有个幸福的家庭,不是吗？她有丈夫，有公婆，还有个亲亲爱爱的小妹妹！那小妹妹自愿分她的忧，帮她的忙，为她做一切的事情——包括接受她的丈夫！不，你无法怨怼，不，你无法责怪，一切都是你自己安排的！谁要你生不出一个孩子？可是，那小妹妹，又何尝生了孩子？

世界是混沌的，冥冥中绝对没有神灵。依云常常在层云深处去找天理，只因为混沌中根本没有天理！她还记得初见碧菡时，她那对怯生生的、惊惶的、可怜兮兮的眸子曾怎样强烈地吸引她，她竟疏忽这样的一对眸子可能更吸引一个男性！她救了碧菡一条命，碧菡是好女孩，她有恩必报，为了报恩，她，抢走了她的丈夫！天哪，无论你是多好的数学家，你也无法算清楚这之中的道理！是的，人类是一笔糊涂账，从开天辟地以来，人类就是一笔糊涂账！谁也算不清的糊涂账！

一声门响，她下意识地抬起头来。皓天正大踏步地走进客厅，他没有发现瑟缩在窗前的依云，扬着声音，他在一迭连声地喊："阿莲！阿莲！快点，快点，给我弄点吃的来！我又要迟到了！"

当然会迟到啦！依云模糊地想，每天早上都是"春眠不觉晓"，还有不迟到之理！

"皓天！"碧菡从屋里追了出来，一件大红色的套头毛衣裹着她那苗条娇小的身子，白色的喇叭裤拖到地，更显出她那种特有的飘逸。她的脸红扑扑的，脸上睡靥犹存。这是张年轻的、姣好的、细嫩的、充满青春气息与女性温柔的脸庞。

她跑到客厅,手里拿着一条羊毛围巾。"围上这个!"她说。走到皓天身边,亲手把围巾绕到他脖子上去。"你别看太阳大,"她软语低声,"外面冷得很呢!来嘛,身子低一点,让我帮你围围好!"

皓天弯下了腰,顺势就在碧菡唇上吻了一下,碧菡扭扭身子,红了脸,微笑着说:"别胡闹!当心给别人看见!"

"看见又怎么样?"皓天理直气壮地说,"难道我不能吻我的太太吗?"

太太!依云把身子更深地缩在窗台上,几乎整个人都隐到窗帘后面去了。是的,太太!在客厅里的,俨然是一对恩爱夫妻,那么,躲在窗帘后的,又是谁呢?

阿莲端了牛奶、面包、果酱、牛油什么的出来了。碧菡慌忙拿起面包来抹牛油。皓天端起一杯牛奶,三口两口地咽了下去,就急着想跑。碧菡一把拉住了他,说:"不行!不行!吃了面包再走!"

"我来不及了,好太太!"皓天说。

"人家已经帮你抹好了牛油了嘛!"碧菡垂着眼睛,噘起嘴,娇嗔满面,"你爱吃不吃!"

"好好好!"皓天慌忙站住,笑着说,"我拿你一点办法都没有!"接过面包,他大口大口地吃着,碧菡又去抹第二片。

"喂喂!"皓天嚷,"别再抹了,我没时间吃了!"

碧菡抬眼瞅着他,把第二片面包放在手心里,一直送到他的面前来,她的眼光是柔情脉脉的,唇边有个楚楚动人的微笑。

皓天瞪视着她的脸,他显然无法抗拒这样的"侍候",他接过了第二片面包,同时,他用另一只手把她的身子一拉,碧菡站立不住,就整个人扑进了皓天的怀里,皓天立即拥住了她,用嘴唇堵住了她的唇,碧菡先还要挣扎,怕人看见。但是,她马上就投降了,她的胳膊软软地围住了皓天的脖子,整个人贴在他的身上。她的眼睛阖着。隔了那么远,依云几乎都可以看到她脸上的表情,和她那睫毛的颤动。一吻之后,他并没有马上放开她。他的头抬了起来,眼睛紧紧地盯着她的脸,他用喑哑的、低沉的嗓音,温柔地说:"碧菡,我真无法衡量出,我到底有多么爱你!"

碧菡深深地回视他,然后,她把面孔贴在他的胸口,低声问:"告诉我,你有多么爱姐姐?"

依云的心一跳,她完全藏到窗帘后面去了。咬紧嘴唇,她等着那句答案,似乎等了一个世纪那么长久,她才听到皓天的声音在说:"依云和你不同,碧菡。依云是个坚强、独立而比较理智的女人。你却纤细、柔弱、细致而温存。我爱依云的善良与倔强,我爱你的纤巧与温柔。我欣赏依云,而我却——更怜惜你。"

碧菡半晌没有声音。依云不能不从窗帘的缝隙里望出去。

天!原来他们又在接吻!人类,怎能这样不厌其烦地接吻呢?

一世纪、两世纪、三世纪、四世纪,几千千万万个世纪以后,他们终于分开了。皓天用手指抚摸着碧菡的面颊,怜爱地问:"小鸟儿,你今天预备做些什么?"

"我有事做,"她笑吟吟地说,"我昨天已经买好了毛线,我要帮你打一件毛衣。"

"不要把自己弄得太累了。"他体贴地说,"你乖乖地待在家里,我带牛肉干回来给你吃!"

"别忘了带一点巧克力。"她叮嘱着。

"怎么?又爱上巧克力了?"

"不是我,"她笑着,"是姐姐爱吃!"

谁要你来提醒他呢?依云咬紧牙根,手心里冒着汗。谁要你假惺惺摆姿态?你贤惠,你温柔,你细致,你纤巧,你占尽了人间的美丽!占尽了女性的娇柔!你甚至不忘记提醒他,对另一个女性"施舍"一点温情!只是,我是什么呢?我无知,我麻木,我下贱……我捧着你们的残羹剩饭,还要吃得津津有味?

第九章

时间不知道过去了多久,客厅里静悄悄的。皓天显然去上班了,碧菡也回到了她自己的屋里。依云仍然呆坐在窗台上,一动也不动。她弓着的腿已经麻木了,裤管上被泪水濡湿了一大片。她隐约地听到,碧菡正在她房里哼着歌,她仔细倾听,可以模糊地辨别出一两句歌词:"我曾经深深地爱过,所以知道爱是什么,它来时你根本不知道,知道时已被牢牢捕捉!"

泪水滑下她的面颊,一滴一滴地滴落。她想,这歌词可以稍改几个字:"我曾经深深地失恋过,所以知道失恋是什么,它来时你根本不知道,知道时已经无可奈何。"

泪水滴在窗台上,她用手指拭去了它,新的泪水又涌了出来。然后,她听到高太太的声音,在客厅中叫阿莲给她煎蛋。高太太都起床了,她不能永远躲在这窗帘后面。掏出手帕,她小心地拭净了泪痕,掀开窗帘,她从藏身的地方走了出来。高太太被吓了一跳,回过头,她说:"依云!你在那儿干什么?"

"我——哦,我——"她勉强地笑着,望向窗外,"我在看那对小鸟儿,它们跳来跳去的好亲热。"

回到卧室里,她把背靠在门上。碧菡的歌声,仍然隐隐约约地在屋子里飘送,她用手捂住耳朵,摆脱不掉那余音袅袅。睁大眼睛,触目所及,是那张双人床。"忆共锦衾无半缝,郎似桐花妾似桐花凤",这是多久以前的情景了?如今,应该是"此际闲愁郎不共"了?她闭目摇头,不行,她不能待在这幢房子里,她无法听那歌声,她无法忍受这番孤寂。抓起一件大衣,她不声不响地出去了。

在街上漫无目的地走着,阳光很好,街上全是人潮。她随着人潮波动、汹涌。她只是波浪里的一个小小的分子,一任波澜起伏。她走着,一条街又一条街,一条小巷又一条小巷,她的眼光从商店橱窗上掠过,从那些人影缤纷上掠过。她像个没有思想、没有意识、没有感情的机器,她只能行走,行走,行走。

终于,她累了,而且饥肠辘辘。她头晕目眩,四肢无力,这才想起,她早上起来到现在,还一点东西都没有吃。长叹一声,她叫了一辆计程车,回到了娘家。

一走进萧家的大门,一眼看到母亲那张温和的脸,她就整个地崩溃了。扶着门框,她的脸色发青,身子摇摇欲坠,萧太太赶过来,一把扶着她,惊愕地喊:"依云!你怎么了?"

依云扑进了母亲的怀里,开始号啕痛哭。萧太太更慌了,抱紧了依云,她急急地问:"怎么了?怎么了?别哭呀,依云!有什么委屈,你慢慢告诉妈!我们慢慢解决,好吗?"

依云一阵大哭之后,心里反而舒服了不少,头脑里也比较清楚了。她坐在沙发里,拭去了泪,轻声说:"妈!我饿了。"

萧太太心疼地看着女儿,还像小时候,在外面受了气,哭着回来找妈妈,每次哭完了,萧太太还没把事情闹清楚,她就会说"妈,我饿了!"等到把她喂饱,她已经又破涕为笑了。

但是,她现在不再是一个小女孩,长大了,结婚了,她有了成人的烦恼,成人的忧郁。她这个做母亲的,无法帮她解除烦恼,能做的,仍然像小时候一样,只是抱抱她。

吃了一大碗肉丝面,依云的精神恢复了不少,沉坐在沙发中,她默然不语。正像萧太太所预料的,她对于自己眼泪的来由,不愿再提了。当萧太太问她的时候,她只是摇摇头,消沉地说:"没什么,只是情绪不好。"

萧太太知道,追根究底,仍然是儿女私情,还是不问的好。张小琪抱着孩子出来,那刚满周岁的小东西已经牙牙学语,满地爬着闹着,没有片刻安静。依云望着那肥肥胖胖的小家伙,她是更加沉默,更加萧索了。

一整天,依云都在娘家度过,晚上,皓天打电话来,催她早些回家,放下听筒,她默默地出神,如果是以前,皓天会开车来接她,现在呢?他只是一个电话:早些回家!回去

221

做什么呢？看你和碧菡亲热吗？听你们屋里传出来的呢呢哝哝吗？她呆着，眼光定定的，一脸的麻木，一脸的迷茫。

"依云！我告诉你！"萧振风突然在她面前一站，大声说，"你不要再做呆瓜了好不好？你与其整天失魂落魄，还不如把问题根本解决！你别以为我是个混球不懂事，我最起码懂得一件事，爱情是不能有第三者来分享的！你所要做的，只是把那个俞碧菡送回她的老家去！天下只有你这样傻的女人，才会要俞碧菡来分享丈夫，那个俞碧菡，她生来就是美人坯子，几个男人禁得起她的吸引！你不除去她，你就永远不会快乐！何况，碧菡又没有生儿育女！你留着她干什么？"

依云惊愕地抬起头来，瞪视着那个混球哥哥。真的，萧振风这几句话才真是一语中的，讲到了问题的核心。谁说他混？原来越混的人越不怕讲真心话！依云一直瞪着哥哥，像醍醐灌顶一般，似有所悟。

这晚，依云回到家里时，已经相当晚了。她打开门进去，满屋子静悄悄，暗沉沉。显然"各归各位"的，都已入了睡乡。碧菡和皓天呢？大概还在床上喁喁私语吧。她叹了口气，摸索着回到自己的房里，打开电灯开关，满屋大放光明。她这才惊愕地发现，她床上躺着一个人！皓天正用手枕着头，笑嘻嘻地望着她。

"嗨！依云！"他的眼睛亮晶晶的，"等了你好久了！谈什么谈得这么晚？"她走到床边，脱下大衣，丢在椅子上，她注视着他，冷冷地说："你怎么睡在这里？"

他蹙了蹙眉头。

"什么意思?"他问,"这不是我的床吗?"

"你的床在隔壁屋里。"她一笑也不笑地说。

"依云?"他拉住了她的手,"你怎么了?生气了吗?为什么?"他用力一拉,她身不由己就倒在他怀里了,他用胳膊紧紧地圈住了她,审视着她的眼睛。

"依云,"他轻唤着,"如果我不是对你了解太深,我会以为你在吃碧菡的醋了!"

我是吃她的醋!我是吃她的醋!我是吃她的醋!依云心中在狂喊着,嘴里却一句话也说不出来。皓天那对深沉而明亮的眼睛在她眼前放大,天哪!这是她的丈夫,她爱得那样深、那样切的丈夫!她从十五岁时就爱上了的那个丈夫!眼泪冲出了她的眼眶,柔情崩溃了她的武装,她俯下头来,把嘴唇贴在他的唇上。

皓天的手臂紧箍着她,热烈地吻着她。气愤、不满、怨恨……都从窗口飞走,飞走,飞走……留下的是眼泪、柔情、激动和说不出来的甜蜜与辛酸。抱着我吧!皓天!永远抱着我吧,再也不要离开我!哦!皓天!皓天!皓天!她心中辗转呼号,浑身瘫软如绵。皓天的手摸索着她的衣扣,轻轻地解开,轻轻地褪下……他伸手关掉了灯,用棉被一下子裹紧了她,把她裹进了他温暖的怀抱里。她的身子紧贴着他的,感到他那热热的呼吸吹在自己的面颊上,感到他的手在她身上温柔地蠕动。哦!怎样醉人的温馨!怎样甜蜜的疯狂!

片刻以后,一切平静了。她躺在他的臂弯中,用手指温柔地抚弄着他凌乱的头发。他的手仍然抱着她,却有些睡意蒙眬了。

"皓天!"她低低地叫。

"嗯?"他答着,把头深深地埋在她的胸前。

"你爱我吗?"她问,怯怯的。

"当然,碧菡。"他迷糊地回答。

她惊跳。碧菡?他叫的名字竟是碧菡!

"你说什么?"她哑着嗓子问。

"我爱你,碧菡。"他再答了一句,睡意更深了。

依云"唰"的一声把棉被掀开,整个人从床上跳了起来。

这已经叫人不能忍耐了,完全不能忍耐了!她开亮了灯,迅速地穿上睡衣和睡袍。皓天被惊醒了,睡意全被赶到九霄云外去了。他翻身坐起,急急地喊:"怎么了?依云?"

"我要彻底解决这问题!"依云叫着说,"我再也不能容许她的存在!"她用力地系好腰带,打开房门,往外面冲了出去。

皓天跳下床来,穿好衣服,追在后面喊:"依云!依云!你要干什么?"

依云一下子冲进了碧菡的房里,开亮了灯,大叫着说:"碧菡!你给我起来!"

碧菡被惊醒了,睁开睡眼惺忪的眼睛,她从床上坐起来,茫然地,困惑地,她看着依云,轻柔地说:"什么事?姐姐?"

依云一直走到床边,大声地、坚决地、清晰地说:"我再也不是你的姐姐!你以后永远不要叫我姐姐!我来告诉你一件事,你明天一清早就给我搬出去!永远不要再回高家,永远不要让我再看到你!"

"姐姐?"碧菡愕然地喊了一声,吓呆了,"我——我——我做错了什么?"

"不是你做错了,是我做错了!"依云大声叫着,"当初不该救你!不该把你带回高家!更不该把你送进皓天的怀里!我错了,我后悔,我该死!算我前辈子欠了你,我现在已经还清了!你明天就走!我再也不要和你分享一个丈夫,我也不指望你来生儿育女,如果你还有一点良心,你就做做好事,再也不要来困扰我们!"

"依云!"皓天赶了过来,苍白着脸喊,"你不能这样做!"

"我不能?"依云掉过头来,面对着高皓天,"我为什么不能?我是你的妻子,不是吗?除非你不再要我,那么,我们离婚,你娶碧菡!"

"依云!"皓天哑声说,"你明知道我不会和你离婚!"

"那么,你就必须放弃碧菡!你只能在我和碧菡中间选一个!"转回头来,她盯着碧菡:"你怎么说?碧菡?你走不走?你说!"

碧菡坐在床上,她的眼睛睁得又圆又大,里面蓄满了泪水,她的脸色惨白如纸,嘴唇毫无血色。

"姐姐!"她哀求地叫了一声。

"不要叫我姐姐!"依云大喊。

"依云!"皓天也大喊,"你不能这样!是你把她推到我怀里来的,是你安排这一切的!碧菡是个人,不是傀儡,她不能由你支配,招之即来,挥之即去,你这样太残忍,太没良心……"

"我残忍？我没良心？"依云吼着，"我如果再不残忍一些，被赶出去的就轮到我了……"

碧菡溜下床来，她像患了梦游病一般，摇摇晃晃地走到他们面前，她轻声地，像说梦话一般地，低低地、柔柔地说："请你们不要吵了，姐姐，姐夫。我没有关系，我从哪儿来，我回到哪儿去。我会走的！没有关系，一点关系也没有。"

说完，她身子一软，眼前一黑，她溜倒在地毯上，什么事情都不知道了。

当碧菡醒来的时候，她发现自己躺在床上，额上压着一条冷毛巾。她听到房里有人在嘤嘤啜泣，同时，听到高太太的声音，在不满地训斥："……半夜三更的，吵得阖家不安，是何体统呢？依云，你一向懂规矩，识大体，今天是怎么了？皓天，你也是个大男人了，应该懂得调停闺房里的事，闹成这样子，你第一个该负责任……"

碧菡努力从床上坐起来，眩晕仍然袭击着她，但在眩晕以外的，真正撕裂着她的，是她内心深处的痛楚，那痛楚拉动了她全身的每一根神经，每一缕纤维。她坐了起来，把头上的毛巾拿掉。立即，皓天俯身过来看她，他的脸色苍白，眼睛好黑，焦灼与关怀是明写在他脸上的。

"碧菡！"他喑哑地、急急地说，"你好些了吗？"

"我——我——我很好。"她挣扎着说，"我很抱歉，我只是——只是一时间有些头晕。"

看到碧菡醒来，高太太放了心，叹口气，她说："好了！

好了！从此不许再吵闹了。皓天，你劝劝她们，安慰安慰她们，我要去睡觉了。"

高太太退了出去，关上了房门。碧菡这才发现，依云正坐在她的床沿上，用手帕捂着脸，哭得肝肠寸断。一听到这哭泣声，碧菡的眼睛就也湿了，她怯怯地、害怕地、惶然地伸手去碰了碰依云。低声地、犹豫地、颤抖地说："姐——姐，我——我——我可以再叫你姐姐吗？"

依云拿掉了捂着脸的手帕，一下子就扑到碧菡身边来，她的眼睛哭肿了，鼻子也红了，但她的眼光依然明亮。她一把握紧了碧菡的手，她哭泣着、激动地喊："碧菡，碧菡，我发疯了，我一时发疯了，我不知道自己在做什么，我不该说那些话，那不是我的本意。碧菡，我当然是你的姐姐，我一直是你的姐姐，不是吗？"

碧菡发出一声轻喊，就整个人投进了依云的怀里，她用手紧抱着依云，哭泣着说："姐姐！姐姐！我不好，我做错了事，你可以骂我，只是不要不认我！"

"不不，碧菡！"依云更加激动，"是我错了，我乱发脾气，你原谅我！碧菡，今夜我说的话，你千万不要放在心上，我们还是好姐妹！我发了疯，你忘记我说的话吧！碧菡！"

皓天走了过来，他把她们两人都拥进了怀里。

"听我说！"他哑着嗓子，眼里盛满了泪，"今夜的事情只是一场噩梦，现在都过去了。你们两个，谁也不许再把这件事放在心里！我们还和以前一样，是最亲密的三个伴侣，在人生的旅途上，我们要并肩走完这条路。天知道！我爱你

227

们两个！失去你们之中的任何一个，我都不能活下去！你们好心，你们善良，你们比亲姐妹更亲，我求你们，让我们彼此相爱，好不好？"

依云和碧菡握紧了手，都无言地把头靠在皓天的胸前。

于是，风暴过去了。依云退回自己的房间，临行时，她把碧菡的手放在皓天手中。

"皓天，你陪陪她，"她温和地说，"她看起来好软弱。"她对碧菡凝视："碧菡，你不怪我吧！"

"姐姐！"碧菡轻叹，"我怎么可能怪你？"

依云走了。皓天躺下来，他把碧菡的身子揽在怀中，感到她在颤抖。他注视她，她苍白如纸，他惊跳起来："我要去给你找医生，你病了。"

碧菡紧紧地拉住他。

"我没有病！"她说，"仅仅有一点发冷。你不要走开，也不要小题大做，我睡一下，就会恢复的。"

他用手抚摸她的额头，拂开她脸上的散发，她小小的脸紧张惨白，那对眼睛深幽幽地望着他，一眨也不眨。他忽然觉得心里一阵剧烈的抽搐，他握紧了她的手，她的手指冰冰冷。

"碧菡，"他紧盯着她，"你心里在想些什么？"

她摇摇头，仍然望着他。

"我爱你。"她轻声说。

他拥紧了她，心脏像绞扭一般的痛楚，他吻她的唇，她立即热烈地回应了他，那样热烈，使他心跳。他再审视她，小心翼翼地问:"碧菡,你真的很好吗?"

"真的。"她说。

"我明天不去上班,让我在家陪陪你们。"

"千万不要!"她低声说,"你会弄得干妈他们不安,还真以为我们之间有了什么大问题呢!"

"那么,"他抚摸她的面颊,"你保证你没什么吗?你保证你会好好的,是吗?"

"是的。"她说,把头缩到他的臂弯里,"我好累,我想睡一下。"

"睡吧!碧菡。"他拍抚她,像拍抚一个婴儿。

她阖上眼睛,似乎逐渐地入睡了。

早上,当皓天起床去上班的时候,碧菡还沉睡着,她仿佛睡得并不安稳,因为她的眉头微蹙,脸色依旧苍白。他小心地把棉被给她盖好,注视着那张小小的、可怜兮兮的脸庞,他就情不自禁地低叹了一声。俯下头去,他轻轻地在她额上吻了一下,她的睫毛微微地颤动着,他怕把她惊醒了,悄悄地,他走出了房门。

客厅里,依云已经起了床,正帮着阿莲弄早餐,看到皓天,她显得有些不好意思,而且神情黯淡。皓天走过去,他紧紧地揽住她,吻吻她的面颊,他说:"还生我的气吗?依云?"

她摇摇头。轻声说:"你不要生我的气就好了。"

"依云,"他凝视她,真挚地,诚恳地说,"你说过,我不是世界上第一个同时爱上两个女人的男人,我不知道这该怪谁，怪命运还是怪我自己？或者，该怪你们两个都太可爱！无论如何，我爱你们两个！依云，请你谅解，请你——不要生气。"

她猛烈地摇头。

"我狭隘，我自私。"她含泪说，"我是个不可原谅的女人，我说了那么多无情的话……碧菡，她一定伤透了心，恨透了我！"

"你了解碧菡的，不是吗？"皓天说，"只要你不再提这件事，她永不会放在心上的。她一生，不记任何人的仇，不记任何人的恨。尤其对你。"

依云点了点头。

"是的，我了解，所以，我难过。"

皓天深深地注视她。

"依云，你是个好女孩，你和碧菡，都是好女孩，我高皓天，何德何能！依云，我要怎么做，才能报答你们两个？怎么做，才能永远拥有你们两个？"

"你放心，皓天，我保证，昨夜的事，再也不会发生第二次了。你去上班吧！不能天天迟到，是不是？"

皓天笑笑，心里掠过了一阵温柔的情绪，吻了依云，他出门去了。

一个上午，皓天在办公厅中一直有点心神不宁，做什么都做不下去，总觉得心中有股惨然的感觉，鼻子里酸酸楚楚的。他打翻了茶杯，画错了图，弄伤了手指，最后，他忍不住拨了一个电话回家，接电话的是依云。

"你们好吗？"他问。

"很好呀！"依云的声音已恢复了往日的轻快。

"碧菡起床了吗？"他再问。

"早就起来了，就在我旁边，你要和她说话吗？"

他犹豫了一下，想想算了，马上就回家了，何必又惹依云不快？于是，他说："不用了，我只是问问你们好不好。"

"很好，"依云说，"碧菡在给你打毛衣。"

听起来一切都恢复常态了，没有什么可担忧的，碧菡既然在打毛衣，当然也没生病，他只是自己神经过敏，可能是睡得太少了。

"你呢？在做什么？"他再问。

"我和妈在帮碧菡绕毛线呢！"

他微笑了起来，几乎可以看到家里的三个女性，正在为他这一个男性而忙碌，打毛衣的打毛衣，绕毛线的绕毛线，这件毛衣，虽然才只有一点影子，他却已经感到身上的温暖了。

"好极了，"他笑着说，"我会提前一点回来，你们想吃什么？要不要我带回来？"

"干吗呢？"依云也笑着说，"你昨晚带回来的牛肉干和巧克力还没动呢！我们姐妹俩各有所吃，都不要了。哦……妈说要你经过逸华斋，买点熏蹄回来！"

"好的，待会儿见！"

挂断了电话，他心里踏实了不少。看样子，昨晚那场风波虽然来得快，去得也快。难得依云想得开，也难得碧菡委曲求全。拿着铅笔，想着依云和碧菡，他就呆呆地出起神来了。他不知道古时候的男人，有三妻四妾的，是怎么活过来的？为什么他竟连两个女人都协调不好？何况，这两个女人都如此善良与多情？看样子，真该找几本古书来研究研究，可是，哪一本古书中，曾介绍过如何安抚妻妾？

中午，他去买了熏蹄。为了特别讨好碧菡和依云，他又买了碧菡爱吃的枣泥核桃糕，和依云爱吃的糖莲子。另外，再买了一大堆瓜子花生葵花子什么的。回到家里，大包小包地抱了满怀，一进门，他就提着喉咙嚷："快来拿东西！依云！碧菡！赶快帮我接一接！"

依云赶到门口来，笑得打跌。

"哎哟，又不是办年货！买这么多干什么？"

皓天抱着东西走进客厅，依云和高太太左一样右一样地帮他接过去。他四面看看，没有看到碧菡。沙发上放着起了头的毛线，和一大堆毛线团。依云和高太太都笑吟吟的，打开那些包包东尝尝西尝尝，家里并无异样，他不敢显出过分的关怀，只淡淡地说了句："碧菡呢？怎么不来吃东西？"

"碧菡出去了。"依云说，含了一口的糖莲子。

"出去了？"他的心猛然间往下一沉，他相信自己脸上一定变了颜色，"到哪里去了？"

"她说去买毛线针，现在这副针太粗了，打出来不好看。"依云说，望着皓天，渐渐地，她脸上也变了色，笑容从唇边隐去，"可是，她已经出去很久了，我记得，对面超级市场里，就有毛线针卖。"

皓天摔下了手里的东西，就直冲进走廊，推开碧菡的房门，他冲了进去，四面望望，他松了口气。化妆台上，整齐地放着化妆品；椅背上，搭着她常穿的大衣；书桌上，她看了一半的一本《镜花缘》还摊开着；床上也丢着四五个毛线团。

不，没有事，一切如常。他走到壁橱前，拉开橱门，里面的衣服一件件整齐地挂着。走到床边，他下意识地翻开枕头，下面空空的，没有留书。不，她当然不可能出走，她什么东西都没有带。可是……可是……他站在书桌前面，一把拉开了书桌中间的抽屉。

倏然间，他的心沉进了地底。抽屉里，触目所及，是碧菡手腕上那只刻不离身的手镯，在手镯的下面，压着一张信纸。他的腿软了，头昏了，跌坐在书桌前的椅子里，他闭上眼睛，不敢去看那张信纸。终于，他深吸了口气，睁开眼睛来，或者没什么，或者她是取下镯子忘记戴了，她不可能这样离去！绝不可能！他颤抖着伸手去取出那张信纸，睁大了眼睛，他强迫自己去读那上面的句子："生命是你们救的，欢乐是你们给的，幸福由你们赐予，爱情因你们认识，如今我悄然离去，我已认清了自己，存在还有何价值？陡然破坏了欢愉！别说我不知感激，此刻尚有何言语！恨人间太多不平，问世间可有天理？"

信纸从他的手上飘下去，他把头扑在书桌上，好一刻，他一动也不动。然后，他听到身后有啜泣的声音，他茫然地抬起头来，茫然地站起身子，像一个蹒跚的醉汉，他摇摇晃晃地往屋外走，依云哭泣着拉住了他，问："你要到哪里去？"

233

"我要去找她!"他喃喃地回答,机械化地移着步子,"我要去找她回来,她只是一只羽毛都没长全的小鸟,离开了这儿,她根本抵受不了外面的风雨,她会马上因憔悴而死去!我要在她死去以前,把她找回来!"

依云含泪望着他,他的眼睛发直,脸色惨白,嘴唇毫无血色。他的身子摇摆不定,神情迷茫而麻木。依云恐慌了,她抓紧了他,哭着大叫了一声:"皓天!"

皓天悚然而惊,像从一个迷梦中醒了过来,他望着依云,然后,他扑到桌子前面,一面抓起了那只翠玉镯子,他握紧了镯子,浑身颤抖,他嚷着说:"她走了!依云!她走了!她什么都没带,甚至不戴这只镯子!她这样负气一走,能走到哪里去?依云,她走了!"

"是的,我知道!我知道!"依云哭着喊,"是我闯的祸,我去把她找回来!"她往屋外就跑。

这回,是他拉住了她,他瞪着她,哑声说:"你往哪里去?"

"去找碧菡!"她满脸的泪,"找不到她,我也不回来!"

他死扯住她,他的脸色更白了,眼睛里布满了血丝。

"你敢走?"他说,"我已经失去了一个!我不能再失去第二个!你敢走!"依云站住了,瞪视着他,他们相对瞪视,彼此眼睛里都有着恐惧、疑虑、爱恋和痛惜。然后,依云哭倒在皓天的怀里,她伸手抱紧了他的腰,一面哭,一面喊:"我发誓永远不离开你!皓天,我永不离开你!我们要一起去找碧菡,直到把她找回来为止!"

三个月过去了。

晚上,台北是一个夜的城市,华灯初上,西门町车水马龙,人潮汹涌。霓虹灯到处闪烁,明明灭灭,红红绿绿,燃亮了夜。小吃馆,大餐厅,人头攒动,闹活了夜。歌台舞榭,管弦笙歌,舞影缤纷,唱醒了夜。这样的夜,是人类寻欢作乐的时候。这样的夜,是人类找寻温馨与麻醉的时候。这样的夜,是属于所有大都市的,是属于所有人类的。

在靠近西门町的周边,这家名叫"蓝风"的舞厅,只是一家中型的舞厅,不能算最大的,却也不是最小的。一组十人的小乐队,正在奏着一支探戈舞曲,音乐声活跃地跳动在夜色里,屋顶悬着的是一盏多面的圆球,正缓缓地旋转着,折射了满厅五颜六色的光点。大厅中,灯光是幽暗的、轻柔的,时而蓝,时而红,时而绿,时而杂色并陈。舞池边上,一个个的小桌子,桌上都有个小小的烛杯,里面燃着一朵小小的烛焰。舞客舞女,川流不息地在桌边走动,酒香人影,歌声语声。这儿的夜,是"半醉"的。

碧菡穿着一件翠绿色的旗袍,项间有一串发亮的项链,耳朵上也垂着同样式的亮耳环。正和一个胖胖的中年舞客在酣舞着。那舞客的探戈跳得相当纯熟,碧菡却跟得更加熟练。记得三个月前,初来的时候,她甚至不会跳华尔兹。可是现在,伦巴、恰恰、吉特巴、灵魂舞、马舞、曼波、森巴……都已经难不倒她了,人类有适应的本能,有学习的本能。三个月以来,她已从一个嫩秧秧的小舞女,变成这儿有名的"冰山美人"。

"冰山美人"这外号是陈元给她起的,陈元是这里的一个驻唱男歌星,事实上,他只是一个孩子,刚刚从大学毕业,受完军训。什么事不好做,却在舞厅里唱起歌来了。当碧菡问他的时候,他耸耸肩,一股吊儿郎当的样子,说:"我爱唱歌,怎么办?"

"去学音乐。"

"我不爱学音乐,我只爱唱歌,唱流行歌,唱热门歌,唱民谣,唱——我的故事。"

他的故事?碧菡叹息,每个人有每个人的故事。在舞厅里你不要去探求。舞客们来寻求安慰,因为家里没有温暖,舞女们货腰为生,因为种种辛酸。不,在这儿你不要去探求别人的秘密,你只能满足别人的欢乐。冰山美人!这外号是因为她永远拒绝和客人"吃消夜"而起的。陈元曾经对她瞪着眼睛说:"你以为你做了多高尚的职业?你以为来这儿的客人仅仅要跳舞?你知不知道你那见了鬼的'洁身自好'只会让你损失一大笔财路,除此之外,没有丝毫好处!别人并不会因此而把你看得高贵了!"

"我并不要别人把我看得高贵,"她轻声说,无奈地微笑着,"已经走入这一行,还谈什么高贵!"她转动着手里的小酒杯,"我这样做,只为了我自己的良心,和……"她默然不语,酒香雾气里,浮起的是高皓天的脸庞。

"为了你那个该死的男朋友!"陈元叫着说,对她摇摇头,"曼妮,你是个傻瓜!"

曼妮是她在这儿的名字,舞厅老板帮她取的,多俗气的名字，但是，叫什么名字都一样，那只是一个代号而已。她不在乎，一个出卖欢笑的女人，还在乎名字吗？她已经没有名字了。多年多年以前，她叫作俞碧菡。在她走进"蓝风"以前，她已经把那个名字埋在地底层去了。

探戈舞曲完了，她跟着胖子回到桌边，胖子也并不叫胖子，他姓吴，大家叫他吴老板，是个菲律宾华侨，也是这儿的常客。当他第一次发现碧菡的时候，他就着了迷，他称她为"小仙女"，说她周身没有一点儿人间俗气。他为她大把大把地花钱，一夜买她一百个钟点，希望有一天，金钱的力量，能够终于买到她的一点儿"俗气"，人类，就是这么矛盾的。

陈元上台唱起歌来了，仍然是那支"他的歌"——《一个小女孩》。他穿着一身咖啡色的衣服，脖子上系着一条咖啡色的领巾，虽然是晚上，他仍然习惯性地戴着一副淡淡的墨镜，他说那是他的"保护色"。他拿着麦克风，浑身都是一股满不在乎和吊儿郎当的气质。他用他那低沉的嗓音，忧郁地唱着那支——《一个小女孩》。

　　当我很小的时候，我认识一个小小的女孩，我们喜悦欢笑，我们两小无猜，我们不知道什么叫忧愁，更不知道什么叫悲哀，我们常常两相依偎，互诉情怀，她说但愿长相聚首，不再分开！我说永远生死相许，千年万载！孩子们的梦想太多，成人的世界来得太快！有一天来了一个陌生人，他告诉她海的那边有个黄金世界！于是他们跨上了一只银翅的大鸟，直飞向遥远的，遥远的海外！从此我失去了我的梦想，日复一日，品尝着成人的无奈！我对她没有怨恨，更没有责怪，我只是怀念着，怀念着：我生命里那个小小的女孩！

碧菡端着小酒杯，倾听着陈元那忧郁的嗓音，唱着那支《一个小女孩》。这支歌她已经听了不知道多少次了，因为陈元每晚都要唱它。她还记得她刚来"蓝风"的时候，那个年轻的、不会笑的孩子，陈元，就吸引了她的注意，因为他总在唱这支歌。然后，有一夜，外面下着倾盆大雨，舞厅里的生意清淡，陈元坐到她身边来，他们一起喝了一点酒，两人都有点儿薄醉。她问他："为什么永远唱这支歌？"

"因为这就是我的故事。"他坦白地说，"一个很平凡的故事，是不是？这时代的年轻人，每个人都可能碰到的故事，是不是？"

"是的，"她说，迷迷茫茫地啜着酒，"你有你的故事，我有我的故事，你的故事并不稀奇，我的故事却非常稀奇。两种不同的故事，居然会发生在一个相同的时代里。这是一个很稀奇的时代！"

"告诉我你的故事。"陈元说。

于是她说了，她托出了她的故事，原原本本的。她说，只因为酒，因为雨天，因为寂寞，因为陈元有一副忧郁的嗓音。

说完了，陈元望着她："你还在爱你那个姐夫，是吗？"

她点点头,看着他。

"你呢?"她反问,"还在爱你那个小小的女孩?"

他也点点头。

从此,她和陈元成了好朋友。每晚"下班"后,陈元常常送她回她的住所——一间租来的套房。她也会留他小坐,却决不及于乱。他们是好朋友,是兄妹,是天涯知己。两人都有种"同是天涯沦落人,相逢何必曾相识"的感觉。一天,陈元拿了一张报纸,指着一个《寻人启事》,问她:"这是在找你吗?"

她看着报纸,那是一则醒目的启事,登在报纸的第一版,用红框框框着,里面写的是:"碧:后悔莫及,相思几许?请即归来,永聚不离!云天"她抬起头来,淡淡地笑了笑。

"是的,是在找我,已经登了一个多月了,我早就看到了。"

"为什么不回去?"陈元问,"既然你爱他。"

"回去,是老故事的重演,"她说,"有过第一次的爆发,必然会有第二次,有了第二次,就有第三次,这爆发会一次比一次强烈,最后,我仍然只有一走了之。"她低低叹息。

"我不会回去了,永远不会回去了。没有我,他们或者还会快乐,有了我,他们永不会快乐。"

陈元瞪着她。

"那么,你以后怎么办?你预备当一辈子舞女吗?"

"我没有想过,"她茫然地说,"走一步,算一步吧!我需要钱,供给我妹妹念高中。"

"我给你一个忠告好不好?"陈元说,"趁你年轻漂亮,找一个有钱的老头子嫁了吧!要不然,你就随便一点,跟他们去吃吃消夜,赚赚外快,反正你已堕落风尘,难道还希望有人跟你立贞节牌坊?"

她摇摇头,固执地说,"我不!我做不出来!"

"你从头到尾就是个傻瓜!"陈元说。

"我是的。"碧菡笑笑,"你呢?有什么打算?"

"和你一样,走一步算一步。"

"为什么不找一个女朋友结婚?难道还在等那个女孩吗?"

"你知道,人事无常,"陈元说,"说不定有一天,她回到台湾来,已经七老八十,那时,我还是可以娶她。"

她睁大眼睛,望着陈元。

"你知道吗?陈元?"她慢吞吞地说,"你从头到尾就是个傻瓜!"

于是,他们都笑了。

这样,有一天晚上,陈元送她回家,他们漫步在黑夜的街头,两人都很落寞。街灯把他们的影子,长长地投在地上,忽焉在前,忽焉在后。那晚,陈元颇有点醉意,他忽然对碧菡说:"曼妮,我们结婚吧!"

"为什么?"她问。

"因为我们是一对傻瓜!"他说,"傻瓜只能和傻瓜结婚。"

她微笑了一下。

"不。"她说,"我们不能结婚,我们虽然都是伤心人,却都别有怀抱。你有你所爱的,我有我所爱的,我们结婚,不会幸福。"

"你说得对!"陈元低叹了一声,"幸福与我们何等无缘!"

是的,幸福对于伤心人,都是无缘的。碧菡坐在那儿,啜着酒,看着陈元唱完歌退下来,他要等他的女友归来,他等到何年何月为止?问世间情是何物?直教人生死相许!问世间情是何物?她的眼睛迷蒙了。

"喂!曼妮!"她身边的胖子说,"你在想什么?"

"哦,没什么。"她笑笑,"我们跳舞好吗?"

滑进了舞池,那是一支慢狐步。碧菡把头依偎在胖子的肩上,缓缓地滑动着步子,心里空空茫茫,若有所思。胖子拥着她,感到她今夜特别温柔,就难免有点非分之想。他亲热地搂着她,尽兴酣舞,她柔顺地配合着他,翩翩转动,他们跳完了一支,又跳一支,跳完了一支,又跳一支……夜,在舞步下缓慢地流逝。

终于,跳累了,他们回到桌边来,刚坐下,舞女大班走过来,在她耳边说:"你必须转台子,有一个客人,付了一百个钟点的钱,买你今晚剩下的时间!"

她看看表,只有半小时就打烊了。

"熟客吗?"她问。

"生客!"

她蹙蹙眉,有点不解,但是,这并不是第一次碰到这种事,站起身来,她对胖子致歉。胖子老大地不开心,为了表示风度,也只好让她离去。她跟着大班,走向墙角一个阴暗的角落。

"曼妮小姐来了。"大班赔笑说。

她站在桌边。蓦然间,心脏一直沉进了地底。瞪大眼睛,她不敢相信地望着桌子后面坐着的人,憔悴,消瘦,阴沉,酒气熏人,手里拿着一支烟,他面前弥漫着烟雾,靠在椅子里,他的眼睛一眨也不眨地,死死地盯着她。

她的腿软软的,身子虚飘飘的,跌坐在椅子中,她眼前浮上了一层雾气。

"怎么知道我在这儿?"她问,声音好无力,好软弱,好低沉。

"碧荷终于告诉了我。"皓天说,熄灭了烟蒂,又重新燃上了一支。

哦!碧荷!她毕竟是个孩子,她是无法保密的。

"你——什么时候学会了抽烟?"她注视他。

"从你走了以后!"他喷出一口浓浓的烟雾。眼睛在烟雾后面闪着光,那眼神是相当凌厉的,"你好,碧菡,你狠,碧菡,我服你了!报上的启事足足登了三个多月,找遍了全台北市,我只差给碧荷下跪磕头……你……"他咬牙,脸色发青,"你真狠!"

碧菡垂下了睫毛,泪珠缓缓地沿着面颊滚落。她沉默着,不愿作任何的解释,也不愿说任何的言语。泪珠只是不断地淌下来,她找不到手绢,也找不到化妆纸,然后,她发现他递过来一条大手帕,她无言地接了过来,拭净了面颊,她仍然沉默不语。于是,他崩溃了,伸过手来,他一把握住了她的手。

"好了，碧菡，"他柔声说，带着浓重的、祈求的意味，"一切都过去了，是不是？你的气也该消了，是不是？我来——接你回家。"她抬起眼睛来，迷迷蒙蒙地看着他，摇了摇头。

"我——没有家。"她轻声说。

他瞪着她。

"什么意思？"他阴沉地问。

"我没有家。"她再说了一遍。

他捏紧了她的手，拼命用力，她的骨头都快碎了，她固执得不吭声，他放松了手，压抑着自己，他说："请你不要惹我发脾气，说实话，我最近脾气很坏很坏，我不想吵闹，不想和你辩论，我已经很久没有睡过一次好觉。今晚，我八点钟就来了，坐在这儿，我已经看了你一个晚上，你总不至于留恋这种生活吧！我来接你回家，你愿意，也要跟我回去，你不愿意，也要跟我回去！"

她看着他，他变了，他不再是以前那个温和易处、谈笑风生的男人。现在，坐在她面前的，是个半醉的、暴戾的、坏脾气的、阴沉的人物！她吸了吸鼻子，吐出一口长气来，她再摇摇头。

"我不会跟你回去，皓天，"她清晰地说，"请你原谅我，我说什么也不会跟你回去！"

"你……"他提高了声音，但是，立刻，他克制了自己，他猛力地抽烟，他的手指颤抖，"好了，碧菡，你要我怎么做？"

他憋着气说："你开出条件来吧，怎样你就肯跟我回去？

要我和依云离婚吗?"

她猛烈地摇头。

"你明知道我希望你和姐姐过得好!"她说,"你明知道我要你们快乐!"

他重重地拍了一下桌子。

"没有你,谈什么快乐?"他吼着说。

她吓了一跳,附近的人都被惊动了,陈元大踏步地冲了过来,以为她碰到了醉酒闹事的客人,他一把拉住碧菡,大声说:"下班时间到了,曼妮,我送你回去!"

碧菡抽回手来,急急地说,"陈元,这是高先生!"

"哦。"陈元站住了,瞪着皓天,皓天也回瞪着他,脸色更青了。于是,碧菡推了推陈元:"陈元,你先走吧,今晚我自己回去!"

陈元兀自瞪着皓天,半晌,才悻悻然地走开了。

皓天严厉地看着碧菡。

"这就是你不回去的原因,是吗?"他冷冷地问。

碧菡愕然地望着他。

"你以为……"

"那个歌手!"他说,"你已经有了新的爱人了,是吗?这就是你为什么忍心不理我的启事,不管我的寻找,也不肯跟我回去的原因,是吗?"

她默然片刻。

"你醉了,"她说,站起身来,"我们出去吧,有话,到外面去谈。"

"很好,"他熄灭了烟蒂!也站起身来,"我还需不需要付钱?听说带你们舞女出场是要付钱的!你的身价是多少?"

她睁大了眼睛,于是,他猝然地抓住了她的手。

"碧菡!碧菡!"他急急地说,"我快要死掉了!我语无伦次,你不要理我的胡说八道啊!在这种地方找到你,我心都裂开了。碧菡,我不管你做过什么,我不问你做过什么,所有所有的错,都是我的错!求你原谅,请你原谅!只要你跟我回去,好吗?你如果欠了人钱,我帮你还,你如果有没有解决的问题,我帮你解决!"

泪又涌进了她的眼眶,她拉住了他的手。

"我们先出去,到我住的地方去谈。"

他悄悄地望着她,带着一股阴鸷的、怀疑的神色,看到她眼里的泪光,他长叹了一声:"好吧!到你住的地方去,到任何地方去谈都可以!我不发脾气,我会好好和你谈,因为你还是爱我的,是不是?你并没有爱上那个歌手,没有爱上任何其他的人,是不是?"

她拭去颊上的泪痕。

"走吧!"她说。

他跟着她,踉跄地走出了"蓝风"。他找寻自己的车子,她挽住了他。

"你醉成这样子,怎么开车?"她说,"只有几步路,我们走走吧!"

晚风迎面吹来,带着初夏的凉意。他跟着她,盲目地往前面走,根本不知东西南北,他的眼睛,始终直直地瞪着她,带着一种固执的、强烈的柔情。他嘴中，一直在不停口地说着："……你不会爱上别人的，你说过，你全世界只爱我一个！你说过，你只爱我！你不会爱上任何人！你是我的！你永远是我的……"

进了碧菡的房间，皓天就乏力地倒在一张沙发里，他四面看看，一张床，两个床头柜，一个化妆台，两张沙发，这就是这房间里全部的家具。另外还有个小小的洗手间。这像一间旅馆的套房，想必是那种专门盖给舞小姐们住的公寓。他深吸了口气，觉得头痛欲裂，心里最迫切而焦灼的一个问题，就是如何能把碧菡弄回家去，让她远离舞厅、舞客、大班、歌手……以及这房间，和这一切的一切！

碧菡倒了一杯茶走过来，递到他面前，她低声说："喝点茶，解一解酒，你一向没什么好酒量，为什么要喝这么多？"

他接过茶杯，放在小几上，她转身要走开，他一翻手就抓住了她。握牢了她的手腕，他说："这房子是租来的？"

她点点头。

"房租缴清了吗？"

她不解地看着他，眼底有一丝畏惧。

"刚刚缴了一年的房租。"

"那么你不欠房东的钱了？"

她再点点头。他一下子站起身来。

"很好！"他说，"我来帮你整理东西，你的箱子呢？手提袋呢？算了，这些东西不要也罢，家里有的是你的衣服，带这些做什么？……"

碧菡拉住了他的手,坐在床沿上,她轻声地,却坚决地、郑重地说:"皓天,你能不能理智一些?"

"我很理智!"皓天睁大了眼睛。

"我必须说清楚,"她一字一字地说,"我不会跟你回去了,永远不会跟你回去!所以,你不要动这些东西,也不要枉费心机了。你就当作——从没有认识过我,从没有见过我好了。"

他站在床前面,俯头凝视她,他的呼吸急促,神情严厉,脸色紧张而苍白。

"你的意思是——"他压抑着自己,用力说,"你要抹杀掉跟我的那一段日子?你要根本否认我在你生命里的价值?你自甘堕落,你喜欢当舞女,对不对?"

她战栗了一下,闭上了眼睛。

"随你怎么说,"她无力地低语,"随你怎么想,一个女人,已经走到这一步,难道还能自命清高?我没有想抹杀掉我们那一段日子,因为那是无法抹杀的,我更无法否认你的价值,如果不是为了你,我或者不至于……不至于……"她声音哽住了,再也说不下去,半响,才挣扎着说了一句:"我知道我是很低贱的,很卑微的,如果你肯离开我,我就感恩不尽!"

她的话像一条鞭子,抽在他的心灵上,在一阵剧痛之下,他忽然脑子清醒了!酒意消失了一大半,他立刻冷汗涔涔。他在做些什么?他说了些什么?他是来求她回去,并不是来侮辱她或责备她!这样越扯下去,她会距离他越来越远了。

他注视她,她卑微地低俯着头,他只能看到她那一头柔软的黑发,长长地披在背上。那薄薄的旗袍下,是她那瘦小的背脊和窄窄的肩。他长叹一声,忍不住就在床前的地板上坐了下来,握紧她的手,他说:"我又说错了话,我心里急,说什么错什么,碧菡碧菡,你善良一点,你好心一点,你体会我心碎神伤,什么话都说不对!千言万语,化作一句,我爱你,碧菡!"

她很快地抬眼看他,眼里全是泪水。

"谢谢你这样说,皓天。"她低语。

"你不相信我?"他问,眼光又阴沉了下来。

"我信。"她说,"我一直信的。皓天,你始终没弄清楚我为什么离开你家,我不是负气,不是一时任性,而是——为了爱你。"

"为了爱我?"他瞪大眼睛,"你如果真爱我,你就做做好事,跟我回家去!"

"不,"她摇头,脸上一片坚决,"当姐姐那晚对我下了逐客令以后,我就知道高家是再也无法待下去了。姐姐——是我的救命恩人,她热情到可以把身上的大衣,脱下来披在一个并不相关的女孩身上,她可以彻夜不眠不休,照顾一个女孩从死亡关头走回来。姐姐,她的心有多善良,多纯真,多热情!在这世界上,你不可能找到第二个这样的女人!可是,那晚,她骂了我,她命令我走,要我永远不要回高家……"

"我懂了!"皓天急急地说,"你在和依云生气,我打电话叫依云马上来,自从你走后,她和我一样痛苦,她后悔万分，我叫她来跟你道歉，这样总行了吧！"她默默地瞅着他。

"别傻，皓天，你要折磨死我！你根本没弄清楚，我怎么会生姐姐的气！她就是打我，我也不会生她的气。我只是从她那一次爆发里，才了解一样事实，爱情，是不能由两个女人来分享的。皓天，她太爱你！在没有我的介入以前，你们的生活多甜蜜，多幸福！自从我介入，你周旋在两个女人之间，眼见一天天地憔悴，姐姐呢？她失去了欢笑，失去了快乐。这一切，都因为我！我一直想报恩，却错误在真正爱上了你，结果，反而恩将仇报！我把你们陷进了不幸，把姐姐陷进了痛苦。唯一解决的办法，是我走！走得远远的！所以，我走了。不是负气，不是怀恨，我走，是因为太爱你们，太希望你们好！"

第十章

"很好,"皓天紧紧地握住她的双手,"你说了这么一大篇,解释你没有怀恨,没有负气,你走,是为了要我们幸福。现在,我简单地告诉你,你走了之后,依云日日以泪洗面,想你,我天天奔波在台北街头,找你。我们谁也没有得到快乐和幸福,除非你回来,我们谁也不会快乐和幸福,你懂了吗?"

"那是暂时的,我走了,你们会暂时一痛,像开刀割除一个肿瘤一般,时间慢慢会治愈这伤口。我留下,却会演变成为癌症,症状越来越重,终至不治。所以,与其害癌症,不如割除肿瘤!"

"什么癌症?什么肿瘤?"皓天急了,他大声说,"我已经找到了你,不管你怎么说,我一定要你回去!我宁可害癌症死去!我也要你回家!"

她摇头,缓慢地却坚决地摇着头。

"不,皓天,你说不动我,我不会再回去了。"

他死盯着她,呼吸沉重。

"你说真的?"

"真的。"她直视着他,低语着,"决不回去!"

他一把握紧了她的两只手腕,开始强烈地摇撼她,一面摇,一面发狂般地大声叫:"你一定要跟我走!你非跟我回去不可!我捉了你,也要把你捉回去!"他跳起来,眼睛里布满了红丝,神情狰狞而可怖,他死命地扯她:"你马上跟我走!你马上跟我回去!我不和你讲理,我也不听你那一套谬论!走!你走不走?"

她挣扎着,往床里面躲,他死命拉扯她,他们开始像一对角力的野兽,拼命地挣扎抗拒。最后,两人都有点糊涂了,不知到底为了什么而争斗。眼泪从她面颊上滴落,她喘息着,啜泣着,颤抖着。他抓住她胸前的衣服,用力一扯,衣服破了,那撕裂声清脆地响起,她慌忙用手遮住胸前,睁着一对大大的、带泪的眸子,畏惧地,却坚决地,凝视着皓天。

于是,皓天呆了,他停了手,也喘息着,瞪视着碧菡好久好久,皓天只是瞪视着她,像中了魔,像入了定。然后,他忽然扑了过来,碧菡惊颤,却已无处可躲,无处可退。

但是,皓天并没有来抓她扯她,却把她紧压在床上,用他灼热的唇,一下子堵住了她的。

她四肢无力,她瘫软如绵,被动地躺在那儿,她的心飘飘荡荡,她的意识混混沌沌,她的思想迷迷茫茫,她一任他解开衣扣,一任他褪下衣衫,他的唇紧紧地吮着她,她逐渐感到那股强大的热力,从她身体的深处游升上来,不再给她挣扎的余地,不再给她思想的能力,她的手圈住了他——那个她生命里唯一仅有的男人!

风平浪静,良夜已深。她的头枕着他的手臂,他平躺着,看着天花板,他的酒意已消,火气已除,他显得平静而温柔。

"在这一刻,你敢说你不爱我吗?"他问。

"我从没说过我不爱你。"她说。

"那么,我们不再争吵了是不是?"他更加更加温柔地说。

"我从没有要和你争吵。"

"那么,"他更加温柔,温柔得让人心酸,让人心痛,"你要跟我回去,对不对?"

她不说话了。他回过头来,静静地凝视她,用手指轻轻地抚摸她的面颊、下巴和她那小小的鼻头。

"是不是?"他再问,声音柔得像水,"你爱我,你不愿离开我,所以,你要跟我回去,是不是?"

他的声音里有一股强大的、催眠的力量。她的思想在挣扎,感情在挣扎,终于,她闭了闭眼睛,低低地说:"我爱你,我不愿伤害你,所以,我不会跟你回去,我不能跟你回去。"

他忍耐地望着她。

"你不再是我的妻子吗?"

她垂下睫毛。

"我一直不是的。"她清晰地说。

他的手指捏紧了她的下巴。

"你在指责我吗?"

"我没有，是我自愿献身给你的，我并不想要那名义，我只告诉你事实。"

他的眼睛重新冒起火来。

"请你不要惹我生气。"他说。

"我希望你不生气。"

"那么，"他阴鸷中带着温存，担忧中带着祈求，"你要跟我回去！"

"我不！"

他凝视着她。

"好吧。"他说，"告诉我你到底有什么问题？"他振作了一下，努力使自己的声音温和而冷静，"你看，我真糊涂，我一直强迫你回去，而没有代你设身处地想一想。你那天离家出走的时候，什么都没带，连件大衣都没穿，你无家可归，无钱可用，走投无路。当然，你只能想出这个办法，走进歌台舞榭，谋求一个起码的温饱。何况，你还有一个需要你接济的家庭。所以，我了解，碧菡，你欠了舞厅多少钱，你签了多久的合同，你告诉我，我来帮你料理清楚。"

她把头转开去，泪珠在睫毛上颤动。

"我没有需要你解决的问题，"她低语，"我只是不要跟你回去。"

他屏息片刻。

"我明白了，"他再说，"你怕我父母知道你当过舞女而轻视你，你怕依云看不起你。好了，我发誓，这件事只有我们两个人知道，我们不说出去，谁也不会知道你这三个月在什么地方。这样,你放心了吗?"

她咬紧了嘴唇,咬得嘴唇发痛。

"你看!"他的声音里充满了希望,充满了柔情,"我已经说中了你的心事,是不是?我终于猜到了你的心事,对不对?我们编一个很好的故事,回去之后,大家都不会疑心的故事。你回去了,一定会快乐的,我会加倍地疼你,怜惜你,我发誓不再让你受到任何伤害!我发誓要竭尽以后的岁月,来弥补你这几个月为我受的苦!"他把她的脸扳转过来,用手指抚摸她的泪痕。他的声音轻柔如梦:"瞧,我总是把你弄哭,我总是伤你的心。碧菡,我懂的,我了解的,我并不笨,我并不痴呆。我知道,你在这三个月里,受了许许多多的苦,受了许许多多的折磨,让我在以后的岁月里来补偿你。嗯?碧菡,你放心,我一定会补偿你!"

她眨动眼睑,泪珠扑簌簌地滚了下来。

"我很抱歉。"她低语,"我感激你待我的这份情意,但是,我不能跟你回去!"

他死盯住她。

"为什么?"他阴沉地问。

"我已经说过理由了,为了你们好,为了你们婚姻幸福,我只有离开。如果我今天肯回去,当初我也不会出走!我说过了,我是你们的一个赘瘤,只有彻底除去我,你们才会幸福!"

"我不要听你这套似是而非的大道理!"他爆发地大叫,从床上猛地坐了起来,呼吸沉重地鼓动着胸腔,他的忍耐力消失了,他暴怒而激动,"你不要再向我重复这一套!我要你回去!你听到了吗?你不要逼我对你用武力!"

"你不会对我用武力!"她说,声音好低好低,"因为你知道,用武力也没有用处!"

"你……"他气结地瞪着她,终于痛苦地把头埋进了手心里。"我从没有这样低声下气地哀求过一个人,"他自语地说,"我从没有被任何人折磨得如此痛苦,碧菡,"他摇头,拼命摇头,从齿缝里迸出一句,"你太狠心!太狠心!"

碧菡侧过头去,忍声地啜泣。于是,他陡然狂叫一声,把她从床上一把抓了起来,他大声问:"告诉我!那个男人是谁?"

她惊吓得用被单遮住了自己。

"什么男人?"她问。

"你知道的!"他大吼,"你那个男人!那个使你不愿意回到我身边的男人是谁?你说!你说!你说!"他直逼到她眼前来,"你快说,是谁?"

她睁大了眼睛,凝视着他。

"你——你一定要制造出这样一个人来,是吗?"她愕然地问,"有了这样一个人,你就满意了,是吗?有了这个人,你就死了心了,是吗?"

"别告诉我没有这个人!"他喊得声嘶力竭,"你变了!你说过,你愿意做我的奴隶!你曾经柔顺得像一只小猫,而现在,我已经哀求你到这种地步了,你都不肯跟我回去!除非有一个男人!你说,是谁?是谁?是谁?"他抓紧她的胳膊，猛力地摇撼她，摇得她的牙齿格格发响。

她哭了起来，嚷着说："不要这样，你弄痛了我！不要这样！"

他悄然地放开了她。转过身子去，他气冲冲地拿起西装上衣，从口袋里掏出香烟，只有一个空烟盒，他愤怒地把烟盒丢到墙角去，咬牙切齿。碧菡悄悄地看看他，拉开床头柜的抽屉，她取出一包"三五"，丢到他的面前。

他接过香烟，盯着她。

"你也学会了抽烟？"

"不是我，"碧菡摇摇头，"是陈——"她惊觉地住了口，愕然地望着皓天。

"哼！"他重重地哼了一声，"狐狸尾巴终于露出来了！是谁抽烟？"他大吼，"是谁？"

"是——"她哭着叫，"是陈元！"

"陈元？"他逼到她眼前去，面目狰狞而扭曲，"那是谁？陈元是个什么鬼东西？你说！你说！"

"就是那个歌手！你见过的那个歌手！"碧菡哭着，在这种逼问下完全崩溃了。她神经质地大哭大嚷起来，"如果你一定要这样才满意，如果你一定要这样才能对我放手，那么，我告诉你吧！是陈元！那个歌手！他是我的男朋友，爱人，丈夫，随你怎么说都可以！我已经和他同居三个月了！你满意了吧？满意了吧？满……"

"啪"的一声，他重重地抽了她一下耳光，她惊愕地停了口。他站起身来，匆忙地穿好衣服，他的脸青得怕人，眼睛血红。回过头来,他把那包烟扔在她脸上,哑着喉咙说:"你这个——标准的贱货!"

她呆着,傻愣愣地坐在床上,头发凌乱,被单半掩着裸露的身子,眼睛睁得又圆又大,她不说话,也不动,像个半裸的雕像。他望着她,目眦欲裂。

"天下居然有像我这样的傻瓜,来哀求你回去!"他咬牙切齿地说,"好吧,你既然已经是职业化的风尘女子,告诉我,刚刚的'交易',我该付多少钱?我不白占你的便宜!"从口袋里掏出一沓钞票,他也不管数字多少,就向她劈头扔去,钞票散开来,撒了一床一地。他狠声说:"你放心!我再也不会来找你麻烦了!再也不会了!如果我再来找你,我就是混账王八蛋!"

说完,他打开房门,直冲了出去。碧菡跪在床上,伸出手去,想叫,想喊,想解释,但是,她什么声音都没有发出来,房门已经"砰"一声合拢了。

她仍然跪在那儿,对房门哀求似的伸着手,终于,她的手慢慢地垂了下来。低下头,她看着床上的钞票,身子软软地倒下去,她的面颊贴着棉被,眼睛大睁着,泪水在被面上迅速地泛滥开来。

台湾的初夏,只有短短的一瞬,天气就迅速地热了起来。

六月,太阳终日照射,连晚上都难得有一点凉风,整个台北,热得像一个大火炉。

舞厅里有冷气,可是,在人潮汹涌、乐声喧嚣、烟雾氤氲里,那空气仍然恶劣而混浊。碧菡已一连转了好几个台子,和不同的人周旋于舞池之中。今晚的乐队有点儿奇怪,动不动就是快华尔兹,她已经转得喘不过气来,而且头晕目眩。在去洗手间的时候,陈元拦住了她,对她低声说:"你最好请假回去,你的脸色坏极了。"

到了洗手间,她面对着镜子,看到的是一张脂粉都遮掩不住的、憔悴的脸庞!天!这种夜生活是要活人短命的!打开皮包,她取出粉扑和胭脂,在脸颊上添了一点颜色,对镜自视,依旧盖不住那份寥落与消瘦。无可奈何,这种纸醉金迷、歌衫舞影的岁月,只是一项慢性的谋杀。或者,自己应该像陈元所说的,找一个有钱的老头一嫁了之。但是,为什么脑中心里,就甩不开那个阴魂不散的高皓天!长叹一声,她回到大厅里。那陈元正站在台前,用他那忧郁的嗓音,又在唱他那支《一个小女孩》:"当我很小的时候,我认识一个小小的女孩……"

一个小女孩!世界上有千千万万的小女孩,每个小女孩都有属于自己的小故事,这些"小故事"堆积成人类的一部历史。她回到桌子边,胖子礼貌地站起身来,帮她拉椅子,她坐下去,头仍然晕晕沉沉的。胖子喜欢抽雪茄,那雪茄味冲鼻而来,奇怪,她以前很喜欢闻雪茄的香味,现在却觉得刺鼻欲呕。她病了,她模糊地想,这燥热的鬼天气,她一定是中了暑。

"跳舞吗?"胖子问。

陈元已经下了台,现在是支快步的吉特巴。不能不跳,是吗?你的职业是舞女!她下了舞池,旋转,旋转,再旋转……

舞厅也旋转了起来,吊灯也旋转了起来,桌子椅子都旋转了起来……她喘口气,伏在胖子的肩上。

"对不起,"她喃喃地说,"我病了。"

胖子把她带回座位,殷勤询问要不要送她回家,她摇摇头,努力和胃部一阵翻涌的逆潮作战!天,希望不是胃病的重发,这种关头,她禁不起生病。可是,那不舒服的感觉越来越严重了,她起身告罪,回到洗手间,冲到马桶旁边,她立刻翻江倒海般呕吐起来。

一个名叫安娜的舞女也在洗手间里,她立刻走过她身边,递来一叠化妆纸。她吐完了,走到化妆台前坐下,浑身软绵绵的,一点力气都没有。安娜一面毫不在意地搽口红,一面问:"多久了?"

"什么?"她不解地蹙蹙眉。

安娜在镜子里对着她笑。

"你该避免这种麻烦啊,"她说,"不过,也没关系,这种事总是防不胜防的,我有一个熟医生,只要千把块钱,就可以把它解决掉。"她转过身子来,对她关心地看着:"这总不是第一次吧?"

碧菡瞪视着安娜,她在说些什么?她在暗示什么?难道……难道……天哪,可能吗?她深吸了口气,心里在迅速地盘算着日子。哦!同居一年多,毫无消息。偶然的一度春风,竟会蓝田种玉吗?她的眼睛发亮了,兴奋使她苍白的面颊发红,使她的呼吸急促,她热烈地看着安娜:"你是说,我可能有了……"

"当然啦!"安娜莫名其妙地说,"你有麻烦了!"

"麻烦?"她低喊,眼睛更黑更亮,笑容在她的唇边漾开,"这个'麻烦',可真来之不易啊!"喊完,她冲出了洗手间,留下安娜,兀自站在那儿发愣。

向大班请了假,迫不及待地走出舞厅,看看表,才八点多钟。附近就有一个妇产医院,似乎一天二十四小时都在营业。她走上了楼,医生在吗?是的,马上可以检查,她心跳而紧张,让它成为事实吧!让它成为事实吧!她愿意向全世界的神灵谢恩,如果她有了孩子!

医生来了,笑吟吟地问了几个例行问题,说:"我们马上可以检验出来!"

"不要等好几天吗?"她紧张地问。

"不用,我们用荷尔蒙抗体检验,只要两分钟,就可以得到最精确的答案。"啊!这两分钟比两个世纪还长!终于,医生站在她面前,笑容满面,显然,凭医生职业性的直觉,他也知道这年轻的女子是在期待中,而不是在担忧中。

"恭喜你,你怀孕了。"

谢谢天!碧菡狂喜地看着医生,眼珠闪亮得像黑夜的星辰。

"医生,你不会弄错吗?"

"弄错?"医生笑了,"科学是不会错的!"他算了算:"预产期在明年二月初旬。"

从医院出来,碧菡实在抑制不住内心的狂喜,她几乎要在街头跳起舞来。哦!如果高家知道!哦!如果皓天知道!

如果依云知道！真是的，人生的事多么奇妙！她和皓天同居一年多，朝也盼，晚也盼，却一点影子都没有！谁知道这次的一项偶然，竟然成功。怪不得古人有"有意栽花花不开，无心插柳柳成荫"的句子呢！

迎着晚风，她不再觉得天气的燥热，望着那川流不息的街车，望着那霓虹灯的闪烁，她只觉得，眼前的景物，是一片灿烂，一片光辉，在街边呆站了五分钟，她不知道这一刻该做些什么好。回去？不不，她需要有人分享这份喜悦。到高家去！到高家去！到高家去！她身体里每个细胞都在呐喊着：到高家去！告诉他们这个喜讯，让他们每一个人都来分享这份狂喜！哦！到高家去！到高家去！

再也不犹豫了，再也不考虑了！在这么大的喜悦下，还有什么事情是值得犹豫和考虑的呢？叫了一辆计程车，她跳了上去，迫不及待地告诉了司机高家的地址。车子在街灯照耀的街道上疾驰，在街车中穿梭，她的心猛跳着，沉浸在那份极度的喜悦和意外中，她的头昏沉沉的，心轻飘飘的，整个人像驾在云里，飘在雾里。她深深地靠在椅垫里，不可思议自己身体里竟有另外一个小生命在成长，一个被热爱的、被期盼的、被等待的小生命！

到了高家门口，她伸手按铃的时候，手都抖了。怎么说呢？怎么说呢？他们会怎么样？皓天会怎么样？高太太一定会乐得哭起来，依云一定会抱着她跳。皓天，哦，皓天，他的血液，竟在她身体里滋生！多奇妙！生命多奇妙！她靠在门框上，像等待了几百年那么长久。

门开了,阿莲惊愕得睁大了眼睛:"哎呀!是俞小姐!"阿莲叫着。

"他们都在家吗?"她喘着气问,人已经冲进了客厅里。她收住脚步,第一眼看到的,就是高皓天,他正坐在沙发中和依云谈话,看到碧菡,他们都呆住了。

"碧菡?"皓天不太信任地喊,站起身来,"是你?碧菡?"

"是的,是我!"她喘着气,脸上绽放着光彩,眼睛亮晶晶地瞪着他,一个抑制不住的笑容,浮漾在她的唇边,"皓天,我来告诉你,你信吗?我终于……终于……"她碍口地说了出来,"有了!"

皓天死死地盯着她。

"有什么了?"他不解地问。

"有……"她大大地吸气,"孩子呀!"她终于叫了出来,脸涨得通红。看到皓天一脸愕然的样子,她又急急地说:"你记得——记得到蓝风来找我的那个晚上吗?世界上居然有这么巧的事情。"

皓天的眉头锁了起来,紧盯着她,他的脸绷得紧紧的,丝毫笑容都没有。碧菡瑟缩了,她张着嘴,怯怯地望着皓天,难道……难道……难道他已经不想孩子了?"真的,"皓天终于开了口,声音冷得像北极的寒冰,"世界上竟有这么巧的事情!一年多以来,你不生孩子,那一次你就有了!"他眼睛一眨也不眨地望着她,带着一分严厉的批判的神情:"怎么?你那个歌手不认这个孩子吗?"

碧菡惊讶得不会说话了,睁大了眼睛,她不信任似的看着皓天。天哪！人类多么残忍！天哪！世事多么难料！天哪！

天哪！天哪！转过身子，她一语不发地就冲出了高家的大门。

模糊中，她听到依云在叫她，高太太也在叫她，但是，她只想赶快逃走，逃到远远的地方去，逃到远远的地方去！逃到世界的尽头去！逃到非洲的沙漠或阿拉斯加的寒冰里去！电梯迅速地向下沉，她的心脏也跟着往下沉。来时的一腔狂热，换成了满腹惨痛，她奔出了公寓，跳上了一辆计程车。司机回过头来，问："去哪里？"

去哪里？茫茫世界，还有何处可去？漠漠天涯，还能奔向何方？父兮生我，母兮鞠我，父在何方？母在何方？她下意识地用手按着肚子。孩子啊，你尚未成形，已无家可归了。

"……你有了麻烦了……我认识一个医生，只要千把块钱，就可以把它解决掉……"安娜的话在她耳边激荡回响。拿掉它！拿掉它！拿掉它！为什么要让一个无家可归的小生命降生到世界上来？为什么要让一个父亲都不承认的孩子降生到世界上来？拿掉它！拿掉它！拿掉它！可是啊……可是，这孩子曾经怎样被期盼过，为了它，曾经有三个人，付出了多少感情的代价！而今，它好不容易来了，却要被活生生地斩丧！天哪！人生的事情，还能多么滑稽！还能多么可笑？还能多么悲惨与凄凉！

回到自己住的地方，她很快地收拾了一个旅行袋，拿了自己手边所有的钱，她走了。

这边,高家整个陷入了混乱里。

眼见碧菡跑走,依云追到门口,但是,碧菡的电梯已经下了楼,她从楼梯奔下去,一路叫着碧菡的名字,连续奔下八层楼,碧菡已经连人影都没有了。依云气喘吁吁地回到楼上,只看到皓天用手支着头,沉坐在沙发里,高继善和高太太却在一边严厉地审问着他:"你什么时候见过碧菡?"

"你怎么知道这孩子不是你的?"

"你什么时候和她同床过?"

"那歌手叫什么名字?"

"碧菡怎么有把握说孩子是你的?"

"假若孩子真的是你的怎么办?"

依云走过来,站在皓天的面前,她把手按在皓天的肩上,坚决地、肯定地说:"皓天!去把碧菡追回来,那孩子是你的!"

皓天抬起头来,苦恼地、困惑地、不解地看着依云。

"我太了解碧菡,"依云说,"她不会撒谎,不会玩手段,她连堕落都不会,因为她太纯洁!"她盯着他:"你居然不告诉我们,你已经找到了她!为什么?"他摇头。

"我不想再提那件事!"他苦恼地说,"是的,我找到过她,她和一个唱歌的年轻男人同居了!"

"你亲眼看到他们同居吗?"依云问。

皓天愕然地望着依云,脑子里迅速地回忆着那天晚上的情形。"你一定要制造出这样一个人来,是吗?有了这样一个人,你就满意了,是吗?有了这样一个人,你就对我放手了,是吗？……"碧菡说过的话，在他脑子里一次又一次地回响。猛然间，他惊跳起来，向屋外冲去。

"你到哪里去？"依云喊。

"去找碧菡！"他的声音消失在电梯里。

奔出了大厦，钻进了汽车，凭印象去找碧菡住的地方，车子转来转去，他却怎么都找不到那屋子。那晚，自己去时带着酒意，走时满怀怒气，始终就没有记过那门牌号码。车子兜了半天，仍然不得要领，他只得开往"蓝风"。

走进"蓝风"，大班迎了过来。不，曼妮今晚请假，不会再来了，他望着台上，那歌手正在犹豫地唱着："……我对她没有怨恨，更没有责怪，我只是怀念着，怀念着：我生命里那个小小的女孩！"

他塞了一沓钞票给领班，对他低低地说了两句。然后，他站在门口等着，没多久，陈元过来了，他推推太阳眼镜，对他上上下下地打量着。

"你是谁？"他问，"找我干吗？"

"我姓高，"他说，"我们见过。"

"哦！"陈元恍然大悟，"你就是曼妮的姐夫！怎样呢？你要干什么？"

"我要找她！"他简短地说，"请你告诉我，她在哪里？"

"奇怪，"陈元耸耸肩，"我怎么会知道？"

"你知道的！"皓天有些激怒，陈元那股吊儿郎当的样子让他生气，他看陈元是从头到脚的不顺眼，"你跟她那么熟，怎么会不知道她在哪里？"

"我知道也没有义务要告诉你,是不是?"陈元问,充满了挑衅的意味。

"你必须告诉我!"皓天又急又火又气又疑心,"这是有关生死的事情。"

"谁的生死?"陈元莫名其妙地问。

"碧菡。如果——你没有和她同居的话!"皓天终于冲口而出,"你和她同居过吗?"

"我?"陈元的眼睛都快从镜片后面跃了出来,"我和曼妮同居?你在说些什么鬼话?那个冰山美人从踏进'蓝风'以来,连和客人吃消夜都不去,这样傻瓜的舞女是天下第一号,简直可以拿贞节牌坊!我还能碰她?"他盯牢了高皓天,像在看一个怪物:"你有没有神经病?那个曼妮,她有她的爱情,我有我的爱情,我们都是伤心人,却都别有怀抱!让我告诉你,姓高的!很久以来,我就想揍你一顿,你窝囊,你没有男子气概,你不懂得女人!你害惨了曼妮!我真不懂,像你这样的男人,怎么值得曼妮为你神魂颠倒,为你守身如玉!你居然来问我有没有和曼妮同居!哈!还有比这个更可笑的问题吗?"

皓天望着陈元,在这一刹那间,他真想拥抱他,真想让他痛揍一顿,揍得骨头断掉都没关系!他吸了口气,急急地说:"你要揍我,以后再揍,请你赶快告诉我碧菡的住址,我就感激不尽了。"

陈元的脸色变了。

"发生了什么事情?"他问,"她今晚来上过班,脸色坏透了,我叫她回家休息……"他注视着高皓天,迅速地说:"走!我带你找她去!"

五分钟之后,他们来到了碧菡的房门口,陈元急促地按着门铃,始终没有人开门。皓天开始猛烈地拍打着门,叫着碧菡的名字。半晌,隔壁的房客被惊动了,伸出头来,那是个老太太:"她已经搬走了。"她说。

"什么?"陈元问,"她昨天还住在这里。"

"是的,"老太太说,"一小时以前搬走了!"

"搬到什么地方去了?"皓天问。

"不知道。反正,她已经搬走了!"

房门阖上了,老太太退回了屋里。高皓天呆呆地站着,和陈元面面相觑。好一会儿,皓天才喑哑地开了口:"好了,你现在可以揍我了,揍得越重越好!"

碧菡是彻彻底底地失踪了。

这次,连碧荷都失去了碧菡的音讯。无论怎样寻找,无论怎样登报,无论跑遍了多少歌台舞榭……她失踪了,再也没有音讯了!像一缕轻烟,像一片浮云,随风逝去之后,竟连丝毫痕迹都没有留下。皓天整日惶惶然如丧家之犬,他奔走,他登报,他找寻,他甚至去警察局报失踪,可是,碧菡是彻彻底底地消失了。

不止一次,他哀求碧荷,因为这是他唯一的线索,他知道碧菡心爱这个小妹妹,只要她活在这个世界上,她一定会和碧荷联系。但,连碧荷都恐慌而惶惧,有一天,她居然对皓天说:"我昨天梦到姐姐已经死了!说不定她真的不在这世界上了，要不然，为什么她不理我？"

哦！不行！碧菡，你不能死！你的一生，是一连串苦难的堆积，连救你的人，最后都来扼杀你，爱你的人，都来打击你。而你，碧菡，你对这世界从来没有怨尤，对任何人，从来没有仇恨。碧菡！你必须活着，必须再给别人一个赎罪的机会！碧菡！碧菡！碧菡！

心里呐喊过千千万万次，梦里呼唤过千千万万次，喊不回碧菡，梦不回碧菡，一个小小的人，像沧海之一粟，被这茫茫人海，已吞噬得无影无踪。他变得常常去"蓝风"了，什么事都不做，只是叫一瓶酒，燃一支烟，听陈元用他忧郁的嗓音，一遍又一遍地唱他那支《一个小女孩》。陈元也常坐到他的桌上来，跟他一起喝酒，一起抽烟，一起谈碧菡。他们竟成了一对奇异的朋友。他们谈碧菡的思想，碧菡的纯真，碧菡的痴情，碧菡的点点滴滴。最后，陈元也感叹地对他说："放弃吧！别再盲目地找寻了！一个人安心要从这世界上消失，你是怎么也不可能找到的！"

放弃？他无法放弃，他曾经找到过她一次，他一定再能找到第二次！找寻，找寻，找寻……疯狂地找寻，只差没把地球翻一个面，但是，茫茫人海，伊人何处？

深夜，他经常彻夜不眠，抽着香烟，一支接一支，一直到天亮。每当这种时候，依云也无法入睡，她会用手环抱着他，在他身边低低地啜泣，一次又一次地说："都是我不好，都是我不好，如果我不吃醋，如果那天夜里我不发疯，我不对碧菡说那些莫名其妙的话，不是大家都好好的吗？"

皓天轻轻地摇头，这些日子来，他已经和以前判若两人，不再开玩笑，不再说笑话，不再风趣，不再幽默，他深沉、严肃而忧郁。

"不用自责，依云。"他低沉地说，"如果一切重头再来一遍，可能仍然是相同的结果。你并没有错，错在命运的安排，错在我不该爱上你们两个。你的吃醋，只证明你爱我，难道爱也有错吗？"他深深地抽烟，深深地沉思，深深地叹息。

"是的，爱也有错，"他凄然地说，"人生的悲剧，并不一定发生在仇恨上，往往是发生在相爱上，爱，是一件非常可怕的东西！因为你不知道，什么该爱，什么不该爱，即使你知道，你也无法控制！像碧菡以前常爱唱的那一支歌：我曾经深深地爱过，所以知道爱是什么，它来时你并不知道，知道时已被牢牢捕捉！是的，它来时你并不知道，知道时已被牢牢捕捉。"

他喷出一口浓浓的烟雾："你知道吗？依云，我们三个人的故事，是错在一个'爱'字上。"

依云凝视着他，凝视着那缕袅袅上升的烟雾。

"皓天，"她诚挚地说，"你要尽力去找她，我保证，如果她回来了，我决不再和她吃醋，我决不再乱发脾气，我一定——像爱自己的亲妹妹一样爱她！"

皓天用手抚摸她的头发。

"我会去找她，"他幽幽地说，"但是，我想我们再也找不到她了。因为，如果我把她找了回来，我们又会恢复以前那种剑拔弩张的形势，即使她是你的亲妹妹，到时候你也会克制不了自己,你还是会和她发脾气……"

"我不会!我不会!我不会!"依云猛烈地摇头。

皓天怜惜地抚摸她的面颊。静静地说:"你还会的,依云,你还会的,因为你爱我!所以,我不再责怪你那夜的爆发,如果你不爱我,你就不会爆发,是吗?"依云把面颊贴在他宽阔的胸膛上,默然不语,眼泪充盈在她的眼眶里。

"碧菡比我更清楚这一点,"皓天继续说,"那晚,我找到她的时候,她曾费尽心机,想让我了解这项事实:我们三个人不可能生活在一起。可是,当时我想不通,我强迫她回来,逼得她编出一个同居者来。我……"他又深吸了一口烟,浓浓地喷到空中去,"我居然会相信!碧菡,那么纯情的、天真的小女孩!我……是个傻瓜!是个混球!"他的声音喑哑了。

"现在,她走了!她不会让我再找到她了!她决不会了。我知道得非常清楚,她即使还活着,我也永远找不到她了。"

他看着那满屋弥漫的烟雾,依稀仿佛,记起他们三个在荣星花园中,第一次提起"碧云天"三个字的时候。当时自己就曾有过不祥的感觉。果真,现在,正符合了"夜夜除非,好梦留人睡,明月楼高休独倚,酒入愁肠,化作相思泪"的句子。他侧过头去,心中的那股怛恻之情,紧紧地压迫着他。

在这一刻,那份黯然神伤和心魂俱碎的感觉,震痛了他每一根神经。依云的眼泪浸湿了他胸前的衣服,她低低地说:"皓天,我们怎么办?我们怎么办?失去了碧菡,我们还能相爱吗?"

他心中抽搐,他知道她所恐惧的,他紧揽着她的头。

"依云，"他恳切地说，"碧菡在我们这幕戏里，从头到尾就是一个牺牲者，如果我们再不相爱，如何对得起离我们而去的碧菡？"

依云痛楚地闭上眼睛，紧紧地依偎着皓天。

日子一天天地流逝过去，正像皓天所预料，碧菡音讯全无。

所有的找寻和期待都成了泡影。岁月却自顾自地滑过去，地球自顾自地运转，季节自顾自地变换，就这样，由秋而冬，由冬而春，由春而夏，一年的时间，就这样慢慢地，慢慢地消逝了。

高家在表面上又恢复了平静，皓天照样早出晚归地上班下班，依云在家帮高太太料理家务，高继善忙着他自己庞大的事业，悄悄地叹息"继承无人"。高太太再也不敢谈"孙子"的事，传宗接代那一套，在高家更是绝口不提的事情。大家都不愿再触到那旧有的伤痕，生活也就在这种小心翼翼的情况下过去了。

可是，这天晚上，门铃突然响了起来。依云、皓天和高继善夫妇刚好都在家，全坐在客厅里看电视。阿莲去开了门，只听到她"咦"地叫了一声，接着，就是个年轻少女的声音在问："是不是都在家？"

"在，在，在。"阿莲一迭连声地回答。

皓天站起身来，不知所以地变了色。大门口，走进一个身材修长、面貌秀丽的少女来，她满面含笑，满眼含泪，她怀里紧抱着一样东西。

"碧荷!"皓天哑声喊。

"我给你们送一件礼物来!"碧荷说,一步步地走向皓天,把怀里抱着的一个小婴儿,郑重地交到皓天的手中,"是一个男孩子,今天刚满一百天!"

"碧荷!"皓天喊着,望着手里的孩子,那婴儿正睁着一对乌黑的大眼睛,注视着他的父亲,他那小小的嘴,在一个劲儿地猛吮着自己的大拇指。高太太扑了过来,一看到那婴儿,她立刻失声痛哭了起来,叫着说:"皓天,他长得跟你小时候一模一样!"伸过手去,她迫不及待地接过了孩子,高继善和阿莲都围了过去。依云却一把拉住了碧荷。

"碧荷!你姐姐呢?"

皓天脸色苍白,神情激动,他紧盯着碧荷。

"告诉我!"他哑声喊着,"碧荷!告诉我,碧菡在哪儿?"

"姐姐要我把孩子交给你们!"碧荷说,眼睛里闪着泪光,唇边带着笑意,"她要我转告你们,她会过得很好,要你们不要再牵挂她,也不要再找寻她!"她从口袋里掏出一封信来。

"姐姐有封信给你们!"

皓天一把接过信来,迫不及待地打开,依云和他并肩站着,一起看了下去:

  姐姐姐夫:从我有生命以来,我就一直在怀疑着生命的意义,直到这个孩子的诞生,我才真正了解了生命的意义!我爱这个孩子,超过了我爱这世上所有的东西，但是，我想，这条小生命对你们的意义，可能更超过了我！因为，他是高家的骨肉，他是应该属于你们的，所以，我忍痛把他交给你们！我知道，他跟着你们，一定会在一片爱心及呵护下长大，那么，我也就心安理得了。对一个母亲而言，有什么事比知道她的孩子幸福、快乐更好的呢？我相信，这孩子在你们的怀抱里，有父、有母，有祖父、有祖母，他会长成一个健全优秀的男子汉！不要再找寻我，经过这么多风浪，我早就变得很坚强，我不再是一棵赢弱的小草，我已禁得起狂风巨浪，我会活得好好的，你们放心！当初在病榻缠绵中，蒙你们搭救，一番知遇及救命之恩情，始终不忘，如今幸不辱命，我心堪慰。再有，我从没有怨恨过你们！否则，我不会把孩子交给你们。我爱你们！亲爱的姐姐姐夫，祝你们永远相爱，永远幸福！你们的小妹妹碧菡。

依云抬起头来，满脸的泪水。

"碧荷，你一定要告诉我，你姐姐在哪里？"

"她已经走了。"碧荷说，"她把孩子交给我，叮嘱了几句话，她就走了。她还说……"她看着皓天。

"还说什么？"皓天急急地问，他眼眶发红。

"她说，如果你还怀疑孩子的血统，可以带他到医院里去，做最精密的血液检查，可以查得清清楚楚。"

皓天闭上眼睛,用手扶住头,他脸白如纸。

"她连一个道歉的机会都不给我!"他喃喃地说。

"你错了,高哥哥。"碧荷稳重而安静地说,"你不需要对姐姐道歉,因为她早就不怪你了!"她直视着他:"姐姐说,嫉妒是爱情的本能,她不能怪你的嫉妒!不能怪你爱她!"碧荷的眼睛清亮得一如她姐姐,"高哥哥,你该安慰了,你一生,得到了两个女人最深切的爱!"

皓天深深地望着碧荷,他眼里蓄满了泪水。那孩子"咿咿唔唔"的,在高太太、高继善、依云、阿莲的怀里传来传去。皓天看看孩子,问:"小孩——有名字吗?"

"姐姐叫他——天理。"碧荷说,"她说,天理可能会来得很迟,但是,毕竟是来了!"

天理!碧菡一天到晚在云中雾中找天理!天理!他走了过去,抱过自己的儿子来,望着那张清秀的、小小的脸庞,一半儿像碧菡,一半儿像自己。那份父爱的本能已牢牢地抓住了他。他抱紧了孩子,泪水滴落了下来,他轻声地呼唤着:"天理!高天理!你会长成一个又壮又大的孩子!不管'天好高',你都存在着!天理,高天理!"

依云拨弄着孩子的衣襟。

"咦,"她说,"孩子脖子上有条链子。"

他们解开孩子的外衣,发现他脖子上系了一条项链,项链的下面,是一朵"勿忘我"!正像当年碧菡设计了,代表全班送给依云的项链一模一样!依云含泪抚摸那朵勿忘我,翻转过来,他们发现那朵花的背面,刻着几行字:"生命是爱,生命是喜悦,生命是希望!"

他们全都围着那孩子,静悄悄地,陷在一种近乎虔诚的情绪里。

孩子用手在空中抓着,眼珠乌溜溜地望着这新奇的世界,唇边漾开了一个天真无邪的笑容。

——全书完——

一九七四年一月九日夜初稿完稿
一九七四年一月廿九日修正完毕

（京权）图字：01-2024-1947

图书在版编目（CIP）数据

碧云天 / 琼瑶著. -- 北京：作家出版社，2024.10
（琼瑶作品大合集）
ISBN 978-7-5212-2869-4

Ⅰ.①碧…　Ⅱ.①琼…　Ⅲ.①言情小说-中国-当代　Ⅳ.①I247.5

中国国家版本馆 CIP 数据核字（2024）第 096313 号

版权所有 © 琼瑶

本书版权经由可人娱乐国际有限公司授权作家出版社出版简体中文版

非经书面同意，不得以任何形式任意重制、转载。

碧云天

作　　者：	琼　瑶
责任编辑：	刘潇潇　单文怡
装帧设计：	棱角视觉　纸方程·于文妍
出版发行：	作家出版社有限公司
社　　址：	北京农展馆南里10号　　邮　编：100125
电话传真：	86-10-65067186（发行中心）
	86-10-65004079（总编室）
E-mail：	zuojia@zuojia.net.cn
http: //	www.zuojiachubanshe.com
印　　刷：	北京盛通印刷股份有限公司
成品尺寸：	142×210
字　　数：	171千
印　　张：	8.625
版　　次：	2024年10月第1版
印　　次：	2024年10月第1次印刷
ISBN	978-7-5212-2869-4
定　　价：	39.00元

作家版图书，版权所有，侵权必究。
作家版图书，印装错误可随时退换。

品琼瑶经典
忆匆匆那年

琼瑶作品大合集

1963	《窗外》	1981	《燃烧吧！火鸟》
1964	《幸运草》	1982	《昨夜之灯》
1964	《六个梦》	1982	《匆匆，太匆匆》
1964	《烟雨蒙蒙》	1984	《失火的天堂》
1964	《菟丝花》	1985	《冰儿》
1964	《几度夕阳红》	1989	《我的故事》
1965	《潮声》	1990	《雪珂》
1965	《船》	1991	《望夫崖》
1966	《紫贝壳》	1992	《青青河边草》
1966	《寒烟翠》	1993	《梅花烙》
1967	《月满西楼》	1993	《鬼丈夫》
1967	《翦翦风》	1993	《水云间》
1969	《彩云飞》	1994	《新月格格》
1969	《庭院深深》	1994	《烟锁重楼》
1970	《星河》	1997	《还珠格格第一部1阴错阳差》
1971	《水灵》	1997	《还珠格格第一部2水深火热》
1971	《白狐》	1997	《还珠格格第一部3真相大白》
1972	《海鸥飞处》	1997	《苍天有泪1无语问苍天》
1973	《心有千千结》	1997	《苍天有泪2爱恨千千万》
1974	《一帘幽梦》	1997	《苍天有泪3人间有天堂》
1974	《浪花》	1999	《还珠格格第二部1风云再起》
1974	《碧云天》	1999	《还珠格格第二部2生死相许》
1975	《女朋友》	1999	《还珠格格第二部3悲喜重重》
1975	《在水一方》	1999	《还珠格格第二部4浪迹天涯》
1976	《秋歌》	1999	《还珠格格第二部5红尘作伴》
1976	《人在天涯》	2003	《还珠格格第三部天上人间1》
1976	《我是一片云》	2003	《还珠格格第三部天上人间2》
1977	《月朦胧鸟朦胧》	2003	《还珠格格第三部天上人间3》
1977	《雁儿在林梢》	2017	《雪花飘落之前——我生命中最后的一课》
1978	《一颗红豆》	2019	《握三下，我爱你——翩然起舞的岁月》
1979	《彩霞满天》	2020	《梅花英雄梦之乱世痴情》
1979	《金盏花》	2020	《梅花英雄梦之英雄有泪》
1980	《梦的衣裳》	2020	《梅花英雄梦之可歌可泣》
1980	《聚散两依依》	2020	《梅花英雄梦之飞雪之盟》
1981	《却上心头》	2020	《梅花英雄梦之生死传奇》
1981	《问斜阳》		